COSACNAIFY PORTÁTIL 22

SCOTT FITZGERALD

ESTE LADO

ERALD
DO
PARAÍSO

tradução Carlos Eugênio Marcondes de Moura

A Sigourney Fay

. . . Este lado do paraíso!
Pouco consolo nos dá quem tem juízo.

RUPERT BROOKE

Experiência é o nome que muita gente dá a seus erros.

OSCAR WILDE

UMA JUSTIFICATIVA DO AUTOR

Não gostaria de falar de mim, pois admito que já o fiz bastante neste livro. Na verdade, escrevê-lo custou-me três meses; concebê-lo, três minutos; reunir os dados nele utilizados, toda a minha vida. A ideia de colocá-lo no papel chegou-me no dia 1º do último mês de julho; foi uma modalidade alternativa de dissipação.

Posso resumir toda a minha teoria quanto à escrita numa frase: um autor deveria escrever para a juventude de sua geração, para os críticos da próxima e para os professores de todo o sempre.

Portanto, senhores, entendam os drinques mencionados neste livro como tendo sido bebidos em homenagem à Associação Americana de Livreiros.

Sinceramente,

FRANCIS SCOTT FITZGERALD
Maio de 1920

LIVRO 1
O EGOCÊNTRICO ROMÂNTICO

1. AMORY, FILHO DE BEATRICE

Amory Blaine herdou de sua mãe todos os traços – exceto alguns, aliás inexpressivos – que o tornavam digno de apreço. Seu pai, homem ineficiente e confuso, com um pendor para leituras de Byron e o hábito de cochilar enquanto lia a *Enciclopédia Britânica,* tornou-se rico aos trinta anos, quando faleceram dois irmãos mais velhos, bem-sucedidos corretores de Chicago. Sentindo pela primeira vez que o mundo lhe pertencia, agiu impulsivamente, foi a Bar Harbor e ali conheceu Beatrice O'Hara. Em consequência, Stephen Blaine legou à posteridade sua estatura – pouco menos de um metro e noventa – e a tendência a vacilar em momentos decisivos, características sutis que se fizeram notar em seu filho Amory. Durante muitos anos ele pairou em segundo plano na vida familiar. Pessoa que não se impunha, sua fisionomia, um tanto inexpressiva, era bastante prejudicada por cabelos escorridos e sem brilho. Vivia preocupado em "tomar conta" de sua esposa, continuamente atormentado pela ideia de que não podia e não conseguia compreendê-la.

Mas Beatrice Blaine! Aquilo é que era mulher! Antigos retratos, tirados na propriedade de seu pai, em Lake Geneva, Wisconsin, ou em Roma, no Convento do Sagrado Coração – uma extravagância pedagógica que, em sua mocidade, estava ao alcance apenas de filhas de gente excepcionalmente rica –, mostravam a requintada delicadeza de seus traços, a arte consumada e a simplicidade de seus trajes. Ela recebeu uma educação brilhante. Sua juventude decorreu em meio a glórias renascentistas. Era versada nas mais recentes fofocas das mais Tradicionais Famílias Romanas. O cardeal Vitori, a rainha Margherita e outras celebridades mais sutis – e era necessário possuir alguma cultura para ter ouvido falar delas – a conheciam de nome, tinham ouvido dizer que era uma jovem americana fabulosamente rica. Na Inglaterra, aprendeu a preferir uísque e soda ao vinho, e sua tagarelice ampliou-se em vários sentidos, durante um inverno passado em Viena. Em suma, Beatrice O'Hara absorveu um tipo de educação que nunca mais poderia existir. Foi um aprendizado medido pelo número de coisas e pessoas de quem se deveria desdenhar ou a quem se deveria agradar. Era uma cultura versada em todas as artes e tradições, desprovida de ideias, naqueles dias remotos em que o grande jardineiro podava as rosas inferiores a fim de obter um botão perfeito.

Num de seus momentos menos glamourosos, ela voltou para os Estados Unidos, conheceu Stephen Blaine e casou-se com ele, um tanto por sentir-se enfastiada, outro tanto por melancolia. Seu único filho foi sendo gestado durante uma temporada cansativa e veio ao mundo em um dia primaveril, no ano de 1896.

Aos cinco anos, Amory já se havia tornado uma adorável companhia para ela. Tinha cabelos castanho-avermelhados, olhos grandes e belos, aos quais faria jus no devido tempo, mente imaginativa e ágil, além de gosto por roupas elegantes. Dos quatro aos dez anos percorria o mundo com sua mãe, no carro do pai dela, desde Coronado, onde Beatrice sentiu-se de tal modo entediada que teve um colapso nervoso, em um hotel elegante, até a Cidade do México, onde ela padeceu de uma ligeira gripe, quase epidêmica. Esse incômodo agradou-lhe e, mais tarde, Beatrice fez uso dele como parte intrínseca de sua atmosfera, sobretudo após tomar vários e surpreendentes tônicos revigorantes.

Assim, enquanto garotinhos ricos mais ou menos felizes, desafiavam suas governantas na praia, em Newport, ou eram espancados, repreendidos ou obrigados a ouvir a leitura de trechos de livros tais como *Faça e ouse* ou *Frank no Mississippi*. Amory dava mordidas nos submissos atendentes do Hotel Waldorf, desenvolvia uma repugnância natural em relação à música de câmara e às sinfonias, e adquiria, de sua mãe, uma educação altamente especializada.

“Amory.”

“Sim, Beatrice” (que jeito tão singular de dirigir-se à sua mãe! Ela bem que o encorajava).

“Meu bem, *nem pense* em sair da cama agora. Sempre desconfiei que levantar cedo, quando ainda se é criança, torna alguém nervoso. Clothilde vai trazer seu café da manhã.”

“Está bem.”

“Hoje estou me sentindo velha, Amory”, ela dizia, suspirando.

Seu semblante era um camafeu raro, do qual transparecia intensa comoção. A voz era requintadamente modulada e a gesticulação tão fluente quanto a de Sarah Bernhardt. “Meus nervos estão por um fio – por um fio. Precisamos deixar este lugar horrendo amanhã e ir em busca do sol.”

Os olhos verdes e penetrantes de Amory espiaram sua mãe, através dos cabelos desalinhados. Até mesmo na sua idade não alimentava ilusões em relação a ela.

"Amory."

"Sim?"

"Quero que você tome um banho pelando, o mais quente que conseguir suportar, e relaxe. Pode ler na banheira, se quiser."

Ela o nutria com trechos de *Les Fêtes galantes* antes mesmo de o menino completar dez anos. Aos onze ele conseguia discorrer desembaraçadamente, embora um pouco de cor, sobre Brahms, Mozart e Beethoven. Certa tarde, quando ficou sozinho no hotel, em Hot Springs, provou do tônico revigorante de abricó, de sua mãe, e como o gosto lhe agradou, ficou um pouco tonto. Durante alguns momentos aquilo foi divertido, mas, em sua exaltação, ele experimentou um cigarro e sucumbiu a uma reação vulgar, plebeia. Embora esse incidente deixasse Beatrice horrorizada, no fundo o fato a divertiu e tornou-se parte daquilo que, em uma geração posterior, passou a ser qualificado como seu "monólogo".

"Este meu filho", ele a ouviu dizer certo dia em uma sala repleta de senhoras que mal continham seu espanto, cheias de admiração, "é requintadíssimo e muito encantador, porém delicado – todos nós somos delicados. *Aqui*, sabem." Sua mão pousou levemente sobre o colo tão belo e em seguida, baixando o tom de voz, até tornar-se um murmúrio, contou para as senhoras a história do tônico de abricó. Elas se deleitaram, pois Beatrice era brilhante narradora, mas muita cristaleira foi trancada aquela noite, como medida de precaução contra as possíveis investidas dos pequenos Bobby e Barbara...

A rotina doméstica se dava sempre com pompa e circunstância: duas criadas, o automóvel, ou o sr. Blaine, quando estava disponível e, muito frequentemente, um médico. Quando Amory teve coqueluche, quatro especialistas, que se encaravam com evidentes sinais de desagrado, reuniram-se em torno de seu leito. Quando contraiu a escarlatina, o número de atendentes, incluindo médicos e enfermeiras, totalizou catorze pessoas. Entretanto, sendo o sangue mais espesso do que os caldos que ele tomava, conseguiu recuperar-se.

Os Blaine não se prendiam a cidade alguma. Eram os Blaine de Lake Geneva, mas tinham parentes em quantidade suficiente para dispensar amigos e gozar de um invejável nível de vida, de Pasadena a Cape Cod. Beatrice, porém, tornava-se cada vez mais inclinada a gostar apenas de novos conhecidos, pois havia certos relatos, tais como a história da sua Constituição e de suas muitas emendas, bem como as lembranças dos anos passados no exterior, que era necessário repetir a intervalos regulares. Como acontecia com os sonhos freudianos, precisavam ser expostas, caso contrário interviriam e assediariam seus nervos. Ela, entretanto, era muito crítica em relação às mulheres americanas, sobretudo no que se referia à população flutuante de ex-oriundas dos estados do Oeste.

"Elas falam com sotaque, meu bem", disse a Amory, "não com sotaque do Sul ou de Boston, nem sotaque característico de alguma localidade, apenas com sotaque." Beatrice pôs-se a sonhar. "Elas se apropriam de antigos sotaques londrinos, roídos pelas traças, desprestrigiados, e que têm de ser usados por alguém. Expressam-se como um mordomo inglês, depois de passar alguns anos em uma companhia dramática de ópera de Boston." Ela tornou-se quase incoerente. "Suponha – e isto acaba acontecendo na vida de cada mulher do Oeste – que ela sinta que seu marido tornou-se próspero o bastante para que ela fale com sotaque... pois veja só, elas tentam impressionar *a mim*, meu bem!"

Embora Beatrice pensasse em seu corpo como um amontoado de fragilidades, considerava sua alma igualmente doente e, portanto, importante em sua vida. Fora católica um dia, mas ao descobrir que os padres se mostravam infinitamente mais atentos quando ela estava na iminência de perder ou recuperar a fé na Santa Madre Igreja, manteve uma atitude encantadoramente hesitante. Deplorava com frequência a qualidade burguesa do clero católico americano e tinha plena certeza de que, se vivesse à sombra das grandes catedrais europeias, seu mundo ainda seria uma débil chama acesa no poderoso altar de Roma. Ainda assim, depois dos médicos, os padres eram seu passatempo preferido.

"Ah, bispo Wiston", declarava, "*não quero* falar de mim. Posso bem imaginar o bando de mulheres histéricas, alvoroçadas, que batem à sua porta, implorando que o senhor seja simpático" – e em seguida, após um interlúdio preenchido pelo clérigo – "mas estou me sentindo realmente estranha."

Somente para bispos e hierarquias mais elevadas ela divulgava seu romance clerical. Ao regressar a seu país, conheceu em Asheville um jovem pagão, que fazia o estilo Swinburne, por cujos beijos ardentes e diálogos desprovidos de sentimentalismo ela desenvolveu uma inclinação declarada. Eles discutiam os prós e contras do assunto, com um romantismo intelectual totalmente desprovido de pieguice. Ela acabou decidindo se casar, para ter um ponto de apoio, e o jovem pagão de Asheville mergulhou em uma crise espiritual, entrou para a Igreja Católica e agora era monsenhor Darcy.

"De fato, sra. Blaine, ele ainda é uma companhia muito agradável e, sem dúvida, o braço direito do cardeal."

"Amory irá ter com ele um dia, eu sei", suspirou a bela senhora, "e monsenhor Darcy o compreenderá, assim como compreendeu a mim."

Amory fez treze anos. Era alto, esbelto e, mais do que nunca, lembrava as origens celtas de sua mãe. Estudou ocasionalmente com professores particulares. A ideia era que ele não deveria "ficar para trás", em todos os lugares para onde viajavam, e que "precisava retomar as lições no ponto em que as deixou". Como nenhum professor conseguiu descobrir que ponto era esse, a mente do garoto ainda estava em muito boa forma. O que mais alguns anos desse tipo de vida teriam feito dele é algo difícil de se averiguar.

Numa das viagens, a quatro horas da terra firme, em direção à Itália, na companhia de Beatrice, seu apêndice supurou, provavelmente devido ao excesso de refeições tomadas na cama. Após uma série de telegramas frenéticos expedidos para a Europa e os Estados Unidos, o transatlântico, para espanto dos passageiros, deu lentamente uma volta e retornou a Nova York, a fim de depositar Amory no cais. É preciso admitir que, se aquilo não era vida, pelo menos não deixava de ser magnífico.

Após a operação, Beatrice teve uma depressão nervosa, que deixava transparecer uma semelhança muito suspeita com o *delirium tremens*, e Amory foi expedido para Mineápolis, destinado a passar os dois próximos anos com sua tia e seu tio. Lá, o ar tosco e vulgar da civilização do Oeste o surpreendeu, e de calças curtas, por assim dizer.

UM BEIJO PARA AMORY

Ele não conteve o sorriso ao ler o seguinte:

> *Organizei um passeio de trenó na quinta-feira, dia 17, às cinco da tarde, e apreciaria muito sua presença.*
>
> *Atenciosamente,*
>
> R. S. V. P.
>
> MYRA ST. CLAIRE

Amory estava em Mineápolis havia dois meses e seu maior empenho era esconder "dos outros sujeitinhos da escola" o quanto se sentia um tanto superior. Semelhante convicção, entretanto, assentava-se em areias movediças. Certo dia exibiu-se na aula de francês (estava no curso adiantado), para total constrangimento do professor Reardon, cujo sotaque Amory abominava, com o maior desprezo, e para grande gozo da classe. O professor Reardon, que havia passado várias semanas em Paris, havia dez anos, vingava-se nos verbos, sempre que ele abria o livro. Em outra ocasião, Amory exibiu-se na aula de história, com resultados desastrosos, pois os meninos eram de sua idade e, na semana seguinte, lançavam indiretas uns aos outros, procurando imitar seu sotaque anglicizado:

"Sabe, creio que a revolução americana foi, acima de tudo, um assunto de classe média." Ou então:

"Washington era de muito boa família – muito boa mesmo, penso eu."

Amory tentou recuperar a posição perdida cometendo de propósito erros crassos de gramática. Dois anos antes começara a estudar a história dos Estados Unidos, a qual, embora ele tivesse chegado somente às guerras da Independência, era, segundo o pronunciamento de sua mãe, absolutamente encantadora.

Sua principal desvantagem estava no atletismo, mas, tão logo descobriu que aquilo era a pedra de toque da popularidade e do poder na escola, começou a fazer esforços persistentes e furiosos para sobressair-se nos esportes de inverno. Os tornozelos lhe doíam e dobravam, apesar de sua determinação, mas toda tarde ele patinava com valentia no rinque Lorelie, imaginando em quanto tempo seria capaz de empunhar um bastão de hóquei sem que este se enrascasse inexplicavelmente em seus patins.

O convite da srta. Myra St. Claire passou a manhã inteira no bolso de seu paletó, onde manteve um ardente caso com cascas de amendoim. À tarde ele o trouxe à luz do dia, com um suspiro, e após algumas reflexões e uma redação preliminar, escrita na contracapa do *Primeiro ano de latim*, de Collar e Daniel, redigiu uma resposta:

Estimada srta. Saint Clare:

Foi realmente um prazer receber esta manhã seu agradávil cunvite para a tarde da próxima quinta-feira à tarde. Ficarei incantado por puder apresentar meus comprimentos na próxima quinta-feira à tarde.

Respeitosamente,

AMORY BLAINE

assim, na quinta-feira ele caminhava pensativamente pela calçada escorregadia, da qual a neve tinha sido removida, e viu-se diante da residência de Myra, às cinco e meia. Era um atraso que, segundo imaginava, sua mãe teria apreciado. Aguardou no degrau da entrada com os olhos semicerrados, numa atitude displicente, e planejou sua entrada com precisão. Atravessaria o salão, sem muita pressa, em direção à sra. St. Claire, e diria com a modulação de voz exata e correta:

"Minha prezada sra. St. Claire, sinto muitíssimo pelo atraso, mas minha criada" – aqui ele fez uma pausa e se deu conta de que estava dando uma desculpa esfarrapada – "mas meu tio e eu tivemos de ver uma pessoa. Sim, conheci sua encantadora filha na escola de dança."

Então, inclinando-se ligeiramente, meio à estrangeira, ele apertaria as mãos de todas aquelas garotinhas engomadas e acenaria rapidamente para os rapazes à sua volta, paralisados em grupos rígidos, como que procurando proteger-se mutuamente.

Um mordomo (um dos três existentes em Mineápolis) abriu a porta. Amory entrou e tirou o gorro e o casaco. Surpreendeu-se um pouco por não ouvir o ruído estridente das conversas na sala ao lado, e achou que a reunião deveria ser bastante formal. Era algo que ele aprovava, assim como aprovou o mordomo.

"Srta. Myra", disse.

Para sua surpresa o mordomo deu um largo e horrendo sorriso.

"Ah, sim", declarou, "ela está aqui." O mordomo não se dava conta de que seu fracasso em soar londrino estava arruinando sua pose. Amory olhou-o de alto a baixo com frieza.

"Mas", prosseguiu o mordomo, e agora sua voz soava mais forte, desnecessariamente, aliás, "ela é a única que ficou aqui. Os convidados já foram todos embora."

Amory ficou boquiaberto, horrorizado.

"Como?"

"Ela ficou esperando Amory Blaine. É o senhor, não? A mãe dela disse que se acaso o senhor aparecesse às cinco e meia, os dois deveriam ir atrás deles no Packard."

O desespero de Amory cristalizou-se quando a própria Myra surgiu diante dele, embrulhada até as orelhas num casaco. Estava visivelmente aborrecida e era com dificuldade que tentava mostrar-se agradável.

"Alô, Amory."

"Alô, Myra." Ele descreveu o estado de sua vitalidade.

"Bem... pelo menos, você conseguiu chegar."

"Sabe, vou lhe contar o que aconteceu. Acho que você não ouviu falar do acidente com o carro." Myra arregalou os olhos. "Quem estava nele?"

"Bem", prosseguiu, desesperado, "meu tio, minha tia e eu."

"Alguém *morreu?*"

Amory fez uma pausa e balançou a cabeça.

"Seu tio?" Alarme!

"Oh, não, um cavalo. Um cavalo cinza."

A essa altura o mordomo não conteve uma risadinha.

"Provavelmente o que morreu foi o motor", sugeriu. Só por isso Amory o teria posto no olho da rua, e sem o menor escrúpulo.

"Vamos indo", disse Myra com frieza. "Sabe, Amory, a reunião estava marcada para as cinco, todo mundo se reuniu aqui e não podíamos esperar mais."

"Bem, eu não podia fazer nada, não é mesmo?"

"Mamãe disse que eu esperasse até as cinco e meia. Alcançaremos os convidados antes que eles cheguem ao Clube Minnehaha, Amory."

A pose estudada de Amory o abandonou. Visualizou os convidados, caminhando animados pelas ruas cobertas de neve, o aparecimento da limusine, o horrível desembarque público dele e de Myra diante de sessenta pares de olhos reprovadores e suas desculpas – desta vez, verdadeiras. Suspirou fundo.

"O que foi?", perguntou Myra.

"Nada, apenas bocejei. Tem certeza de que vamos realmente alcançá-los antes que cheguem lá?" Procurava encorajar uma débil esperança de entrar, sem chamar a atenção, no Clube Minnehaha, onde os convidados os surpreenderiam, em um isolamento *blasé*, ao pé da lareira. Só de pensar nisso recuperou a pose.

"Oh, sim, iremos alcançá-los, com certeza. Apressemo-nos."

Amory sentiu que estava enjoando. Assim que se acomodaram no carro, concebeu rapidamente uma manobra diplomática, baseada em certos comentários que ouvira na escola de dança, segundo os quais ele era "muito bem-apessoado, um tipo assim meio *inglês*".

"Myra", disse, falando baixo e escolhendo cuidadosamente as palavras, "peço-lhe mil desculpas. Será que você me perdoará?"

Muito séria, Myra contemplou aquele par de olhos verdes, muito atentos, e a boca, que para seu gosto de escolar de treze anos eram a quintessência do romance. Sim, Myra podia perdoá-lo facilmente.

"Claro... com certeza."

Ele voltou a contemplá-la e abaixou os olhos, o que valorizou suas longas pestanas.

"Sou horrível", ele declarou com tristeza. "Sou diferente. Não sei por que dou *faux pas*. Acho que é porque não ligo para nada." Arrojado, acrescentou: "Tenho fumado demais ultimamente. Preciso tomar cuidado com meu coração".

Myra visualizou-o em meio a uma noitada regada a deboche e fumo, com Amory pálido e sofrendo com os efeitos dos pulmões invadidos pela nicotina. Deu um leve suspiro.

"Oh, *Amory*, não fume! Com isso você prejudica seu crescimento!"

"Estou pouco me importando", ele insistiu, melancólico. "Preciso fumar. Adquiri o hábito. Andei fazendo cada coisa que se minha família soubesse..." Amory hesitou, dando à imaginação de Myra tempo para fantasiar horrores inconfessáveis. "Na semana passada fui a um teatro de revista, onde havia números de strip-tease."

Myra ficou bastante chocada e ele redirecionou os olhos verdes para ela.

"Você é a única garota da cidade de quem eu gosto", exclamou, em um ataque de sentimentalismo. "Você é *uma flor*."

Myra não tinha certeza do que ele queria dizer, mas aquilo soava elegante, embora vagamente impróprio.

Lá fora a noite caía, e quando a limusine dobrou subitamente uma esquina, ela esbarrou nele e suas mãos se tocaram.

"Você não devia fumar, Amory", murmurou. "Será que você não sabe?"

Ele sacudiu a cabeça.

"Ninguém se importa."

Myra hesitou.

"Mas eu me importo."

Algo se agitou em Amory.

"Até parece! Você tem uma queda por Froggy Parker. Acho que todo mundo já percebeu."

"Não tenho, não", ela declarou pausadamente.

Silêncio. Amory vibrou. Havia algo de fascinante em Myra, resguardada, no aconchego da limusine, da escuridão e do frio. Myra, pequenina, mais parecia uma trouxinha, de tanta roupa que usava, com mechas louras e encaracoladas surgindo sob o gorro.

"Eu também tenho uma queda..." Amory fez uma pausa, pois ouviu à distância o som de risadas juvenis. Olhando a rua através da janela embaçada, percebeu a fila dos convidados. Era preciso agir rapidamente. Com um gesto violento, espasmódico, agarrou a mão de Myra, isto é, seu polegar, para ser mais exato.

"Diga ao motorista que vá diretamente ao Clube Minnehaha", murmurou. "Quero conversar com você. Preciso falar com você."

Myra imaginou os convidados andando pela rua, teve uma visão instantânea de sua mãe e então – tanto pior para as convenções! – fixou aqueles olhos verdes.

"Vire na próxima travessa, Richard, e siga direto para o Clube Minnehaha!", ordenou ao motorista. Amory, com um suspiro de alívio, recostou-se no assento.

"Posso beijá-la", pensou. "Aposto que sim. Aposto que sim!"

O céu estava meio cristalino, meio enevoado e, em torno deles, o ar fresco da noite vibrava, carregado de tensão. A partir dos degraus do clube estendia-se a estrada, rasgando sulcos escuros no lençol branco. Montículos de neve alinhavam-se nos dois lados, assemelhando-se a toupeiras gigantescas. Eles se demoraram durante alguns momentos nos degraus e então contemplaram a lua muito clara.

"Uma lua tão clara quanto essa" – e Amory esboçou um gesto vago – "torna a gente *mistérieuse*. Com este gorro e os cabelos desalinhados, você está parecendo uma bruxinha." Ela tentou ajeitar os cabelos. "Não, deixe, assim está bem."

Subiram os degraus e Myra foi na frente até o pequenino recanto dos sonhos de Amory, onde o fogo da lareira crepitava diante de um enorme e confortável sofá. Alguns anos mais tarde, aquilo seria um grande palco para Amory, um berço para muitas de suas crises emocionais. No presente, conversaram durante alguns momentos sobre corridas de trenós.

"Sempre aparece um punhado de garotos tímidos", ele comentou, "sentados na rabeira do trenó, olhando de lado, cochichando e se acotovelando. E sempre aparece uma garota vesga e mandona" – e ele fez uma imitação irresistível – "falando com sua governanta em um tom muito antipático."

"Você é tão engraçado", Myra comentou, intrigada.

"O que quer dizer com isso?" Amory prestou imediatamente atenção, pois agora pisavam em terreno que ele conhecia muito bem.

"Oh, sempre dizendo coisas esquisitas... Por que não vem esquiar comigo e Marylyn amanhã?"

"Não gosto de sair com garotas durante o dia", ele declarou, mas sentindo que fora um pouco ríspido, acrescentou: "Mas de você eu gosto". Amory pigarreou. "Gosto de você em primeiro, segundo e terceiro lugar."

Os olhos de Myra adquiriram uma expressão sonhadora. Que história para contar a Marylyn! Sentada no sofá com aquele garoto lindo, ao pé da lareira e a sensação de que estavam sozinhos no grande salão... Myra capitulou. A atmosfera estava mais do que apropriada.

"Gosto de você em 25º lugar", confessou, com voz trêmula, "e de Froggy Parker em 26º".

Em menos de uma hora Froggy despencara 25 lugares, mas até então sequer notara. Amory, porém, que estava presente, inclinou-se rapidamente e beijou o rosto de Myra. Jamais havia beijado uma menina. Curioso, procurou sentir o gosto que ficara em seus lábios, como se tivesse saboreado uma fruta nova. Então seus lábios se tocaram bem de leve, como flores recém-desabrochadas ao vento.

"Somos terríveis!", regozijou-se Myra, com ternura. Entrelaçou seus dedos nos dele e apoiou a cabeça em seu ombro. Uma aversão súbita apoderou-se de Amory, um misto de náusea e repulsa pelo que estava acontecendo. Desejou freneticamente estar longe dali, nunca mais ver Myra, nunca mais beijar ninguém. Tomou consciência de seu rosto e do dela, dos dedos entrelaçados, sentiu vontade de escapar de seu corpo e esconder-se em algum lugar, onde ninguém o visse, bem lá dentro, nos recessos de sua mente.

"Beije-me de novo." Sua voz chegava até ele vinda de um grande vazio.

"Não quero". Fez-se mais uma pausa. "Não quero!", ele repetiu apaixonadamente.

Myra levantou-se e a vaidade ferida a fez corar. O grande laço que lhe prendia os cabelos oscilava, acompanhando seu tremor.

"Eu te odeio!", gritou. "Nunca mais ouse falar comigo!"

"O quê?", gaguejou Amory.

"Vou contar para mamãe que você me beijou! Vou contar, sim! Direi tudo a ela e mamãe não deixará nunca mais que você chegue perto de mim."

Amory levantou-se e olhou para ela, desamparado, como se Myra fosse um bicho novo, de cuja presença na terra ele até então não tivera consciência.

A porta abriu-se subitamente e a mãe de Myra surgiu diante deles, segurando desajeitadamente o pincenê.

"O senhor da recepção disse-me que vocês estavam aqui." Ela ajustou o pincenê no nariz, com um gesto afável. "Como vai, Amory?"

Amory olhou para Myra e esperou a catástrofe, mas nada aconteceu. A expressão emburrada se dissipou, o rubor também e a voz da garota era tão plácida quanto um lago no verão, quando ela respondeu para sua mãe.

"Saímos de casa tão tarde, mamãe, e achei melhor..."

Amory ouviu risadas estridentes, sentiu o cheiro insípido de chocolate quente, de bolos e biscoitos e seguiu silenciosamente mãe e filha até o térreo. O som do gramofone mesclava-se às vozes de muitas garotas, que cantarolavam. Um leve rubor apoderou-se dele.

Casey Jones subiu na diligência
Casey Jones tem as ordens na mão.
Casey Jones subiu na diligência
Iniciou a viagem de despedida
Em direção à terra prometida.

INSTANTÂNEOS DO JOVEM EGOCÊNTRICO

Amory passou quase dois anos em Mineápolis. Durante o primeiro inverno usou mocassins que de início eram amarelos, mas, após algumas camadas de graxa e sujeira, assumiram uma cor mais madura, um marrom sujo e esverdeado. Vestia um casaco de lã grossa, quadriculado, de padronagem escocesa, e protegia a cabeça com um gorro vermelho, bem esportivo. Seu cão, o conde Del Monte, comeu o gorro vermelho e seu tio presenteou-o com um gorro cinza, que lhe cobria todo o rosto. O problema é que, quando ele respirava, seu hálito gelava. Em certa ocasião, por causa do maldito gorro, suas bochechas congelaram. Amory esfregou neve em ambas, mas mesmo assim elas adquiriram uma tonalidade preta e azulada.

O conde Del Monte certo dia comeu todo o conteúdo de uma

caixa de anil, mas isso não lhe fez mal. Mais tarde, porém, ficou bastante perturbado e correu enlouquecidamente pelas ruas, chocando-se contra cercas, espojando-se nos bueiros e prosseguindo em sua trajetória excêntrica, que o afastava da vida de Amory. Este chorou na cama.

"Coitadinho do conde", disse aos soluços. "Oh, coitadinho do conde!"

Passados alguns meses, desconfiou que o conde era um fingido e que tudo aquilo não passava de um teatro, muito bem interpretado, aliás.

Amory e Frog Parker eram de opinião que a mais perfeita fala da literatura dramática ocorria no terceiro ato de *Arsène Lupin*.

Os dois sentavam-se na primeira fila do teatro, nas matinês de quarta-feira e sábado. A fala era a seguinte: "Se alguém não puder ser um grande artista ou um grande soldado, o melhor que lhe resta é ser um grande criminoso".

Amory voltou a se apaixonar e escreveu o seguinte poema:

Marylyn e Sall,
São garotas de minha predileção.
Marylyn está acima de Sall,
Só por ela bate meu coração.

Estava interessado em saber se o time do McGovern, de Minnesota, ficaria em primeiro ou segundo lugar no campeonato nacional, em aprender truques de mágica com cartas, moedas e gravatas-borboleta, em saber como os bebês nasciam e se o jogador Brown, que só tinha três dedos, era de fato melhor arremessador que Christie Mathewson.

Suas leituras, entre outros títulos, eram as seguintes: *Pela honra da escola*, *Mulherzinhas* (leu duas vezes), *O direito consuetudinário*, *Safo*, *O perigoso Dan McGrew*, *A estrada larga* (leu três vezes), *A queda da casa de Usher*, *Três semanas*, *Mary Ware*, *O camarada do coronel*, *Gunga Din*, a *Gazeta da Polícia* e *Jim-Jam Jems*.

Interessava-se por todas as interpretações distorcidas de Henty em relação à história, e apreciava particularmente as alegres novelas de crime escritas por Mary Roberts Rinehart.

A escola arruinou seu francês e criou nele uma aversão por escritores do repertório padrão. Seus professores o consideravam preguiçoso, pouco confiável e superficialmente inteligente.

Amory colecionava mechas de cabelo de muitas meninas. Usava os anéis de várias delas. Finalmente não teve mais condição de pedir seus anéis emprestados, pois adquiriu o hábito nervoso de mordê-los, amassando-os. Ao que parece, tal procedimento costumava gerar suspeitas e ciúmes da próxima garota a quem ele solicitava o anel.

Durante todo o verão, Amory e Frog Parker iam assistir a peças de teatro. Depois voltavam para casa, sonhadores, respirando o ar perfumado das noites de agosto, em meio à multidão.

Intrigava Amory o fato de as pessoas não conseguirem notar que ele era um rapaz predestinado à glória, e quando os transeuntes o encaravam e dirigiam-lhe olhares ambíguos, ele assumia a mais romântica das expressões, como se estivesse caminhando sobre nuvens.

Sempre, depois que se deitava, ouvia vozes – indefinidas, abafadas, fascinantes – que vinham do lado da janela, e antes de adormecer entregava-se a seus devaneios preferidos, o de tornar-se um grande meia-esquerda ou então o de ser recompensado com o título de o mais jovem general do mundo, após a invasão japonesa. Ele sempre sonhava em se tornar alguém, não em ser alguém, o que também era algo muito característico de Amory.

CÓDIGO DO JOVEM EGOCÊNTRICO

Antes de ser convocado a regressar a Lake Geneva, encabulado, mas no íntimo exultante, Amory estreara suas primeiras calças compridas, que se completavam com uma gravata-borboleta vermelha, um colarinho *à la* Belmont, cujas pontas teimavam em juntar-se, meias vermelhas e um lenço debruado de vermelho, que espiava para fora do bolso do paletó. O que mais importava, entretanto, é que ele havia formulado seus primeiros princípios filosóficos, um código pelo qual viver, uma espécie de egoísmo aristocrático, nome aproximado que se poderia dar a essa atitude.

Ele se deu conta de que seus interesses estavam ligados aos interesses de uma certa pessoa, mutável, variável, cujo rótulo, a fim de que seu passado sempre pudesse ser identificado com ele, era Amory Blaine. Amory caracterizava-se como um jovem de sorte, capaz de infinita capacidade para o bem e para o mal. Não se considerava uma "personalidade forte", mas confiava em sua facilidade (aprender as coisas com rapidez) e em sua mentalidade superior (ler uma porção de livros profundos). Orgulhava-o o fato de que jamais poderia vir a ser um gênio da mecânica ou da ciência. Não lhe era impossível galgar qualquer outra altitude.

Fisicamente: Amory se achava extremamente bonito e de fato era. Imaginava-se um atleta com chances e exímio dançarino.

Socialmente: nesse campo sua condição talvez fosse mais perigosa. Ele se atribuía personalidade, charme, carisma, porte, o poder de dominar todos os homens contemporâneos, o dom de fascinar as mulheres.

Mentalmente: completa e inquestionável superioridade.

Agora é preciso que se faça uma confissão. Amory tinha uma consciência um tanto puritana. Não que se prendesse a isso – no futuro prescindiria quase completamente dela – mas, aos quinze anos, essa consciência o fazia considerar-se muito pior do que os outros garotos... ausência de escrúpulos... desejo de influenciar as pessoas de quase todas as maneiras, até mesmo para o mal... uma certa frieza e falta de afetividade, algumas vezes chegando à crueldade... um senso de honra bem oscilante... um deslavado egoísmo... uma perplexidade, um interesse furtivo por tudo o que dizia respeito a sexo.

Havia também um traço curioso, uma fraqueza que permeava toda aquela idealização... uma frase ofensiva, saída da boca de um garoto mais velho (em geral os garotos mais velhos o detestavam), bastava para fazê-lo perder a pose levando-o a um estado de susceptibilidade agressiva ou de timidez paralisante... ele era escravo de seus próprios humores e sentia que, embora capaz de audácia e temeridade, não possuía coragem ou perseverança, e nem amor próprio.

Vaidade, abrandada por suspeitas em relação a si mesmo, quando não pelo autoconhecimento, o conceito de que as pessoas eram autômatos, obedientes à sua vontade, o desejo de sobrepujar tantos garotos quanto possível e chegar ao ápice do mundo... com todos esses antecedentes Amory ingressou na adolescência.

PREPARATÓRIO PARA A GRANDE AVENTURA

O trem diminuiu a marcha, com langor estival, na chegada a Lake Geneva, e Amory avistou sua mãe, que o esperava no carro, no estacionamento da estação. O carro era antigo, de uma das primeiras marcas, e pintado de cinza. A visão de Beatrice, esguia, ereta, de seu rosto, em que se combinavam beleza e dignidade, e no qual aflorava aquele sorriso de que ele tanto se lembrava, fizeram-no sentir um súbito e imenso orgulho. Beijaram-se com certo distanciamento, ele subiu no carro e experimentou o súbito temor de ter perdido aquele charme necessário para estar à altura da mãe.

"Meu querido... você está *tão* crescido... olhe para trás e veja se vem vindo algum carro..."

Ela olhava à esquerda e à direita e, prudente, dirigia a uma velocidade de vinte quilômetros por hora, convocando Amory para agir como sentinela. Ao chegarem a um cruzamento movimentado, fez com que ele descesse do carro e desse alguns passos adiante para abrir o sinal, como se fosse um policial direcionando o trânsito. Beatrice era o que se poderia chamar de uma motorista cautelosa.

"Você ficou alto, mas ainda é muito bonito. Passou daquela idade desajeitada. Dezesseis anos, não é mesmo? Ou talvez seja catorze ou quinze. Não consigo lembrar, mas de qualquer modo você pulou essa frase."

"Não me deixe encabulado", murmurou Amory.

"Meu bem, que roupa mais esquisita! Até parece um *conjunto*! Sua roupa de baixo também é vermelha?"

Amory, indelicado, resmungou qualquer coisa.

"Você tem de ir à Brooks, para comprarmos roupas realmente elegantes. Conversaremos a esse respeito hoje à noite ou talvez amanhã à noite. Quero falar sobre seu coração. Provavelmente não anda cuidando dele como devia e nem sequer sabe."

Amory pensou no quanto era superficial o verniz recente de sua própria geração. Sem levar em conta uma timidez passageira, sentiu que aquele antigo e cínico laço de parentesco com sua mãe não se rompera sequer por um momento. No entanto, durante os primeiros dias, perambulava pelo jardim e pelas margens do lago sentindo enorme solidão. Experimentava um contentamento letárgico ao fumar na garagem com um dos motoristas.

Os dez alqueires da propriedade eram pontilhados de antigas e novas edificações, muitas fontes e bancos pintados de branco que surgiam de repente, escondidos em meio à folhagem. Havia uma grande família de gatos brancos, constantemente aumentada, que andava a esmo pelos muitos canteiros de flores e, à noite, enxergava-se subitamente suas silhuetas recortadas contra as árvores escuras. Foi numa dessas alamedas sombrias que Beatrice finalmente capturou Amory, depois que o sr. Blaine, conforme o costume, trancou-se em sua biblioteca após o jantar. Depois de criticá-lo por evitá-la, entabulou com ele um prolongado *tête-à-tête* à luz do luar. Amory não conseguia deixar de admirar aquela beleza, que gerara sua própria beleza, os ombros e o pescoço tão bem torneados, o encanto de uma mulher afortunada de trinta anos.

"Amory, querido", ela murmurou com meiguice, "passei momentos tão estranhos, tão esquisitos, desde que o deixei..."

"Foi mesmo, Beatrice?"

"Quando tive meu último colapso nervoso..." – ela se referia àquilo como se fosse uma espécie de epopeia. "Os médicos disseram-me que se qualquer homem tivesse bebido por tanto tempo quanto eu, ficaria fisicamente *abalado*, meu bem, e há muito já estaria no túmulo."

Amory estremeceu e imaginou como Froggy Parker receberia aquela confissão.

"Sim", prosseguiu Beatrice, trágica, "tive sonhos, visões maravilhosas." Ela pressionou as palmas das mãos contra os olhos dele. "Vi rios cor de bronze lambendo margens de mármore e grandes aves que atravessavam os ares, aves coloridas, de plumagem iridescente. Ouvi música estranha e o clangor de trombetas bárbaras... o que foi?"

Amory mal contivera uma risada.

"Mas o que foi, Amory?"

"Prossiga, Beatrice."

"Foi só isso, mas era algo que voltava o tempo todo... jardins que exibiam um tal colorido que, em comparação, este nosso jardim não tem a menor graça. Vi luas que giravam e oscilavam, mais pálidas do que o luar de inverno, mais douradas do que a lua cheia durante o outono..."

"E agora você está bem, Beatrice?"

"Muito bem, melhor do que nunca. Não sou compreendida, Amory. Sei que não consigo expressar este fato para você, Amory... mas não sou compreendida."

Amory sentiu-se bastante comovido. Abraçou sua mãe, apoiando suavemente a cabeça em seu ombro.

"Pobre Beatrice – pobre Beatrice."

"Fale-me de você, Amory. Passou dois anos *horríveis?*"

Amory pensou em mentir, mas decidiu o contrário.

"Não, Beatrice. Gostei de lá. Adaptei-me à burguesia. Tornei-me convencional." Ele surpreendeu-se ao dizer tais palavras e, em sua imaginação, viu Froggy ficar boquiaberto.

"Beatrice", disse subitamente, "quero ir para um colégio pré-universitário. Todo mundo em Mineápolis vai."

Beatrice demonstrou certo alarme.

"Mas você só tem quinze anos."

"Sim, mas todo mundo vai para o pré-universitário aos quinze anos e eu *quero* ir, Beatrice."

Seguindo a sugestão de Beatrice, o assunto foi deixado de lado durante o resto do passeio, mas na semana seguinte ela o deixou encantado, ao declarar:

"Amory, resolvi deixar você seguir seu próprio caminho. Se ainda quiser, pode ir para o colégio pré-universitário."

"É mesmo?"

"Sim, para o St. Regis, em Connecticut." Subitamente Amory ficou animado.

"Já está sendo providenciado", prosseguiu Beatrice. "Acho melhor mesmo você ir. Eu preferiria que fosse estudar em Eaton e, em seguida, em Christ Church, Oxford, mas agora isto parece impraticável. No momento deixaremos a questão da universidade resolver-se por si mesma."

"E o que você fará, Beatrice?"

"Só Deus sabe. Parece ser meu destino desperdiçar meus anos neste país. Não lamento sequer por um segundo ser americana – e na verdade esse tipo de lamento é típico de gente muito vulgar e eu tenho certeza de que seremos uma grande nação, no entanto..." Beatrice suspirou. "Sinto que minha vida deveria ter sido vivida no seio de uma civilização mais antiga, mais madura, numa terra de verdes e castanhos outonais..."

Amory ficou calado e sua mãe prosseguiu.

"Lamento que você ainda não conheça o exterior, mas, sendo homem, é melhor que cresça aqui, sob as asas da águia destemida – é esse o termo correto?"

Amory disse que sim. Beatrice não teria apreciado a invasão japonesa.

"E quando irei para o colégio?"

"No mês que vem. Precisará viajar para Connecticut um pouco antes, a fim de prestar os exames. Em seguida terá uma semana livre e quero que vá a Nova York fazer uma visita."

"A quem?"

"Ao monsenhor Darcy, Amory. Ele quer vê-lo. Estudou em Harrow e, em seguida, em Yale. Converteu-se ao catolicismo. Quero que ele converse com você... sinto que ele poderá ajudá-lo tanto..." Ela acariciou suavemente seus cabelos castanho-avermelhados. "Amory, meu querido, meu querido..."

"Beatrice querida..."

Assim, no início de setembro, Amory, provido de seis mudas de roupa de baixo para usar no verão, seis mudas de roupa de baixo para o inverno, um suéter, um pulôver, um casaco etc., partiu para a Nova Inglaterra, a pátria dos colégios pré-universitários.

Lá estavam Andover e Exeter, com suas lembranças da antiga Nova Inglaterra, grandes democracias colegiais; St. Mark, Groton, St. Regis, que recrutavam alunos de Boston e da família Knickerbocker, de Nova York; St. Paul, com seus vastos rinques de patinação; Pomfret e St. George, prósperos, onde todos se vestiam com elegância; Taft e Hotchkiss, que preparavam a juventude rica do Meio-Oeste para o sucesso social de Yale; Pawling, Westminster, Choate, Kent e centenas de outros. Todos eles laminavam, poliam e produziam, ano após ano, tipos bem estruturados, convencionais, que causavam boa impressão. Os vestibulares eram o estímulo mental que ofereciam. Seus vagos objetivos eram veiculados em centenas de circulares, do tipo "Proporcionar uma Profunda Formação Mental, Moral e Física, apropriadas a um Cavalheiro Cristão, a fim de capacitar o aluno a enfrentar os problemas de sua época e de sua geração, e oferecer uma base sólida no campo da Arte e da Ciência".

Amory permaneceu durante três dias em St. Regis e prestou os exames com uma autoconfiança em que havia uma ponta de escárnio. Em seguida foi para Nova York, com a finalidade de visitar monsenhor Darcy. A metrópole, à qual ele prestou pouca atenção, não o impressionou muito, a não ser pela sensação de limpeza que lhe transmitiam os altos prédios avistados de um barco a vapor, no começo da manhã. Na verdade, sua mente estava tão tomada por sonhos de proezas atléticas no pré-universitário, que ele considerou aquela visita como um prelúdio, um tanto cansativo, à grande aventura. Não foi, entretanto, o que aconteceu.

A casa de monsenhor Darcy era antiga, de arquitetura indefinida e erguia-se numa colina da qual se avistava o rio. Ali morava seu proprietário, no intervalo entre viagens para todas as partes do mundo católico apostólico romano, como um rei exilado da dinastia dos Stuart, à espera de ser convocado para reger seu país. Àquela época, monsenhor tinha 44 anos e era cheio de energia, talvez um tanto corpulento para as regras da simetria, com cabelos alourados e uma personalidade brilhante e envolvente. Quando entrou na sala, trajando da cabeça aos pés suas vestes púrpuras, assemelhava-se ao pôr do sol de uma pintura de Turner, e atraiu admiração e atenção. Havia escrito dois romances, um deles violentamente anticatólico, pouco antes de sua conversão, e, cinco anos mais tarde, outro, no qual tentou transformar suas sagazes zombarias contra os católicos em alusões ainda mais perspicazes contra os episcopais. Era intensamente ritualista, assustadoramente dramático, amava a ideia de Deus o suficiente para ser celibatário e tinha consideração pelo próximo.

As crianças o adoravam porque ele era como uma criança; a juventude deleitava-se em sua companhia porque ele ainda era jovem e não se escandalizava com nada. No país e no século apropriados ele poderia ter sido um Richelieu, mas no presente era um clérigo muito virtuoso, muito religioso – até mesmo devoto – e fazia grande mistério sobre como sempre era possível dar um jeito nas situações mais difíceis. Apreciava a vida em toda a sua extensão e chegava a gozar dela.

Ele e Amory simpatizaram um com o outro à primeira vista – ele, o prelado jovial, que causava grande impressão, capaz de sentir-se fascinado por um baile realizado numa embaixada, e o jovem de olhos verdes, atento, que usava pela primeira vez calças compridas, aceitaram em seu íntimo uma relação de pai e filho com apenas meia hora de diálogo.

"Meu caro, há anos venho esperando conhecê-lo. Acomode-se e vamos conversar."

"Acabo de vir do colégio pré-universitário. É o St. Regis."

"Sua mãe me contou. É uma mulher notável. Aceita um cigarro? Tenho certeza de que fuma. Bem, se você for como eu, sente aversão por ciência e matemática..."

Amory concordou, enfático.

"Odeio, sim. Gosto de inglês e de história."

"Claro. E durante algum tempo odiará também o colégio, mas alegra-me saber que vai estudar no St. Regis."

"Por quê?"

“Porque é um estabelecimento de ensino para cavalheiros e a democracia não o atingirá tão cedo. Vai encontrar muito disso na universidade.”

“Quero estudar em Princeton. Não sei por quê, mas acho que todos os estudantes de Harvard são efeminados, como eu costumava ser, e que todos os de Yale usam suéteres azuis folgados e fumam cachimbo.”

Monsenhor deu risada.

“Saiba que sou um deles.”

“Oh, mas o senhor é diferente. Quando penso em Princeton, imagino lazer, boa aparência, aristocracia, como um dia de primavera. Harvard dá ideia de recolhimento...”

“E Yale é o início do inverno, quando o ar é fresco, pleno de energia”, concluiu monsenhor.

“É isso mesmo.”

Os dois entraram rapidamente em um clima de intimidade que nunca mais abandonariam.

“Eu me entusiasmava pelo príncipe Charlie”, anunciou Amory.

“Sem dúvida – e eu, por Aníbal...”

“Sim, e pelos confederados do sul.” Ser um patriota irlandês o deixava um pouco cético. Desconfiava que ser irlandês era um tanto vulgar, mas monsenhor garantiu que a Irlanda era uma causa romântica perdida, que os irlandeses eram encantadores e que, sem dúvida, deveriam vir a ser um de seus principais pontos de referência.

Após uma hora muito animada, que incluiu vários cigarros e durante a qual monsenhor ficou sabendo, para sua surpresa, mas não para seu horror, que Amory não fora criado como católico, ele anunciou que iria receber outro convidado. Era o deputado Thornton Hancock, de Boston, ex-ministro em Haia, autor de uma história erudita da Idade Média e último representante de uma família distinta, patriótica e brilhante.

"Ele está vindo descansar", disse monsenhor em tom de confidência, tratando Amory como alguém de sua idade. "Eu represento uma evasão ao desconforto que o agnosticismo provoca e creio ser a única pessoa a saber como a mente acomodada desse meu amigo está perplexa e anseia por um ponto de apoio firme como só a Igreja pode oferecer."

O primeiro almoço deles foi um dos acontecimentos memoráveis da juventude de Amory. Ele estava radiante e exibiu um brilho e um encanto particulares. Monsenhor, através de suas indagações e sugestões, invocou o que havia de melhor nele e Amory referiu-se, com inventividade, a milhares de impulsos, desejos, repulsas, crenças e temores. Ele e monsenhor não deixaram o assunto morrer, e o convidado mais velho, com sua mentalidade menos receptiva, menos aberta, mas nem por isso distante, parecia contente de ouvir um e outro, aquecendo-se ao suave calor que deles emanava. Para muita gente, monsenhor produzia o efeito de um raio de sol; Amory transmitia isso graças a sua juventude e, até certo ponto, continuou a fazê-lo mesmo quando ficou muito mais velho, porém jamais aquela espontaneidade mútua voltou a acontecer.

"Ele é um rapaz brilhante", pensou Thornton Hancock, que presenciara o esplendor de dois continentes e conversara com

Parnell, Gladstone e Bismarck. Mais tarde comentou com monsenhor: "Mas a educação dele não deveria ser confiada a um colégio pré-universitário ou a uma universidade".

Porém, nos quatro anos seguintes, o melhor do intelecto de Amory iria concentrar-se em questões relativas à popularidade nos meandros do sistema social da universidade e na Sociedade Americana, tal como ela é representada por chás oferecidos nos altos círculos de Baltimore ou nos clubes de golfe em Hot Springs.

No todo, foi uma semana maravilhosa, em que a mente de Amory foi revirada do avesso. Milhares de suas teorias foram confirmadas e sua alegria de viver cristalizou-se em milhares de ambições. Não que as conversas fossem escolásticas, Deus o livre, mas Amory tinha apenas uma vaga noção de quem era Bernard Shaw. Monsenhor, porém, elogiou o quanto pôde *Sir Nigel* e *O amado vagabundo*, cuidando para que Amory não se sentisse deslocado com suas observações.

No entanto as trombetas soaram, anunciando os embates preliminares de Amory com sua própria geração.

"É claro que você não está sentido por ir embora. Em relação a pessoas como nós, nosso lar é onde não estamos", disse monsenhor.

"Estou sentido, sim..."

"Não, não está. Não existe ninguém neste mundo que seja necessário para você ou para mim."

"Bem..."

"Até logo."

O EGOCÊNTRICO POR BAIXO

Os dois anos que Amory passou em St. Regis, embora alternadamente penosos e triunfantes, foram tão pouco importantes para sua vida quanto os colégios pré-universitários americanos, esmagados como são pelo tacão das universidades, têm para a vida americana em geral. Não dispomos de algo como Eaton para criar a consciência de si própria em nossa classe governante. Em seu lugar contamos com colégios preparatórios, higiênicos, flácidos e inócuos.

No início, nada deu certo para ele, pois, em geral, era considerado convencido e arrogante, além de universalmente detestado. Jogava futebol americano intensamente, alternando brilho e atrevimento com a tendência a manter-se tão protegido dos momentos perigosos quanto a decência lhe permitia. Tomado de pânico incontrolável, fugiu da briga com um garoto de seu tamanho, levando uma vaia dos colegas. Daí a uma semana, em desespero, engalfinhou-se com outro garoto muito maior, saindo da batalha com muitas escoriações, mas orgulhoso.

Mostrava ressentimento para com todos que tinham autoridade sobre sua pessoa e isso, aliado a uma preguiçosa indiferença em relação aos estudos, exasperava os professores do colégio. Sentiu-se desencorajado e imaginava-se um pária. Começou a ficar emburrado pelos cantos e a ler depois que todos se recolhiam. Receoso da solidão, fez amizade com alguns poucos colegas, mas como estes não pertenciam à elite do colégio, usou-os simplesmente como um espelho para si mesmo. Eram uma plateia diante da qual poderia fazer aquelas poses que, para ele, eram absolutamente essenciais. Sentia-se insuportavelmente solitário, desesperadamente infeliz.

Havia, porém, alguns consolos. Sempre que Amory submergia, sua vaidade era a última a ficar abaixo da superfície e, assim, ele ainda podia gozar de um certo conforto quando "Wookey-wookey", a velha governanta surda, declarava que ele era o rapaz mais bem-apessoado que jamais vira. Agradava-lhe saber que era o mais esbelto e o mais jovem jogador do time de futebol americano; sentiu-se feliz quando o dr. Dougall declarou, no final de uma acalorada admoestação, que, se quisesse, ele poderia tirar as melhores notas do colégio. O dr. Dougall se enganava, porém. O temperamento de Amory impossibilitava totalmente que isso acontecesse.

Infeliz, confinado a certos limites, nada popular com o corpo docente e com os colegas – assim foi o primeiro semestre de Amory. No Natal, voltou para Mineápolis, calado, mas estranhamente exultante.

"Ah, no início fui um tanto arrogante", disse a Frog Parker com ar condescendente, "mas acabei me dando bem: sou o jogador mais ágil do time. Você deveria estudar numa escola dessas, Froggy. É bom demais."

O INCIDENTE COM O PROFESSOR BEM-INTENCIONADO

Na última noite do primeiro semestre, o sr. Margotson, decano dos professores, mandou um recado à sala de estudos: Amory deveria ir encontrá-lo em seu gabinete às nove horas.

Amory desconfiou que estava para vir algum sermão, mas resolveu mostrar-se polido, pois aquele sr. Margotson tinha demonstrado até então boas disposições para com ele.

Aquele que o intimou o recebeu com ar sério e fez sinal para que sentasse. Pigarreou diversas vezes e aparentava bondade, como uma pessoa procede quando sabe estar pisando em terreno delicado.

"Amory", principiou, "mandei chamá-lo devido a um assunto pessoal."

"Sim, senhor."

"Observei-o durante este ano e... gosto de você. Penso que possui todos os predicados para vir a ser um homem de bem."

"Sim, senhor", conseguiu balbuciar Amory. Odiava que as pessoas lhe falassem como se fosse um fracasso irremediável.

"Tenho notado, porém", prosseguiu o professor, sem nada perceber, "que você não é muito popular entre os colegas."

"Não, senhor." Amory passou a língua nos lábios.

"Ah... julguei que você talvez não entendesse exatamente o... hum... o motivo da objeção deles. Pois vou dizer, porque acredito que quando um rapaz conhece suas dificuldades, ele pode lidar melhor com elas... ajustar-se àquilo que os outros esperam dele." Ele voltou a pigarrear, mostrando-se delicadamente reticente, e prosseguiu: "Segundo parece, eles acreditam que você é... bem... um tanto arrogante".

Amory já não suportava mais. Levantou-se da cadeira e mal conseguia controlar o tom de voz, quando falou.

"Eu sei. Será que o senhor acha que eu não sei?" Sua voz alterou-se. "Sei o que eles pensam. O senhor por acaso pensa que é preciso me dizer?" Fez uma pausa. "Eu... tenho de voltar para a sala. Espero não estar sendo grosseiro..."

Amory retirou-se apressadamente. Lá fora o ar estava fresco e, enquanto caminhava em direção ao alojamento estudantil, exultou diante da recusa de ser ajudado.

"Aquele velho idiota!", exclamou, descontrolado. "Como se eu não soubesse!"

Resolveu, porém, que aquela era uma boa desculpa para não voltar para a sala de estudos naquela noite. Assim sendo, acomodou-se confortavelmente em seu quarto, mordiscou alguns biscoitos e terminou a leitura de *A companhia branca*.

O INCIDENTE COM A GAROTA MARAVILHOSA

As estrelas cintilavam em fevereiro. Nova York apresentou-se a ele, no feriado em que se comemorava o aniversário de Washington, com o brilho de um acontecimento há muito desejado. Vislumbrar a cidade como um conjunto muito alvo e muito vívido, recortado contra o céu de um azul profundo, resultou em uma imagem de esplendor, que rivalizava com as cidades de sonho das Mil e Uma Noites. Naquele momento, porém, enxergou-a iluminada pela luz elétrica. Desprendia-se romance dos anúncios luminosos de Natal, na Broadway, e dos olhos das mulheres, no Astor, onde ele e o jovem Paskert, seu colega no St. Regis, jantavam. Quando percorreram os corredores do teatro, acolhidos pelos sons estridentes e discordantes de violinos sendo afinados, e pela fragrância sensual do *rouge* e do pó de arroz, Amory transportou-se para uma atmosfera de deleite. Tudo o encantava. A peça era *A pequena milionária,* com George M. Cohan, e dela participava uma fascinante moreninha que fez seus olhos brilharem de êxtase, ao contemplá-la dançando.

> Oh, você, garota maravilhosa,
> Como você é maravilhosa...

cantava o tenor, e Amory concordou em silêncio, mas com paixão.

> Todas as suas palavras maravilhosas
> Fazem-me estremecer...

Os violinos iam crescendo e diminuindo nas últimas notas, a garota abateu-se no palco como uma borboleta dobrada sobre si mesma e uma grande salva de palmas ressoou no teatro. Oh, apaixonar-se assim, ao som da melodia mágica e langorosa daquela canção!

A última cena passava-se em um jardim suspenso e os violoncelos suspiravam para a lua musical, enquanto aventuras ligeiras e uma comédia fácil, inconsistente, se desenrolava sob a luz dos refletores. Amory abrasava-se só de pensar em frequentar jardins suspensos, em conhecer uma garota que se assemelhasse àquela – melhor ainda, em conhecer a própria garota, com os cabelos banhados pela luz prateada do luar, enquanto um vinho espumante era servido por um discretíssimo garçom. Quando a cortina baixou pela última vez, ele deu um suspiro tão fundo que as pessoas sentadas na fileira da frente voltaram-se, o encararam e falaram em tom suficientemente alto para que ele ouvisse:

"Mas que belo rapaz!"

Isso desviou sua atenção da peça e Amory ficou imaginando se parecia realmente bonito para a população de Nova York.

Paskert e ele caminharam em silêncio rumo ao hotel. Seu colega foi o primeiro a falar. Sua voz de garoto de quinze anos, ainda na muda, interferiu, com tom melancólico, nas reflexões de Amory.

"Eu seria capaz de me casar com aquela garota hoje à noite."

Não havia a menor necessidade de perguntar a qual garota ele se referia.

"Sentiria muito orgulho em levá-la à minha casa e apresentá--la a meus pais", prosseguiu Paskert.

Amory ficou nitidamente impressionado, pois gostaria de ter pronunciado aquelas palavras no lugar de Paskert. Soavam tão maduras...

"Fico só imaginando como são as atrizes. Será que nenhuma delas presta?"

"Não senhor, nem pense nisso", declarou enfaticamente o jovem mundano, "eu sei que aquela garota vale ouro. Garanto!"

Eles andaram ao léu, misturando-se com a multidão na Broadway, e os sons da música que se ouvia nos cafés os deixavam sonhadores. Novos rostos surgiam e desapareciam, como miríades de luzes, rostos pálidos ou pintados de *rouge*, fatigados e ainda assim tomados por uma animação fatigada. Amory contemplava-os, fascinado. Planejava sua vida. Viveria em Nova York e seria conhecido em todos os cafés e restaurantes, vestiria smoking do começo da noite até o raiar do dia e dormiria durante as horas enfadonhas da tarde.

HEROICO EM GERAL

Outubro, no segundo e último ano passado em St. Regis, foi um ponto alto nas recordações de Amory. A partida contra a equipe do Groton estendeu-se das três até o crepúsculo outonal, durante uma tarde animada e divertida. Amory foi o centro-médio e exortava seus companheiros com brados desesperados, fazia jogadas impossíveis e gritava tanto que sua voz transformou-se num murmúrio rouco, enfurecido. Ainda assim encontrou espaço e tempo para deleitar-se com a bandagem manchada de sangue em torno de sua cabeça e com aquele heroísmo glorioso e tenso que era mergulhar e esmagar corpos e membros doloridos. Durante aqueles minutos a coragem fluía como vinho, no entardecer de novembro, e ele era o herói eterno, figura de destaque na proa de uma galera norueguesa, ombreando-se com Rolando e Horácio, sir Nigel e Ted Coy, contundido, arranhado, impelido por sua própria vontade contra a rebentação das ondas, vencendo o mar bravio, ouvindo ao longe o clamor dos vivas... e finalmente coberto de equimoses, fatigado mas ainda assim esquivo, descrevendo círculos, contorcendo-se, mudando de velocidade, afastando os jogadores adversários com os braços estendidos... abrindo caminho até o gol de Groton com dois jogadores agarrando-lhe as pernas, no único *touchdown* do jogo.

A FILOSOFIA DO ENGOMADINHO

Do alto da desdenhosa superioridade e do êxito que o sexto ano lhe conferia, Amory recapitulava, com cínica admiração, seu status do ano anterior. Mudara tão completamente quanto Amory Blaine seria capaz de mudar um dia. Amory mais Beatrice mais dois anos em Mineápolis – tais eram seus ingredientes quando entrou para St. Regis. No entanto, os anos passados em Mineápolis não formaram camada suficientemente espessa para ocultar o componente "Amory mais Beatrice" do olhar esquadrinhador de um internato, e assim St. Regis, muito dolorosamente, expulsou Beatrice de dentro dele e começou a depositar novas e mais convencionais camadas no que havia de fundamental em sua pessoa. Mas St. Regis e Amory não tinham consciência do fato de que aquele Amory fundamental não se modificara. As qualidades pelas quais havia sofrido – a melancolia, a tendência a fazer gênero, a preguiça, o gosto que tinha em bancar o sonso – agora eram encaradas como algo natural, qualidades aceitas em um centro-médio que se tornara uma estrela. Era um ator hábil, editorava a publicação *Novidades de St. Regis*. Intrigava-o observar garotinhos impressionáveis imitando aquelas vaidades que, não fazia muito tempo, eram fraquezas desprezíveis.

Após a temporada de futebol, Amory entregou-se a seus devaneios. Na noite em que acontecia o baile que antecedia as férias, escapuliu e foi deitar-se cedo, só pelo prazer de ouvir o som dos violinos do outro lado do gramado chegando até sua janela. Muitas noites ficou em seu quarto, sonhando de olhos abertos com cafés suspeitos em Montmartre, onde mulheres, cujas cútis eram da cor do marfim, se entregavam a românticos mistérios com diplomatas e mercenários, enquanto orquestras tocavam valsas húngaras e o ar impregnava-se de exotismo, intrigas, luar e aventura. Durante a primavera leu, a pedidos, *L'Allegro* e sentiu-se inspirado pelas efusões líricas em torno da Arcádia e das flautas de Pã. Mudou a cama de posição, para que o sol o despertasse ao nascer do dia, quando se vestia e caminhava até aquele balanço arcaico que pendia de uma macieira, próximo ao alojamento do sexto ano. Sentado no balanço, dava um impulso e ia para o alto, cada vez mais alto, até imaginar que estava balançando no espaço sem fim, num reino encantado de sátiros que tocavam instrumentos de sopro e de ninfas com os semblantes daquelas meninas louras com quem ele cruzava, nas ruas de Eastchester. Quando o balanço alcançava seu ponto mais elevado, a Arcádia surgia no cume de uma certa colina, onde a estrada serpenteava até perder de vista, banhada em uma luz dourada.

Leu vorazmente durante toda a primavera, no início do oitavo ano: *O cavalheiro de Indiana*, *As novas mil e uma noites*, *A moral de Marcus Ordeyne*, *O homem que era quinta-feira*, de que gostou, embora não o entendesse; *Stover em Yale*, que, de certa forma, tornou-se um livro de referência; *Donbey e filho*, pois achava que devia ler algo de melhor qualidade; toda a obra de Robert Chambers, David Graham Phillips e E. Phillips Oppenheim, além de trechos esparsos de Tennyson e Kipling. Entre todas as suas tarefas escolares, apenas *L'Allegro* e a geometria no espaço, que comportava certa clareza rígida, despertaram seu displicente interesse.

À medida que junho se aproximava, Amory sentiu necessidade de conversar com alguém, a fim de formular suas próprias ideias e, para sua surpresa, encontrou um cofilósofo na pessoa de Rahill, chefe da turma do sexto ano. Durante muitas conversas, na estrada ou deitados de bruços na beira da quadra de beisebol, ou tarde da noite, quando seus cigarros brilhavam na escuridão, os dois foram a fundo nos temas ligados ao colégio. Foi então que surgiu o termo "engomadinho".

"Você tem cigarro?", perguntou baixinho Rahill, certa noite, enfiando a cabeça pela porta, depois que todas as luzes se apagaram.

"Claro."

"Estou entrando."

"Pegue umas almofadas e acomode-se no sofá." Amory sentou-se na cama e acendeu um cigarro, enquanto Rahill se dispunha a conversar. Seu assunto predileto era o futuro dos alunos do sexto ano, e Amory jamais se cansava de descrevê-lo, para com isso se valorizar.

"Ted Converse? Esta é fácil. Ele não passará nos exames, receberá aulas particulares durante todo o verão, entrará na Universidade Sheff, mas com quatro dependências, e cairá fora na metade do primeiro ano. Então voltará para o Oeste e aprontará poucas e boas durante um ano. Finalmente o pai dele o encaminhará para o comércio de tintas. Casará, terá quatro filhos, todos cabeças-duras. Sempre vai achar que St. Regis o estragou e por isso matriculará seus filhos numa escola pública. Morrerá de ataraxia locomotora aos 41 anos e sua mulher mandará pôr uma lápide comemorativa ou como quer que se chame isso na Igreja Presbiteriana, com o nome dele gravado..."

"Pare, Amory. É lúgubre demais. E quanto a você?"

"Pertenço a uma classe superior. Você também. Somos filósofos."

"Eu não sou, não."

"Claro que é. Você tem uma cabeça boa demais." No entanto, Amory sabia que nenhuma abstração, teoria ou generalidade poderia atingir Rahill, enquanto ele não trombasse com as minúcias concretas dessas formulações.

"Repito que não", insistiu Rahill. "Permito que todo mundo se imponha a mim neste lugar, e não tiro o menor proveito disso. Sou vítima de meus amigos. Faço suas lições, resolvo suas dificuldades, vou visitá-los durante o verão, o que me caceteia bastante; controlo-me, quando eles se mostram egoístas, e *então* eles acham que podem retribuir votando em mim, dizendo que eu sou o chefão em St. Regis. Quero ir para um lugar onde cada pessoa faça seu próprio trabalho e onde eu possa mandar todo mundo às favas. Cansei de ser bonzinho com os imbecis desta escola."

"Você não é um engomadinho", disse Amory subitamente.

"Um o quê?"

"Um engomadinho."

"Que diabos é isso?"

"Bem, é algo que... Aqui tem muitos deles. Você não é, eu também não, embora eu seja mais do que você."

"Quem é engomadinho? O que faz de você um engomadinho?"

Amory refletiu durante alguns momentos.

"Bem... acho que o sinal é quando um sujeito molha os cabelos e os penteia para trás."

"Como Carstairs?"

"Sim, ele é um engomadinho, com toda certeza."

Eles levaram duas noites para chegar a uma definição exata. O engomadinho tinha boa aparência ou, pelo menos, uma aparência de limpeza. Possuía miolos, aliás, miolos sociais, e recorria a todos os meios no largo caminho da honestidade, para ir adiante, ser popular, admirado e jamais se meter em confusões. Vestia-se com apuro, era particularmente bem composto quanto à aparência, e seu nome se devia ao fato de que seus cabelos eram inevitavelmente curtos, molhados com água ou gomalina, repartidos no meio e penteados para trás, como ditava a moda vigente. Os engomadinhos daquele ano haviam adotado óculos com aro de tartaruga como distintivos de sua condição, o que os tornava tão fáceis de ser reconhecidos que Amory e Rahill jamais deixavam de detectar um deles. Os engomadinhos pareciam estar disseminados pela escola. Eram sempre um pouco mais sabidos e espertos do que seus colegas, enturmavam-se com certa facilidade e disfarçavam sua esperteza com o maior cuidado.

Amory achou engomadinho uma classificação das mais valiosas até o primeiro ano da universidade, quando o perfil deles tornou-se tão indeterminado e indistinto que precisou ser subdividido várias vezes, tornando-se apenas uma qualidade. O ideal secreto de Amory possuía todas as qualificações de um engomadinho e, em acréscimo, coragem, miolos fantásticos e talentos. Amory também atribuía a si próprio certos traços excêntricos, totalmente irreconciliáveis com o conceito de engomadinho.

Esta foi a primeira e verdadeira ruptura com a hipocrisia da tradição escolar. O engomadinho era, em definitivo, um elemento de sucesso, diferenciando-se intrinsecamente do "chefão" do colégio pré-universitário.

"O ENGOMADINHO"

1. Percepção aguda dos valores sociais.
2. Veste-se bem. Finge que roupa é algo superficial, mas sabe que não é.
3. Participa de atividades nas quais possa brilhar.
4. É admitido no pré-universitário e, num sentido mundano, é bem-sucedido.
5. Cabelo com gomalina.

"O CHEFÃO"

1. Inclinado à estupidez e sem consciência dos valores sociais.
2. Acha roupa superficial e é inclinado a descuidar-se de sua aparência.
3. Participa de tudo, devido ao senso do dever.
4. É admitido no pré-universitário e tem um futuro problemático. Sente-se perdido fora de seu círculo. Vive dizendo que, afinal de contas, o tempo do ginásio era melhor. Volta para o ginásio e discursa sobre o que os rapazes de St. Regis estão fazendo.
5. Cabelo sem gomalina.

Amory decidiu, em definitivo, ir para a Universidade de Princeton, embora tenha sido o único aluno de St. Regis a ser aceito aquele ano. Yale era romântica, tinha seu charme, pelo que se comentava em Mineápolis, porém Princeton o atraía mais, com sua atmosfera colorida e a sedutora reputação de ser o mais agradável *country club* dos Estados Unidos. Atemorizado diante dos ameaçadores exames universitários, os dias do ginásio agora pertenciam ao passado. Daí a alguns anos, quando voltou a St. Regis, Amory parecia ter esquecido os acontecimentos do último ano do colégio e conseguiu visualizar-se como aquele rapaz desajustado que percorria rapidamente os corredores, alvo da caçoada de seus raivosos contemporâneos, enlouquecidos pelo senso comum.

2. TORRES ESPIRALADAS E GÁRGULAS

Inicialmente Amory notou apenas o esplendor do sol banhando o relvado verdejante, bailando nas vidraças e nadando em torno das torres espiraladas e dos muros com ameias. Aos poucos se deu conta de que caminhava em direção à Praça da Universidade, muito consciente da mala que carregava. Agora tendia a olhar firme, em frente, quando passava por alguém, o que nele era uma atitude nova. Seria capaz de jurar, mais de uma vez, que os homens se voltavam e dirigiam-lhe um olhar crítico. Cogitou vagamente se havia algo de estranho em sua roupa que chamasse a atenção, e arrependeu-se de não se ter barbeado aquela manhã, no trem. Sentia-se desnecessariamente tenso e desajeitado entre aqueles jovens com trajes brancos, de flanela, sem nada a lhes cobrir a cabeça e que, a julgar pelo savoir-faire com que caminhavam, deviam ser veteranos.

Constatou que o número 12 da Praça da Universidade era uma grande mansão em mau estado de conservação, no momento aparentemente desabitada, embora soubesse que nela costumavam alojar-se uns dez calouros. Após desagradável discussão com a senhoria, resolveu dar uma volta e explorar o terreno. Porém, mal tinha andado um quarteirão, tornou-se horrivelmente consciente de que era o único na cidade a usar chapéu. Voltou apressadamente à mansão, lá deixou seu chapéu coco e, com a cabeça descoberta, flanou pela rua Nassau, parando para investigar uma exposição de fotos de atletas na vitrine de uma loja, inclusive uma foto grande de Allenby, capitão de um time de futebol. Em seguida sentiu-se atraído por uma tabuleta onde se lia "Jigger Shop", na verdade uma confeitaria. Aquilo lhe parecia familiar e, assim, entrou e acomodou-se num banco alto.

"Sundae de chocolate", pediu a um balconista negro.

"Duplo? Mais alguma coisa?"

"Bem... sim."

"Pãozinho recheado com bacon?"

"Ah... sim."

Comeu quatro, achou o sabor agradável e em seguida consumiu mais um sundae duplo, antes de começar a sentir-se à vontade. Após um exame sumário das prateleiras, flâmulas e retratos de coristas dependurados nas paredes, saiu e continuou a descer a rua Nassau, com as mãos nos bolsos. Aos poucos aprendia a fazer a distinção entre alunos de classes adiantadas e os principiantes, embora os bonés dos calouros só começassem a aparecer na próxima segunda-feira. Aqueles que pareciam estar à vontade de um jeito muito óbvio, mas sem disfarçar o nervosismo, eram calouros, pois à medida que cada trem trazia um novo contingente, este era absorvido pela multidão sem chapéu, de sapatos brancos, carregada de livros, cuja função parecia ser bater pernas sem parar de uma extremidade a outra da rua, emitindo grandes nuvens de fumaça dos cachimbos novos em folha. À tarde Amory se deu conta de que aqueles que tinham acabado de chegar o tomavam por um dos veteranos, e procurou, com a maior aplicação, manter um ar que fosse ao mesmo tempo agradavelmente enfastiado e casualmente crítico, pois essa, tanto quando ele pôde analisar, parecia ser a expressão facial predominante.

Às cinco horas sentiu necessidade de ouvir a própria voz, e voltou para casa a fim de verificar se tinha chegado mais alguém. Após subir a escada, que se encontrava em estado precário, examinou seu quarto com ar de resignação, chegando à conclusão de que era inútil tentar uma decoração mais inspirada, que fosse além de flâmulas da universidade e fotos de tigres. Alguém bateu à porta.

"Entre!"

Um rosto magro, um par de olhos esverdeados e um sorriso agradável surgiram diante dele.

"Por acaso você tem um martelo?"

"Não, sinto muito. Quem sabe a sra. Doze – sei lá como ela se chama – tenha."

O desconhecido entrou no quarto. "Você é um paciente deste asilo?"

Amory fez que sim.

"É um estábulo nojento, pelo aluguel que pagamos."

Amory não teve como discordar.

"Pensei em dar uma volta pelo campus, mas disseram-me que há tão poucos calouros que eles sentem-se perdidos. Tenho de ficar por aqui mesmo e inventar alguma coisa para fazer."

O rapaz de olhos esverdeados resolveu se apresentar.

"Meu nome é Holiday."

"Eu me chamo Blaine."

Deram um aperto de mão inclinando-se ligeiramente, conforme estava na moda. Amory sorriu.

"Onde foi que você fez o pré-universitário?"

"Andover. E você?"

"St. Regis."

"É mesmo? Meu primo estudou lá."

Falaram longamente sobre o primo, e então Holiday comunicou que iria encontrar-se com seu irmão às seis horas, para uma refeição ligeira.

"Venha comer conosco."

"Está bem."

No restaurante universitário, Amory foi apresentado a Burne Holiday – o de olhos esverdeados era Kerry – e durante a frugal refeição, composta de uma sopa rala e legumes anêmicos, eles contemplaram os demais calouros, sentados em pequenos grupos, aparentando estar muito pouco à vontade, ou então em grandes grupos, que pareciam sentir-se em casa.

"Ouvi dizer que o refeitório central é bem ruim", observou Amory.

"É o que corre por aí, mas somos obrigados a comer lá, pois de qualquer maneira temos de pagar."

"Crime!"

"Imposição!"

"Aqui em Princeton a gente é obrigado a engolir de tudo no primeiro ano. Até parece um destes malditos colégios pré-universitários."

Amory concordou.

"Mas este lugar é muito animado. Eu não iria estudar em Yale nem por um milhão de dólares."

"Eu também não."

"Você pretende participar de alguma atividade?", perguntou Amory ao irmão mais velho.

"Não. Burne está pensando em escrever para uma das publicações daqui, o *Daily Princetonian*. Já ouviu falar?"

"Ouvi, sim."

"E você, está pensando em alguma coisa?"

"Sim. Tentarei participar do time de futebol dos calouros."

"Você jogava em St. Regis?"

"Um pouco", disse Amory, em tom autodepreciativo, "mas estou emagrecendo tanto..."

"Você não é magro."

"É que no outono passado eu estava bem forte."

"Ah!"

Terminada a refeição, foram ao cinema, onde Amory ficou fascinado com os comentários desabusados de um homem sentado na fileira da frente, bem como com a gritaria da plateia.

"Uau!"

"Hei, boneca, você é grandalhona, forte, mas *gostosa!*"

"Agarra!"

"Oh, agarra!"

"Beija, beija a garota, rápido!"

"Ahhhhhh!"

Um pequeno grupo começou a assoviar *À beira-mar* e a plateia o imitou, fazendo o maior barulho. Em seguida, todos entoaram uma canção, que não se distinguia bem, acompanhada por muita batida de pés e por uma cantilena incoerente, que não terminava mais.

Ohhhhhhh
Ela trabalha numa fábrica de geleia
Legal
Mas a mim ela não engana
Porque eu sei muito bem
Que ela não fabrica geleia a noite inteira
Ohhhhhhh!

Na saída da sessão, lançaram e receberam olhares curiosos e impessoais. Amory concluiu que gostava de assistir filmes, que queria apreciá-los exatamente como faziam os veteranos, sentados na fileira da frente, com os braços estendidos nos encostos das cadeiras, soltando comentários cáusticos e picantes, numa atitude que era um misto de espírito crítico e diversão condescendente.

"Vamos comer mais alguma coisa?", propôs Kerry.

"Com certeza."

Alimentaram-se muito bem e, ainda flanando, voltaram para o n. 12 da Praça da Universidade.

"Que noite ótima!"

"Foi muito divertida."

"Vocês pretendem tirar as coisas das malas?"

"Acho que sim. Vamos, Burne."

Amory resolveu sentar-se durante alguns momentos nos degraus da entrada e desejou boa noite aos dois irmãos.

As copas das árvores, que se assemelhavam a grandes tapeçarias verdes, agora assumiam formas fantasmagóricas, recortadas contra os últimos clarões do crepúsculo. A lua nascente inundava a abóbada celeste com um azul pálido. Entre um e outro clarão diáfano do luar ouvia-se uma canção, que transmitia um sentimento de melancolia, efêmera e infinitamente saudosa.

Amory recordou que um colega lhe contou uma das diversões de Booth Tarkington: ir para o meio do campus em horas avançadas e, com sua voz de tenor, cantar para as estrelas, despertando confusas emoções nos estudantes já deitados, que variavam com seus estados de alma.

Naquele momento, do lado da Praça da Universidade que já estava mergulhado na escuridão, uma falange toda vestida de branco espantou as trevas, avançando ritmadamente, de braços dados, com as cabeças jogadas para trás e cantando:

De volta, de volta
De volta a Nassau Hall,
De volta, de volta,
Ao melhor lugar que há.
De volta, de volta,
Deste baile terreno,
Abriremos caminho ao voltarmos
Voltarmos a Nassau Hall!

Amory fechou os olhos, à medida que a procissão fantasmagórica avançava. A cantoria alcançava notas tão agudas que todos se calaram, exceto os tenores, que levaram galhardamente a melodia para além do ponto de perigo, entregando-a ao coro fantástico. Então Amory abriu os olhos, meio receoso de que a visão estragasse o enlevo provocado pela harmonia.

Ele suspirou fundo. À testa do batalhão branco marchava Allenby, o capitão do time de futebol, esbelto e com ar de desafio, como se tivesse consciência de que, aquele ano, as esperanças da universidade se apoiariam nele e de que seus oitenta quilos resistiriam a todos os golpes e ultrapassariam a barreira azul e vermelha do adversário.

Fascinado, Amory contemplava cada fileira que se aproximava de braços dados, os rostos indistintos que emergiam das camisas de gola alta, as vozes misturadas num hino triunfal. E então a procissão atravessou o Arco Campbell, as vozes foram diminuindo de intensidade à medida que os veteranos caminhavam em direção ao lado oposto do campus.

Os minutos passaram e Amory continuou sentado, muito quieto. Lamentava o regulamento que proibia aos calouros de saírem após o toque de recolher, pois queria perambular pelas alamedas escuras e perfumadas, onde Witherspoon, perdida em seus pensamentos, recordava-se de Whig e Clio, seus filhos áticos, onde a gótica serpente negra do prédio Little coleava em direção aos prédios Cuyler e Patton. Estes, por sua vez, levavam adiante o mistério, para além da plácida colina que ondulava até o lago.

Princeton, à luz do dia, infiltrou-se vagarosamente em sua consciência, com seu conjunto de edificações: West e Reunion, impregnados de recordações da década de 1860; o arrogante Edifício 79, de tijolos vermelhos; Pyne Superior e Inferior, aristocráticas damas elisabetanas, não inteiramente satisfeitas de viver entre comerciantes, e, sobrepujando a todas, aspirando ao céu, as sonhadoras torres Holder e Cleveland.

Desde o início Amory amou Princeton, sua indolente beleza, seu significado, que não se chegava a apreender de todo, as noites enluaradas, quando se disputavam partidas de futebol, as multidões prósperas, bem-vestidas, que a elas compareciam e, subjacente a tudo, a atmosfera de disputa que envolvia sua classe. A partir do dia em que, exaustos, assustados, os calouros, com seus pulôveres de jérsei, se reuniam no ginásio para eleger presidente da classe alguém vindo do Colégio Hill, uma celebridade de Lawrenceville para vice-presidente, uma estrela do hóquei, de St. Paul, para secretário e, até o fim do segundo ano, jamais chegava ao fim aquele sistema social, que a todos deixava sem fôlego, bem como aquela veneração, raramente admitida, pelo bicho-papão, encarnado na figura do "chefão".

Os estudantes se enturmavam segundo as escolas que haviam frequentado. Amory, o único de St. Regis, observava as turmas se formarem, se separarem e voltarem a se formar. Os que vinham de St. Paul, Hill e Pomfret comiam em determinadas mesas, tacitamente reservadas, no restaurante central, vestiam-se em seu próprio canto no ginásio, e erguiam inconscientemente em torno de si uma barreira, atrás da qual se escondiam aqueles rapazes ligeiramente menos importantes, porém socialmente ambiciosos, e que os protegia dos demais colegas, cordiais mas um tanto ressabiados com eles. A partir do momento em que se deu conta desse fato, Amory indignou-se com as barreiras sociais, pois elas não passavam de distinções artificiais, estabelecidas pelos mais fortes para dar apoio a seus seguidores mais fracos e manter à distância aqueles que eram quase fortes.

Determinado a ser um dos deuses de sua classe, apresentou-se para os treinos da equipe de futebol dos calouros, mas, na segunda semana, ao jogar na posição de centro-médio – e já estava sendo citado em cantos obscuros das páginas do *Princetonian* – Amory contundiu seriamente o joelho, o suficiente para ficar fora de combate durante o resto da temporada. Isto o forçou a recolher-se e refletir sobre a situação.

A mansão n. 12 da Praça da Universidade abrigava uns doze pontos de interrogação. Lá se alojavam três ou quatro rapazes vindos de Lawrenceville, inexpressivos e muito assustados, dois criadores de caso de uma escola particular de Nova York (Kerry Holiday batizou-os de "os bêbados plebeus"), um judeu, também de Nova York, e, como compensação para Amory, os irmãos Holiday, a quem se afeiçoou instantaneamente.

Corria o boato de que os Holiday eram gêmeos, mas na realidade Kerry, o de cabelos escuros, era um ano mais velho do que seu irmão louro, Burne. Kerry era alto, transmitia bom humor e tinha um sorriso cativante. Logo tornou-se o mentor da casa, punha os pretensiosos em seu verdadeiro lugar, censurava os convencidos e era dono de um humor satírico e raro. Amory preparou o campo da futura amizade deles com seus conceitos relativos ao que a universidade deveria significar e ao que ela de fato significava. Kerry, que ainda não sentia qualquer inclinação a levar as coisas a sério, o repreendia afetuosamente por sua curiosidade inoportuna e extemporânea pelas complexidades do sistema social, mas gostava dele, mostrava-se interessado e, ao mesmo tempo, se divertia.

Burne, o de cabelos louros, silencioso, atento, fazia aparições apressadas na casa, chegava discretamente à noite e saía de manhã bem cedo, para retomar suas pesquisas na biblioteca. Colaborava com o *Princetonian* e competia furiosamente com outros quarenta colegas para obter o ambicionado primeiro lugar. Em dezembro contraiu difteria e outro estudante venceu a competição, mas, ao voltar para a universidade em fevereiro, Burne, sem se deixar intimidar, foi novamente atrás do prêmio. A relação de Amory com ele não ia além de bate-papos de três minutos, quando iam ou voltavam das aulas, e assim ele não conseguiu saber quais eram os interesses que absorviam Burne e o que havia por detrás deles.

Amory estava muito longe de estar contente. Sentia falta da posição que conquistara em St. Regis, onde havia se tornado conhecido e admirado, mas Princeton o estimulava, havia muitas coisas diante dele, calculadas para despertar o Maquiavel que latejava em seu íntimo. Ele haveria de saber como abrir caminho, no momento oportuno. Os clubes dos veteranos, sobre os quais conseguira informações de um veterano relutante, excitavam sua curiosidade: Ivy, isolado e aristocrático a mais não poder; Cottage, uma mistura impressionante de aventureiros brilhantes e don-juans bem vestidos; Tiger Inn, que congregava atletas de ombros largos, revitalizado por uma elaboração honesta dos padrões vigentes no curso secundário; Cap and Gown, antialcoólico, ligeiramente religioso e politicamente forte; Colonial, empolado; Quadrangle, literário, além de muitos outros, que variavam quanto à idade e posição.

Tudo aquilo que colocasse um calouro numa posição por demais evidente recebia um rótulo maldito: ele avançou o sinal. Nas sessões de cinema, abundavam os comentários cáusticos, mas em geral dizia-se que seus autores avançavam o sinal; falar sobre os clubes era avançar o sinal; defender alguma coisa com muita convicção, como, por exemplo, festas onde se bebia ou onde todos eram abstêmios, significava avançar o sinal; em resumo, não se tolerava que alguém chamasse a atenção sobre sua pessoa, e o sujeito influente era aquele que não aparecia, até que durante as eleições para o clube, no segundo ano, o fulano acabava sendo escolhido e mantinha sua posição até o final do curso.

Amory descobriu que escrever para a *Revista Literária de Nassau* não o levaria a lugar algum, mas que fazer parte do corpo editorial do *Daily Princetonian* proporcionaria muitos benefícios a qualquer pessoa. Seu vago desejo de realizar interpretações imortais na Associação Dramática Inglesa murchou ao descobrir que os mais atilados cérebros e talentos se concentravam no Clube do Triângulo, um grupo que encenava musicais e que todo ano montava grandes espetáculos durante o Natal. Nesse meio-tempo, sentindo-se estranhamente solitário e inquieto, com novos desejos e ambições agitando-se em seu íntimo, deixou transcorrer o primeiro semestre, sentindo um forte apetite por sucessos embrionários e mantendo com Kerry diálogos marcados pela perplexidade e irritação: por que eles não eram imediatamente aceitos pela elite da classe?

Durante muitas tardes, sentavam-se no parapeito das janelas do n. 12 da Praça da Universidade e observavam seus colegas de classe irem e virem do restaurante central, notando os satélites que já começavam a girar em torno dos estudantes mais destacados, bem como aquele estudante esforçado e solitário, cabisbaixo, que caminhava rapidamente, invejoso da segurança proporcionada a quem se enturmava.

"É isso aí, pertencemos à maldita classe média!", Amory queixou-se a Kerry um dia em que estava espichado no sofá, consumindo, com contemplativa precisão, um maço de cigarros.

"E por que não? Viemos estudar em Princeton para podermos nos sentir exatamente assim em relação aos colégios pré-universitários de menor importância, levarmos vantagem sobre eles, termos mais autoconfiança, nos vestirmos melhor, fazermos boa figura..."

"Não é que eu me incomode com este brilhante sistema de castas", confessou Amory. "Gosto de saber que os primeiros lugares cabem aos sujeitos alinhados, mas puxa vida, Kerry, tenho de ser um deles!"

"Só que agora, Amory, você não passa de um burguês que pena bastante."

Amory permaneceu em silêncio durante alguns instantes.

"Não serei durante muito tempo", disse finalmente, "mas detesto chegar a qualquer posição tendo de lutar por ela. Atingirei meu alvo, sabe?"

"E ficará com cicatrizes honrosas." De repente Kerry esticou o pescoço, olhando para a rua. "Lá vai Langueduc, se é que você quer saber qual é a aparência dele. E Humbird vem logo atrás."

Amory levantou-se num só impulso e aproximou-se da janela.

"Ah!", exclamou, examinando as duas figuras, "Humbird parece ser bom sujeito, mas esse tal de Langueduc faz o gênero durão, não é mesmo? Não confio em gente desse tipo. Cão que ladra não morde."

"Bem", disse Kerry, enquanto a excitação diminuía, "você é um gênio literário e só cabe a você dar conta dele."

"Fico imaginando se poderia mesmo ser. Com toda honestidade, algumas vezes penso que sim. Posso parecer convencido, mas eu não diria isso a ninguém, excetuando você."

"Pois vá em frente. Deixe seu cabelo crescer, escreva poemas, como aquele tal de D'Invilliers, que colabora na *Revista Literária de Nassau*."

Amory alcançou preguiçosamente uma pilha de revistas sobre a mesa.

"Já leu o último trabalho dele?"

"Nunca deixo de ler. O que ele escreve é uma raridade."

Amory folheou uma das revistas.

"Veja só", exclamou, surpreendido. "Ele é calouro, não é mesmo?"

"Sim."

"Ouça isto aqui. Meu Deus!"

Uma aia fala:

O veludo negro arrasta suas dobras ao longo do dia,
Alvos círios, aprisionados em suas molduras prateadas,
Agitam suas débeis chamas, como sombras ao vento,
Pia Pompia, venha – venha embora...

"Mas afinal de contas, o que é que isto significa?"

"Vai ver que a cena se passa na copa de um castelo..."

Seus dedos se crispam, como os de uma cegonha em pleno voo.
Ela jaz em seu leito, sobre os alvos lençóis,
Com as mãos cruzadas sobre o colo delicado, como uma santa,
Bela Cunizza, venha para a luz!

"Puxa vida, Kerry, aonde será que ele quer chegar? Juro que não estou entendendo patavina e olhe que conheço literatura."

"É bem complicado", disse Kerry, "mas para entender, quando se lê, é preciso pensar em mortalhas e em leite talhado. Assim não fica tão obscuro quanto parece."

"Bem", suspirou Amory, "confesso que estou indeciso. Sei que não sou um sujeito certinho, mas desprezo quem não é. Não consigo decidir se devo cultivar minha mente e ser um grande artista ou me entregar à vida mundana e ser um almofadinha de Princeton."

"Mas por que decidir?", sugeriu Kerry. "Faça como eu. Deixe como está para ver como fica. Ainda vou ocupar uma posição proeminente, agarrado nas abas da casaca de meu irmão Burne."

"Não consigo ser assim. Quero me interessar por alguma coisa. Quero mexer os pauzinhos, mesmo que seja para favorecer alguém, ou ser do corpo editorial do *Princetonian* ou presidente do Clube do Triângulo. Quero ser admirado, Kerry."

"Você se tem em muito alta conta."

Ao ouvir isso, Amory reagiu.

"Não. Também estou pensando em você. Precisamos sair, confraternizar com a classe agora mesmo, enquanto ainda é divertido ser esnobe. Gostaria de trazer uma garota para a cerimônia de formatura em junho, por exemplo, mas não o faria a menos que conseguisse manter uma certa displicência... Eu a apresentaria a todos os que se acham os tais, ao capitão do time e a todos os simplórios."

"Amory", declarou Kerry, impaciente, "você parece cachorro querendo morder a própria cauda. Se quiser se destacar, vá à luta, caso contrário, leve as coisas com mais tranquilidade." Ele bocejou. "Este quarto está que é só fumaça. Vamos descer e assistir ao treino de futebol."

Aos poucos Amory aceitou esse ponto de vista. Decidiu que, no próximo outono, inauguraria sua carreira e cooperou com Kerry, no sentido de se divertirem no n. 12 da Praça da Universidade.

Besuntavam torta de limão nos lençóis da cama do rapaz judeu; toda noite interrompiam a iluminação da casa inteira, assoprando pelo bico de gás no quarto de Amory, para espanto da sra. Doze e do encanador local; levavam para o banheiro os pertences - livros, quadros, mobília - dos bêbados plebeus, causando grande confusão nos dois, quando, ainda envoltos nas brumas do álcool, voltavam de uma farra em Trenton e descobriam o que tinha acontecido; ficaram desapontados além da conta quando os bêbados plebeus resolveram levar aquilo na brincadeira; jogavam pôquer após o jantar e até de madrugada e, em certa ocasião, quando um dos estudantes aniversariava, convenceram-no a comprar champanhe em quantidade suficiente para uma comemoração bem solta. O dono da festa permaneceu sóbrio, mas Kerry e Amory, acidentalmente, fizeram com que ele rolasse dois lances de escada e, durante toda a semana que se seguiu, visitaram-no na enfermaria da universidade, envergonhados e penitentes.

"Conte-me quem são todas estas mulheres!", exclamou Kerry um dia, protestando contra o volume da correspondência de Amory. "Andei dando uma espiada nos vários endereços das remetentes."

"São todas de Mineápolis." Amory começou a citá-las. "Marylyn De Witt – é bonitinha, tem carro, o que é muito conveniente; Sally Weatherby – está ficando muito gorda; Myra St. Claire – é um antigo flerte, fácil de beijar, para quem gosta..."

"Mas qual é a conversa que você passa nelas?", perguntou Kerry. "Já tentei de tudo, mas elas não querem saber de mim."

"É que você faz o tipo 'rapaz bonzinho'", sugeriu Amory.

"Exatamente. As mães sempre acham que a garota estará protegida se sair comigo. Para dizer a verdade, isto me chateia. Se eu começo a pegar na mão de uma delas, a menina caçoa de mim e diz: *largue*, como se a mão não fizesse parte dela. Assim que eu seguro na mão, parece que elas a desligam do resto do corpo."

"Pois feche a cara", sugeriu Amory. "Diga que você é um selvagem, faça com que elas te corrijam, vá para casa furioso e volte daí a uma hora. Dê um susto nelas."

Kerry sacudiu a cabeça.

"Sem chance. No ano passado enviei a uma garota de St. Timothy uma carta cheia de carinho. A certa altura não me contive e escrevi: 'Meu Deus, como eu te amo!'. Ela pegou uma tesourinha, recortou o 'Meu Deus' e mostrou o resto da carta para a escola inteira. Não funciona de modo algum. Para elas não passo de um amiguinho e toda essa baboseira."

Amory sorriu e tentou imaginar-se como um "amiguinho", fracassando completamente.

Fevereiro trouxe neve e chuva, a metade do semestre dos calouros passou com a velocidade de um ciclone e a vida no n. 12 da Praça da Universidade continuou interessante, embora sem maiores objetivos. Uma vez por dia Amory se regalava no "Joe's" com um sanduíche, flocos de milho e batatas *à la* Julienne, em geral na companhia de Kerry ou Alec Connage. Este último era um "engomadinho" tranquilo, um tanto arredio, que estudara no colégio Hotchkiss. Morava no quarto ao lado e compartilhava com Amory o mesmo isolamento forçado, devido ao fato de todos os seus colegas de classe terem ingressado em Yale. O "Joe's" era um lugar pouco estético e um tanto sujo, mas lá era possível abrir uma conta a perder de vista, facilidade que Amory muito apreciava. Seu pai andava especulando com ações de minas e, em consequência, sua mesada, embora satisfatória, não era exatamente o que ele esperava.

O "Joe's" ainda apresentava a vantagem de ser protegido dos olhares curiosos dos veteranos. Assim, todas as tardes, às quatro horas, Amory, acompanhado de um amigo ou de um livro, ia até lá fazer experiências com sua digestão. Certa tarde de março, ao verificar que as mesas estavam ocupadas, sentou-se numa cadeira da última mesa, bem diante de um calouro que se debruçava muito atento sobre um livro. Ambos se cumprimentaram rapidamente. Durante vinte minutos Amory consumiu pãezinhos com bacon e leu *A profissão da sra. Warren* (descobrira Shaw por acaso, ao folhear alguns livros na biblioteca). O outro calouro, igualmente envolvido com seu livro, deu conta, enquanto isso, de três xícaras de chocolate.

De vez em quando, Amory lançava olhares curiosos para o livro de seu companheiro de mesa, até que conseguiu perceber o título e o nome do autor: *Marpessa*, de Stephen Phillips, o que para ele não significava nada, já que sua educação literária se limitava a certos clássicos dos suplementos literários de domingo, tais como *Venha para o jardim, Maude*, e trechos de Shakespeare e Milton, a ele impostos recentemente.

Sentindo-se motivado a entabular conversa com o companheiro de mesa, Amory simulou interesse por seu livro durante alguns momentos e, em seguida, exclamou em voz alta, como quem não queria nada:

"Ah, estupendo!"

O outro calouro olhou para ele e Amory notou um constrangimento artificial.

"Está se referindo aos pãezinhos de bacon?" Sua voz, esganiçada porém amável, ia bem com os óculos de grandes aros e com a impressão de grande intensidade que ele transmitia.

"Não", respondeu Amory. "Estava me referindo a Bernard Shaw." Mostrou o livro, para explicar-se melhor.

"Nunca li Shaw, embora sempre tenha pretendido." O rapaz fez uma pausa e prosseguiu. "Já leu Stephen Phillips, ou gosta de poesia?"

"Gosto, sim", Amory apressou-se em afirmar "embora nunca tenha lido Phillips." (Jamais ouvira falar de nenhum Phillips, com exceção do falecido David Graham.)

"Penso que é bem bom, mas trata-se de um vitoriano, é claro." Os dois partiram para uma discussão sobre poesia, durante a qual se apresentaram. O interlocutor de Amory revelou ser nada mais, nada menos do que "aquele tremendo esnobe, Thomas Parke D'Invilliers", que assinava os apaixonados poemas da *Revista Literária de Nassau.* Tinha, talvez, dezenove anos, ombros estreitos, olhos de um azul desbotado e, segundo Amory podia julgar de sua aparência, sem muita noção do que seria competição social e fenômenos correlatos de interesse igualmente absorvente. No entanto ele gostava de livros e Amory tinha a impressão de que se haviam passado séculos desde que conhecera alguém assim. Se pelo menos aquele grupo de estudantes vindos do Colégio St. Paul, na mesa ao lado, não tomasse a ele também por uma ave rara, apreciaria enormemente o encontro com Thomas. O grupo, entretanto, parecia não os ter notado, e Amory sentiu-se mais à vontade. Discorreu sobre dezenas de livros, aqueles que havia lido, sobre os quais lera, livros de que nunca ouvira falar, citando listas de títulos com a mesma facilidade de um balconista da cadeia de livrarias Brentano. D'Invilliers mostrava-se parcialmente envolvido mas, no fundo, encantado. Com uma ponta de bom humor, declarou quase ter chegado à conclusão de que Princeton, em parte, era formada por insuportáveis filisteus e, em parte, por um bando de gente muito cacete. Era um verdadeiro acontecimento esbarrar em alguém que conseguia mencionar o nome de Keats, ainda que superficialmente e sem gaguejar.

"Já leu Oscar Wilde?", perguntou D'Invilliers.

"Não. Quem é o autor?"

"Ele é o escritor. Não conhece?"

"Ah, com certeza." Algo despertou na memória de Amory. "Aquela ópera cômica, *Paciência,* não é sobre ele?"

"Exatamente. Acabo de ler um livro dele, *O retrato de Dorian Gray*, e com toda certeza gostaria que você tivesse lido. Haveria de apreciar bastante. Posso emprestá-lo, se quiser."

"Sim, gostaria muito. Obrigado."

"Não quer dar uma chegada até meu quarto? Tenho alguns outros livros."

Amory hesitou, lançou um rápido olhar ao grupo de St. Paul – um deles era o refinado Humbird – e refletiu sobre o peso que o acréscimo daquela nova amizade teria para ele. Jamais havia chegado ao estágio de fazer amigos e livrar-se deles. Assim, colocou num prato da balança o valor e as indubitáveis atrações de Thomas Parke D'Invilliers e, no outro, a ameaça representada por olhares gélidos, por detrás de óculos de aro de tartaruga, que o contemplavam na mesa ao lado.

"Vamos, sim."

Foi assim que descobriu *O retrato de Dorian Gray*, *A mística e sombria Dobres* e *La Belle dame sans merci*. Durante um mês não se entusiasmou por mais nada. O mundo tornou-se interessante e ele se esforçou muito em contemplar Princeton através dos olhos saciados de Oscar Wilde e de Swinburne ou "Fingal O'Flaherty" e "Algernon Charles", conforme os chamava, em um gracejo repleto de preciosismo. Lia vorazmente todas as noites: Shaw, Chesterton, Barrie, Pinero, Yeats, Synge, Ernest Dowson, Arthur Symons, Keats, Sudermann, Robert Hugh Benson, as óperas de Savoy. Era uma mistura heterogênea, pois descobriu subitamente que, durante anos, nada havia lido.

Tom D'Invilliers, no início, tornou-se mais um conhecido do que um amigo. Encontravam-se semanalmente e os dois douraram o teto do quarto de Tom, decoraram as paredes com imitações de tapeçaria adquiridas em leilão, grandes castiçais e cortinas estampadas. Amory o apreciava por ser literato, inteligente, sem ser afetado ou efeminado. Na realidade, o exibido era ele e procurava, por todos os meios possíveis, fazer de cada observação um epigrama. Se alguém se contenta com epigramas ostensivos, existem coisas bem mais difíceis... Os moradores do n. 12 da Praça da Universidade se divertiam. Kerry leu *O retrato de Dorian Gray* e fingia ser Lord Henry, seguia Amory por todas as partes, chamava-o de *Dorian* e fingia encorajar nele fantasias perversas e tendências atenuadas ao tédio. Quando Kerry reproduziu tal comportamento no restaurante central, para grande surpresa de seus companheiros de mesa, Amory sentiu-se tremendamente constrangido e, depois disso, elaborava epigramas somente diante de D'Invilliers ou de um espelho.

Certo dia, Tom e Amory tentaram recitar seus próprios poemas e os de Lord Dunsay, com acompanhamento do gramofone de Kerry.

"Cante!", exclamou Tom. "Não declame! *Cante!*"

Amory, que naquele momento declamava, ficou aborrecido e reclamou que precisava de um disco no qual o piano não se fizesse ouvir tanto. Ao ouvir isso, Kerry rolou no chão de tanto rir.

"Ponha 'Corações e flores'!", disse, em meios às gargalhadas. "Acho que vou contratar um gatinho para te acompanhar."

"Desligue esse maldito gramofone", gritou Amory, ruborizado. "Isto aqui não é uma exibição."

Nesse meio-tempo Amory tentou, com toda delicadeza, despertar em D'Invilliers uma certa noção da vida mundana, pois sabia que aquele poeta era realmente mais convencional do que ele. Precisava simplesmente molhar os cabelos, penteá-los para trás, diminuir a amplitude de seus diálogos e usar um chapéu de um marrom mais escuro para tornar-se um sujeito bem certinho. No entanto, a liturgia dos colarinhos *à la* Livingstone e das gravatas escuras caiu em ouvidos moucos. Na verdade, D'Invilliers reagiu com certa frieza a seus esforços e, assim, Amory limitou-se a procurá-lo uma vez por semana, convidando-o ocasionalmente para ir ao n. 12 da Praça da Universidade. Isso provocou risos abafados entre os demais calouros, que passaram a chamá-los de "Doutor Johnson e Boswell".*

Alec Connage, outra visita frequente, apreciava D'Invilliers de um modo um tanto vago, mas temia seu lado intelectual. Kerry, percebendo que, por detrás daquela tagarelice poética, ocultava-se uma profundeza sólida, quase respeitável, divertia-se imensamente e o fazia declamar poemas interminavelmente, enquanto deitava-se com os olhos fechados no sofá de Amory e ouvia:

Estará adormecida ou desperta?
Seu colo, beijado com ardor,
Ainda conserva púrpura mancha
Onde o sangue pisado recua e se esvai
Suave, suavemente beijada
Clara mancha nela se retrai...

* Dr. Johnson (1709-1784), famoso dicionarista inglês, amigo do advogado escocês James Boswell (1740-1795), que viria a se tornar seu biógrafo. [N. T.]

"Muito bom", declarava Kerry baixinho. "O Holiday mais velho gostou. Acho que estamos diante de um grande poeta." Tom, encantado por ter uma plateia, desfiava os *Poemas e baladas*, até Kerry e Amory conhecê-los quase tão bem quanto ele.

Amory afeiçoou-se a escrever poesia nas tardes de primavera, nos jardins das grandes propriedades das vizinhanças de Princeton, enquanto os cisnes criavam uma atmosfera apropriada nos lagos artificiais e nuvens vagarosas navegavam harmoniosamente sobre os salgueiros. Maio chegou cedo demais e, subitamente incapaz de suportar paredes, Amory perambulava pelo campus em todos os momentos, debaixo da chuva ou sob a luz das estrelas.

UM INTERLÚDIO SIMBÓLICO E ÚMIDO

O nevoeiro noturno desceu da lua, adensou-se em torno das torres espiraladas e acomodou-se abaixo delas, de tal modo que seus cimos sonhadores ainda eram visíveis e aspiravam ao céu. Figuras que, à luz do dia, punham pequeninas manchas na paisagem, como formigas, agora se deslocavam como fantasmas envoltos em sombra, surgindo e desaparecendo do primeiro plano. Os pátios e claustros góticos eram infinitamente mais misteriosos ao emergirem subitamente da escuridão, cada um deles favorecido por miríades de pontos de luz amarelada. Originando-se de um local desconhecido, ouviam-se as badaladas de um sino, marcando o quarto de hora. Amory deteve-se junto ao relógio de sol e estendeu-se na relva úmida. O frescor banhou seus olhos e ralentou a marcha do tempo – um tempo que deslizara insidiosamente através das preguiçosas tardes de abril, que parecia intangível nos prolongados crepúsculos da primavera. Noite após noite, as cantigas dos veteranos ecoavam no campus, com melancólica beleza. Uma profunda e reverente devoção aos muros cinzas, às torres góticas e a tudo aquilo que simbolizavam, enquanto depositárias de tempos passados, atravessou as várias camadas de sua consciência de calouro.

As torres que Amory avistava da janela de seu quarto alteavam-se, espiraladas, ambicionavam subir cada vez mais alto, até seu cimo tornar-se quase invisível, delineado contra o céu matinal, e isso lhe transmitia a noção da transitoriedade e da desimportância das figuras que se deslocavam pelo campus, exceto como continuadoras de uma sucessão apostólica. Gostava de saber que a arquitetura gótica, com sua tendência a projetar-se para o alto, era especialmente apropriada às universidades, e esse conceito tornou-se para ele algo pessoal. Os extensos e verdejantes gramados, os silenciosos corredores, com suas luzes que brilhavam ocasionalmente tarde da noite, capturavam sua imaginação num abraço vigoroso, e a castidade da torre espiralada tornou-se símbolo dessa percepção.

"Dane-se", murmurou, molhando a mão no gramado úmido e passando-a nos cabelos. "No ano que vem trabalharei!" No entanto, sabia que o espírito das torres espiraladas, que agora o tornava sonhadoramente submisso, mais tarde o intimidaria. Agora percebia apenas a própria inconsequência, mas o esforço o faria consciente de sua própria impotência e insuficiência.

A universidade continuava sonhando, porém desperta. Amory sentiu uma excitação nervosa, que bem podia ser a pulsação de seu lento coração. Era um riacho, no qual ele jogaria uma pedra, mas a leve ondulação das águas desapareceria quase no mesmo instante em que a pedra se desprendesse de sua mão. Até então ele não tinha dado nada, nada recebera.

Um calouro retardatário, cujas galochas produziam um som áspero quando pisava nas poças de água, percorria a alameda. Uma voz, vinda não se sabia de onde, gritou a fórmula inevitável: "Ponha a cabeça de fora!". Centenas de sons, que se faziam ouvir com persistência, em meio ao nevoeiro, penetraram finalmente em sua consciência.

"Oh, meu Deus!", ele exclamou subitamente, assustando-se com sua própria voz, que interrompia o silêncio. O chuvisco continuava a cair. Amory ficou mais um minuto sem se mover, com as mãos cerradas. Então levantou-se e sacudiu a roupa.

"Estou molhado até os ossos", disse em voz alta para o relógio de sol.

HISTÓRICO

A guerra começou no verão seguinte a seu primeiro ano na universidade. Excetuando um interesse esportivo pela arrancada alemã em direção a Paris, o acontecimento não conseguiu emocioná-lo ou interessá-lo. Com a mesma atitude que teria para com um melodrama divertido, Amory esperou que a conflagração fosse prolongada e sangrenta. Se não prosseguisse, ele se sentiria como um indignado espectador de um campeonato no qual os contendores recusavam-se a lutar.

Essa foi sua única reação.

HÁ-HÁ, HORTENSE!

"Muito bem, *potrancas!*"

"Balancem!"

"Ei, potrancas – que tal deixarem de fazer corpo mole e sacudirem um pouco as cadeiras?"

"Ei, *potrancas!*"

O diretor exasperava-se em vão, o presidente do Clube Triângulo não conseguia controlar a ansiedade e oscilava entre furiosas explosões de autoridade e crises de desânimo. Deprimido, pôs-se a imaginar se o espetáculo teria condições de excursionar na época do Natal.

"Muito bem. Vamos retomar a canção do pirata."

As coristas deram as últimas tragadas em seus cigarros e tomaram posição no palco; a estrela da companhia, afobada, ocupou seu lugar na boca de cena e posicionou pés e mãos em atitude afetada. Assim que o diretor começou a marcar o ritmo, bater palmas e cantarolar, as coristas começaram a dançar com a maior falta de jeito possível.

O Clube do Triângulo era um grande e fervilhante formigueiro. Montava anualmente uma comédia musical e excursionava com o elenco, coro, orquestra e cenário durante todas as férias de Natal. O texto e a música eram responsabilidade dos calouros e o clube era uma instituição das mais prestigiadas. Todo ano mais de trezentos estudantes candidatavam-se a participar dos espetáculos.

Amory, após alcançar uma vitória fácil na primeira competição do *Princetonian* aberta aos calouros, preencheu uma vaga no elenco, desempenhando o papel de "Azeite Quente, lugar-tenente de um Pirata". Durante a semana inteira e todas as noites o elenco ensaiou *Há-Há, Hortense!* no Cassino, das duas da tarde até as oito da manhã do dia seguinte, sustentado por xícaras e mais xícaras de um café escuro e forte. Nos intervalos, todos tiravam uma soneca. O Cassino possuía uma atmosfera e tanto. Era um auditório enorme, no formato de um barracão, onde se viam marmanjos representando garotas, piratas e bebês. O cenário estava sendo montado aos trancos e barrancos. O encarregado da iluminação ensaiava, direcionando as luzes dos refletores para olhos furibundos; dominando tudo, ouvia-se a afinação constante da orquestra ou o sapateado ruidoso, contraponto a uma canção. O rapaz que escrevia as letras se refugiara num canto, nervoso, mordendo o lápis, pois dispunha de apenas vinte minutos para criar um número extra; o administrador discutia com o secretário sobre a quantia de dinheiro que poderia ser gasta com "aqueles malditos figurinos das ordenhadoras"; um aluno já formado, presidente do clube em 1898, sentado na plateia, pensava no quanto as coisas eram mais simples em seu tempo.

Como um espetáculo do Clube do Triângulo acabava sendo montado era um eterno mistério, mas, de qualquer modo, um mistério dos mais tumultuados, quer seus participantes cooperassem ou deixassem de cooperar o suficiente para poder usar um pequenino e prestigioso triângulo de ouro na cadeia de seus relógios. *Há-Há, Hortense!* foi reescrita seis vezes e tinha o nome de nove colaboradores no programa. Todos os espetáculos do Clube do Triângulo começavam sendo "algo diferente – não apenas um musical corriqueiro", mas quando os vários autores, o presidente do clube, o diretor e o Comitê dos Professores o consideravam pronto para estrear, o que sobrava era o velho e previsível espetáculo de sempre, com as velhas piadas, igualmente previsíveis, e, como sempre, com a estrela do espetáculo sendo expulsa, adoecendo ou aprontando qualquer coisa no gênero, pouco antes da excursão – isso para não mencionar aquela corista de suíças negras, que se recusava terminantemente a fazer a barba duas vezes por dia.

Havia uma passagem brilhante em *Há-Há, Hortense!* É tradição em Princeton; sempre que um aluno da Universidade de Yale, pertencente à conhecida confraria "Caveiras & Tíbias", ouve mencionar este nome sagrado, ele deve retirar-se imediatamente da sala de espetáculos. É igualmente tradição que esses membros serão invariavelmente bem-sucedidos na vida, acumulando fortunas, votos, cupons ou o que quer que eles escolham acumular. Em consequência, em cada apresentação de *Há-Há, Hortense!*, meia dúzia de poltronas eram reservadas e ocupadas por seis vagabundos do pior aspecto possível, recrutados nas ruas e devidamente retocados pelo encarregado da maquilagem. Em determinado momento do espetáculo, quando "Cospe-Fogo, chefe dos piratas", apontava para sua bandeira negra e dizia: "Sou estudante de Yale – olhem minhas Caveiras e Tíbias!", os seis vagabundos eram instruídos a levantar-se *ostensivamente* e retirar-se do teatro aparentando profunda melancolia e dignidade ultrajada. Comentava-se – embora isso jamais tenha sido provado – que, em certa ocasião, um dos vagabundos contratados foi confundido com um verdadeiro estudante.

Durante as férias de Natal eles representaram para o público elegante de oito cidades. Louisville e Memphis foram os lugares que Amory mais apreciou. Lá, eles sabiam como acolher gente de fora, ofereciam ponches extraordinários e exibiam um conjunto de belezas femininas dos mais surpreendentes. Ele aprovou Chicago, devido a uma certa verve que transcendia o forte sotaque local. Era, no entanto, um reduto de estudantes de Yale e como o Yale Glee Club deveria apresentar-se ali dentro de uma semana, o Clube do Triângulo recebeu homenagens bastante moderadas. Em Baltimore, a turma de Princeton sentiu-se em casa e todo mundo se apaixonou. Havia o tempo todo um consumo constante de bebidas fortes. Invariavelmente um dos participantes entrava em cena bastante estimulado, alegando que o modo como ele interpretava seu personagem assim o exigia. A trupe ocupava três vagões especialmente reservados, mas ninguém dormia no terceiro vagão, denominado "o vagão dos animais", onde se acomodavam aqueles tagarelas que tocavam na orquestra (todos usavam óculos). O ritmo era tão alucinante que não havia tempo para ninguém se entediar, mas quando chegaram à Filadélfia, quase no final das férias, foi repousante abandonar aquela atmosfera de flores e potes de maquilagem. As coristas livraram-se de seus espartilhos, com dores abdominais e suspiros de alívio.

Quando todos começaram a debandar, Amory seguiu a toda pressa para Mineápolis, pois Isabelle Borgé, prima de Sally Weatherby, iria passar o inverno naquela cidade, enquanto seus pais viajavam para o exterior. Em suas lembranças, Isabelle era apenas aquela garotinha com quem havia brincado algumas vezes, logo que chegou a Mineápolis. Ela tinha ido morar em Baltimore, mas desde então dava o que falar...

Amory sentia-se em plena forma, confiante, nervoso, exultante. Viajar a toda pressa para Mineápolis a fim de encontrar-se com a jovem que conhecera ainda menina parecia-lhe algo interessante e romântico e assim, sem o menor remorso, telegrafou para sua mãe, comunicando que não o esperasse. Tomou o trem e durante 36 horas só pensou em Amory Blaine.

"UM AMASSO"

Durante a excursão do Clube do Triângulo, Amory havia entrado em contato constante com aquele grande e corriqueiro fenômeno americano chamado "amasso".

Nenhuma das mães vitorianas – e a maioria delas era vitoriana – tinha a menor ideia da facilidade com que suas filhas haviam se acostumado a ser beijadas. "As empregadinhas é que procedem assim", dizia a sra. Huston-Carmelite a sua filha, muito requisitada, aliás. "Primeiro são beijadas e só depois são pedidas em casamento."

Acontece que a Jovem Requisitada fica noiva a cada seis meses, entre os dezesseis e os 22 anos, quando contrata casamento com o jovem Hambell, da firma Cambell & Hambell, o qual, muito convencido, acha que é seu primeiro amor. Entre um noivado e outro, a Jovem Requisitada (ela é selecionada por meio daquele sistema de mudança de par durante os bailes, o que favorece a sobrevivência do mais apto) troca outros beijos sentimentais de despedida à luz do luar, ao pé da lareira ou em qualquer cantinho mais escuro.

Amory viu garotas fazerem coisas que até mesmo em suas recordações teriam sido impossíveis: almoços às três da tarde, ceias em cafés pouco recomendáveis, conversas sobre todos os aspectos da vida, com um ar entre compenetrado e zombeteiro, mas com uma excitação furtiva, que para ele representava uma verdadeira decadência moral. No entanto, jamais se deu conta do quanto isso se tornara corriqueiro até o momento em que passou a enxergar Nova York e Chicago como vastos territórios de intrigas juvenis.

Tardes no Plaza e, lá fora, o crepúsculo do inverno, o som abafado de uma orquestra... toda essa juventude se exibe e entedia-se no salão de recepção, tomando mais um coquetel, elegantemente vestida e à espera. Então as portas giratórias se movimentam e dão passagem a três garotas embrulhadas em casacos de pele. Logo após virá o teatro e, em seguida, a mesa reservada no Midnight Frolic – é claro que mamãe estará lá, mas sua presença servirá apenas para tornar tudo mais furtivo e instigante, enquanto ela permanece absolutamente só, à mesa de que todos desertaram. Mamãe pondera que essas diversões estão longe de ser tão prejudiciais quanto diziam, apenas causam uma certa preocupação. Mas a Jovem Requisitada voltou a se apaixonar...

Coisa esquisita, não? Havia tanto espaço no táxi, mas a Jovem Requisitada e aquele rapaz de Williams disseram que não cabiam e que tinham de ir em outro táxi.. Esquisito mesmo! Vocês não notaram como a Jovem Requisitada estava afogueada, quando chegou com dez minutos de atraso? A garota, entretanto, dá uma desculpa bastante convincente.

A menina bonita tornou-se uma namoradeira, a namoradeira quase se transformou em mulher fatal. Todas as tardes a menina bonita recebia a visita de cinco ou seis rapazes. Se a Jovem Requisitada, por um estranho acidente, recebe dois, a situação fica bastante desconfortável para aquele que não tem encontro marcado com ela. No intervalo entre as danças a menina bonita é rodeada por uma dúzia de rapazes. Tente localizar a Jovem Requisitada entre uma dança e outra...

Essa mesma garota, mergulhada em uma atmosfera de música desenfreada, questiona os códigos morais. Amory achava fascinante que qualquer garota requisitada a quem ele fosse apresentado antes das oito horas possivelmente estaria sendo beijada por ele antes da meia-noite.

"Afinal de contas, por que estamos aqui?", perguntou à garota que usava uma fivela verde nos cabelos, certa noite em que estavam na limusine de alguém, na frente do Country Clube de Louisville.

"Sei lá... A única coisa que sei é que quero me divertir."

"Sejamos francos. Nunca mais nos veremos. Eu quis vir aqui com você porque achei que é a garota mais bonita a quem me apresentaram. Está pouco se incomodando se voltarmos a nos ver, não é mesmo?"

"Não, mas é assim que você discursa para todas as meninas? O que foi que eu fiz para merecer isso?"

"E você não se sentiu cansada de dançar, fumar ou de todas as coisas que disse? Você apenas desejava..."

"Ora, vamos entrar", ela o interrompeu, "se está disposto a *analisar*. Chega de falar sobre este assunto."

Quando os pulôveres tricotados à mão e sem mangas estavam na moda, Amory, num momento de inspiração, batizou-os de "pulôveres para namorar". Esta designação atravessou o país de um extremo a outro, divulgada pelos conquistadores de salão e pelas Jovens Requisitadas.

DESCRIÇÃO

Agora Amory tinha dezoito anos, media pouco menos de um metro e noventa e era excepcionalmente – mas não convencionalmente – bonito. Seus traços eram um tanto juvenis e o que neles havia de ingênuo contrastava com olhos verdes e penetrantes, valorizados por cílios longos e negros. De certo modo, faltava-lhe aquele intenso magnetismo animal que frequentemente acompanha a beleza, nos homens ou nas mulheres. Sua personalidade parecia antes uma coisa mental, e não estava em seu poder abri-la e fechá-la como se faz com uma torneira. As pessoas, entretanto, jamais se esqueciam de seu rosto.

Ela fez uma pausa, no alto da escadaria. As sensações atribuídas a mergulhadores, quando ainda estão no trampolim, às estrelas de um espetáculo, em noite de estreia, e a rapazes robustos e ansiosos, em campeonatos esportivos, tomaram conta dela. Deveria descer aqueles degraus ao som de tambores que rufavam em sua homenagem ou acompanhada por uma mescla discordante de temas das óperas *Thaïs* e *Carmen*. Jamais sentira tamanha curiosidade por sua aparência, jamais se satisfizera tanto com ela. Completara dezesseis anos havia seis meses.

"Isabelle!", chamou do vestiário sua prima Sally.

"Já vou indo." Percebeu que estava um pouco nervosa e engoliu em seco. "Tive de mandar buscar lá em casa outro par de sapatos. Não demora muito."

Isabelle fez menção de dirigir-se ao vestiário para dar uma última olhada no espelho, mas algo a levou a permanecer ali e contemplar a escadaria em caracol do Clube Minnehaha. Percebeu, com dificuldade, dois pares de pés masculinos no vestíbulo, lá embaixo. Enfiados em sapatos pretos, não revelavam identidades, mas ela perguntou ansiosamente a si própria se um deles pertenceria a Amory Blaine. O rapaz, com quem ainda não havia se encontrado, ocupara, no entanto, uma parte considerável de seu dia, o primeiro desde que chegara, aliás. Sally foi esperá-la de automóvel na estação e, entre uma saraivada de perguntas, comentários, revelações e exageros, encaixou uma observação.

"Você se lembra de Amory Blaine, *é claro*. Ele está simplesmente louco para vê-la de novo. Chegou ontem da universidade e virá hoje à noite. Tem ouvido falar muito de você e disse que se lembra de seus olhos."

Isto agradou muito a Isabelle, pois era algo que os colocava em pé de igualdade, embora ela fosse mais do que capacitada para encetar seus próprios romances, com ou sem publicidade antecipada. No entanto, após ligeiro arrepio de felicidade e expectativa, sentiu uma ponta de angústia, que a levou a perguntar:

"Ele ouviu falar de mim? O que você quer dizer com isso? O que foi que ele ouviu?"

Sally sorriu. Diante daquela prima um pouco exótica, sentia-se como um diretor de teatro, capaz de conduzir uma interpretação.

"Bem, ele sabe que você é considerada linda" – e aí Sally fez uma pausa – "e acho que também sabe que você já foi beijada."

Ao ouvir tais palavras, Isabelle cerrou os punhos. Estava acostumada a ser falada por seu passado de desatinos, porém isso jamais deixara de despertar nela ressentimentos; mas, numa cidade estranha, não deixava de ser uma reputação vantajosa. Já que tinha fama de afoita, eles que descobrissem por si mesmos...

Na calçada, Isabelle contemplou a neve cair, em plena manhã gelada. Esquecera-se de que lá fazia muito mais frio do que em Baltimore. O gelo cobria o vidro da porta lateral e a neve se acumulava nos cantos das janelas. Seus pensamentos continuavam a gravitar em torno de um determinado assunto. Será que *ele* se vestiria como o rapaz a quem ela via naquele momento, caminhando calmamente por uma rua movimentada, de mocassins e roupa de caubói? Como aquilo era próprio do faroeste!

É claro que ele não era assim. Estudava em Princeton, era um calouro ou algo do gênero. Ela, realmente, não tinha uma ideia clara de como ele seria. Um retrato antigo, que guardava num álbum, causou-lhe impressão, devido aos olhos grandes (provavelmente agora estariam mais harmonizados com o rosto). Entretanto, no mês anterior, quando decidiu ir visitar Sally, Amory assumira as proporções de um adversário à altura. Os jovens, os mais astutos dos casamenteiros, planejam rapidamente suas campanhas e Sally entabulou uma correspondência esperta, adequada ao temperamento excitável de Isabelle. Esta, durante algum tempo, havia dado mostras de que era capaz de emoções muito fortes, embora passageiras...

Isabelle e Sally se detiveram diante de uma casa ampla, de pedras brancas, um pouco recuada. A sra. Weatherby acolheu Isabelle calorosamente e suas muitas primas, mais jovens do que ela, muito gentis, surgiram de todos os cantos. Isabelle tratou-as com muita delicadeza. Cativava a todos com quem entrava em contato, excetuando garotas mais velhas do que ela e algumas mulheres. Todas as impressões que ela causava eram conscientes. A meia dúzia de meninas com quem reatou conhecimento, aquela manhã, mostraram-se bem impressionadas com seus modos francos e com sua personalidade. O assunto Amory Blaine foi abordado sem rodeios. Ele não era nem popular nem impopular. Ao que parecia, todas as garotas presentes tinham tido um certo envolvimento amoroso com ele em determinado momento, mas nenhuma delas forneceu informações realmente úteis. Amory ficaria caído por Isabelle... Sally divulgou essa informação para as meninas e elas foram da mesma opinião, assim que puseram os olhos nela. No seu íntimo, Isabelle decidiu que, caso fosse necessário, *se forçaria* a gostar dele. Era uma dívida que tinha para com Sally. E se ficasse terrivelmente decepcionada?

Sally o pintara com cores tão favoráveis... Ele era bonito, "distinto, quando queria", tinha classe e era rematadamente inconstante. Na verdade, ele era a súmula de todo o ideal romântico que sua idade e seu ambiente a tinham levado a desejar. Pôs-se a imaginar se seriam dele aqueles sapatos que esboçavam passos de *fox-trot*, em torno do tapete macio, no salão do Clube Minnehaha.

Todas as impressões e, na realidade, todas as ideias eram extremamente caleidoscópicas para Isabelle. Ela possuía aquela curiosa mescla de temperamento social e artístico que se encontra frequentemente em duas classes, a das mulheres de sociedade e a das atrizes. Sua educação, ou, melhor dizendo, sua sofisticação, fora absorvida dos rapazes que tiveram uma queda por ela. Seu tato era instintivo e sua capacidade em relação a casos amorosos era limitada unicamente pela quantidade de rapazes que estavam ao alcance de um telefonema. O flerte sorria em seus grandes olhos castanhos e transparecia em seu intenso magnetismo físico.

Assim, aquela noite, ela aguardou no alto da escadaria do clube enquanto iam buscar seus sapatos. No momento em que começava a impacientar-se, Sally saiu do vestiário, deixando transparecer toda a sua cordialidade e animação. Desceram para o salão, enquanto o farol perscrutador da mente de Isabelle focalizava dois pensamentos: sentia-se contente por estar corada e preocupava-se em saber se Amory dançaria bem.

No grande salão do clube ela foi rodeada, durante alguns momentos, pelas garotas com que se encontrara pela manhã. Então ouviu a voz de Sally repetir uma ciranda de nomes e surpreendeu-se inclinando-se para um sexteto de figuras vagamente familiares, vestidas de preto e branco, terrivelmente rígidas. O nome Blaine pairou no ar, mas inicialmente ela não conseguiu situá-lo. Seguiu-se um momento muito confuso e juvenil de recuos e encontrões desajeitados e de repente todo mundo estava conversando com quem menos desejava. Isabelle, através de uma manobra, levou Froggy Parker, calouro de Harvard, com quem havia pulado amarelinha quando criança, a sentar-se a seu lado, num dos degraus da escadaria. Tudo de que ela necessitava naquele instante era uma referência bem-humorada ao passado. Eram notáveis as coisas que Isabelle conseguia fazer a partir de uma única ideia. Primeiro enunciou essa ideia num registro entusiástico de contralto, com leve sotaque sulista; em seguida distanciou-se dela com um sorriso, aquele seu sorriso maravilhoso; depois exprimiu essa mesma ideia com variações, fazendo uma espécie de jogo mental e tudo isso em forma de diálogo. Froggy sentia-se fascinado e não percebia de modo algum que tudo aquilo estava sendo feito não para ele, mas para aquele par de olhos verdes que brilhavam debaixo de uns cabelos lustrosos, cuidadosamente molhados, situado um pouco à esquerda dos dois, pois Isabelle descobrira Amory. Tendo a mesma presença de espírito com que uma atriz, no momento do mais amplo domínio de seu próprio magnetismo, provoca uma funda impressão nos espectadores sentados na primeira fileira, Isabelle examinou seu antagonista.

Em primeiro lugar, tinha cabelos castanho-avermelhados, o que a decepcionou, pois esperava que ele fosse moreno e de uma esbelteza como só se vê num manequim... Quanto ao resto, notou que era ligeiramente corado e tinha um perfil correto, romântico. Causavam efeito um smoking bem ajustado e uma camisa de seda pregueada, do tipo que as mulheres ainda gostam de ver os homens usar, mas eles estavam começando a cansar-se dessa moda.

Durante essa inspeção, Amory permaneceu em silêncio, limitando-se a olhar.

"Você não é da mesma opinião?", ela perguntou subitamente, voltando-se para ele, com expressão de inocência.

Houve uma ligeira comoção e Sally, à frente deles, dirigiu-se para a mesa na qual se acomodariam. Amory fez questão de aproximar-se de Isabelle e murmurou:

"Sabia que é meu par durante o jantar? Tudo foi disposto neste sentido."

Ela ficou muito admirada, embora reconhecendo que havia certa lógica naquela distribuição. Ressentiu-se, porém, pois era como se uma boa fala tivesse sido tirada da estrela do espetáculo e dada a um personagem secundário... Não devia, de modo algum, perder a liderança. Todos riam, em meio à confusão dos que procuravam seus lugares, e olhares curiosos voltaram-se para ela, sentada perto da cabeceira da mesa. Estava apreciando imensamente tudo aquilo e Froggy Parker sentia-se a tal ponto enlevado com o ligeiro rubor de Isabelle que se esqueceu de puxar a cadeira para Sally, o que o deixou um tanto constrangido. Amory estava sentado do lado oposto, repleto de confiança e vaidade, contemplando-a com indisfarçada admiração. Ele e Froggy começaram a falar ao mesmo tempo:

"Tenho ouvido muitos comentários a seu respeito desde que você usava tranças..."

"Não foi divertido hoje à tarde...?"

Ambos se interromperam e Isabelle voltou-se timidamente para Amory. A expressão de seu rosto era resposta suficiente, mas ela decidiu aprofundar o assunto.

"Como assim? Comentários por parte de quem?"

"De todo mundo, durante todos esses anos em que você esteve ausente." Ela corou de maneira bastante apropriada. Froggy, à sua direita, já estava *hors de combat** ainda que não tivesse percebido inteiramente.

"Vou contar o que lembrei a seu respeito durante todos estes anos", prosseguiu Amory. Isabelle inclinou-se ligeiramente para ele e, com ar recatado, não tirou os olhos da salada de aipo diante de si. Froggy suspirou. Conhecia Amory muito bem e o jeito que ele tinha para dominar certas situações. Voltou-se para Sally e perguntou se ela iria para o colégio no próximo ano. Amory decidiu usar artilharia pesada.

"Existe um adjetivo que combina perfeitamente com você." Esta era uma de suas táticas favoritas. Raramente tinha uma palavra em mente, mas aquela frase deixava as pessoas intrigadas e ele sempre conseguiria dizer algo elogioso, no caso de ser acuado.

"Oh... e qual é?" O semblante de Isabelle revelava a enorme curiosidade que sentia.

* Fora de combate. Em francês no original. [N. T.]

Amory sacudiu a cabeça.

"Eu ainda não a conheço bem."

"Você me dirá mais tarde?", ela murmurou.

Ele fez que sim.

"Quando estivermos a sós..."

Isabelle concordou.

"Alguém já lhe disse que você tem um olhar muito penetrante?", ela perguntou.

Amory se esforçou por torná-lo ainda mais penetrante. Teve a impressão – mas não a certeza – de que o pé dela tinha tocado de leve no dele, sob a mesa, mas podia ter sido apenas o pé da mesa. Era difícil dizer, mas mesmo assim aquilo o excitou. Raciocinou rapidamente: teriam alguma dificuldade em ficar a sós em um cantinho isolado, no andar de cima?

"BABES IN THE WOODS"

Isabelle e Amory decididamente não eram inocentes, mas nem por isso eram particularmente ousados. Além do mais, uma atitude amadora contava muito pouco no jogo que estavam jogando, um jogo que, presumivelmente, constituiria para ela o principal objeto de estudos nos anos vindouros. Seus inícios foram como os dele: bela aparência e temperamento excitável, o resto era resultado de romances populares acessíveis e de conversas de toucador, ouvidas de jovens um pouco mais velhas. Desde que chegou ao clube, às nove e meia, mantinha uma postura artificial e quando seus olhos, grandes e reluzentes, revelavam ao máximo a ingênua que havia nela, Amory sentiu-se proporcionalmente menos iludido. Esperou que a máscara caísse, mas ao mesmo tempo não questionou seu direito de usá-la. Ela, em contrapartida, não se deixara impressionar por seu ar estudado de sofisticação *blasé*. Morava em uma grande cidade e gozava de ligeira vantagem sobre ele. Aceitou, porém, a pose de Amory, pois aquilo fazia parte das pequenas convenções inerentes àquele tipo de envolvimento. Ele sabia que estava obtendo um favor todo especial por parte dela porque Isabelle havia sido treinada para isso. Sabia também que era apenas a melhor conquista de que ela dispunha no momento e que precisaria melhorar suas oportunidades, antes de ficar em desvantagem. Assim, ambos continuaram a proceder com uma astúcia infinita, que teria deixado os pais dela estarrecidos.

Após o jantar teve início o baile... com moderação. Moderação? A cada dez ou doze compassos os rapazes batiam no ombro do par de Isabelle para dançar com ela e depois ficavam resmungando pelos cantos: "Você podia ter me deixado dançar mais um pouquinho!". Ou "Ela também não gostou da interrupção e disse isso para mim quando chegou minha vez de dançar novamente". Era verdade. Ela dizia isso a todos os rapazes e, ao separar-se deles, apertava sua mão e declarava: "Sabe, foi um grande prazer dançar com você...".

O tempo, no entanto, passava – mais de duas horas – e os galãs menos sutis tinham aprendido a direcionar para outros focos de admiração seus olhares pseudoapaixonados. Quando deu onze horas, Isabelle e Amory estavam sentados num sofá, num recanto discreto da sala de leitura, no andar de cima. Ela tinha plena consciência de que formavam um bonito par e parecia acomodar-se perfeitamente àquele isolamento, enquanto no andar térreo o baile prosseguia animado.

Rapazes que passavam pelo corredor olhavam para dentro, com inveja. As meninas apenas sorriam, franziam o cenho e prometiam a si mesmas comportar-se com juízo.

Agora ambos tinham chegado a um estágio muito definido. Trocaram confidências sobre tudo o que lhes tinha acontecido desde a última vez que se viram e boa parte do que Amory contou a seu respeito já era do conhecimento dela. Ele era calouro na universidade, fazia parte do corpo editorial do *Princetonian* e esperava ser redator-chefe quando chegasse ao último ano. Ficou sabendo por ela que alguns dos rapazes com quem saía em Baltimore eram "atrevidíssimos" e frequentavam bailes em estado de estimulação artificial. A maior parte deles tinha pouco mais de vinte anos e guiava sedutores carros vermelhos, marca Stutz. Metade deles tinha levado bomba em vários colégios e universidades, mas alguns adquiriram fama como atletas, o que levou Amory a admirá-la. Para dizer a verdade, o conhecimento mais íntimo de Isabelle com as universidades estava apenas começando. Ela se dava ligeiramente com muitos rapazes que a consideravam "uma garota bonitinha e que merecia que ficassem de olho nela". Isabelle, porém, desfiava seus nomes com uma pretensa desenvoltura, de fazer inveja a um nobre vienense. Tal é o poder de uma voz quente de contralto, quando se está acomodado num sofá macio...

Amory perguntou se ela o achava convencido. Isabelle respondeu que havia uma diferença entre ser convencido e ter confiança em si mesmo. Adorava a autoconfiança nos homens.

"Froggy é muito amigo seu?", perguntou.

"Até que é. Por quê?"

"É péssimo dançarino."

"Ele dança como se estivesse carregando a garota nas costas, em vez de tê-la em seus braços", observou Amory, rindo.

"Você observa as pessoas com muita perspicácia."

Amory protestou, com falsa modéstia, e no mesmo instante passou a fazer observações sobre várias pessoas conhecidas. Em seguida começaram a falar sobre mãos.

"Você tem mãos muito bonitas", ela observou. "Até parece que já tocou piano."

Eu disse que eles haviam alcançado um estágio muito definido e, mais do que isso, um estágio muito crítico. Amory ficara um dia a mais para vê-la e seu trem partiria à meia-noite e quinze. A mala e a valise o esperavam na estação e o relógio começava a pesar em seu bolso

"Isabelle, quero lhe dizer uma coisa", ele declarou subitamente. Eles vinham comentando, com certa ligeireza, "aquele brilho engraçado que ela tinha no olhar" e, ao notar a mudança da atitude de Amory, Isabelle percebeu o que estava por vir. Para dizer a verdade, estava imaginando quanto tempo levaria para aquilo acontecer. Amory estendeu o braço e apagou a luz. Ficaram no escuro, a não ser por um clarão avermelhado que atravessava as frestas das portas da sala de leitura. Ele começou a falar.

"Não sei se você sabe o que vou dizer. Puxa, Isabelle, até parece uma frase decorada, mas não é, não."

"Eu sei", ela disse com meiguice.

"Talvez nunca mais nos vejamos como agora. De vez em quando, eu tenho uma sorte incrível." Ele estava recostado na outra extremidade do sofá, mas ainda assim ela conseguia perceber a expressão de seu olhar.

"Voltaremos a nos encontrar, bobinho..." Ela enfatizou muito ligeiramente a última palavra, dando-lhe uma conotação quase carinhosa. Ele prosseguiu, com a voz meio embargada:

"Já me enamorei de muita gente – de meninas – e acho que você também – de rapazes, quero dizer –, mas com franqueza, você..." Ele se interrompeu e inclinou-se para a frente, apoiando o queixo nas mãos. "Oh, de que adianta... Você seguirá seu caminho e acho que seguirei o meu."

Silêncio durante um breve momento. Aquelas palavras mexeram com Isabelle. Amarfanhou o lenço, transformando-o numa bola, e deixou-o cair de propósito no chão, gesto que se percebeu graças à luminosidade difusa que incidia sobre eles. Suas mãos tocaram-se durante alguns segundos, mas nenhum dos dois falou. Os silêncios se tornavam mais frequentes e deliciosos. Outro casal errante, que também subira para o primeiro andar, dedilhava o piano, na sala ao lado. Após "Chopsticks", canção preliminar e obrigatória, um deles começou a tocar "Babes in the Woods", e uma voz de tenor ligeiro levou as palavras até o cantinho onde eles se encontravam:

Dê-me sua mão –
Compreenderei
À terra dos sonhos eu te levarei.

Isabelle cantarolou baixinho e tremeu ao sentir que a mão de Amory apertava a sua.

"Isabelle", ele sussurrou. "Sabe que sou louco por você. Acho que você também se interessa por mim."

"Sim."

"Até que ponto? Existe alguém de quem você goste mais do que de mim?"

"Não." Ele mal conseguia ouvi-la, embora tivesse se aproximado tanto que ela sentia sua respiração de encontro ao rosto dele.

"Isabelle, voltarei para a universidade durante seis longos meses e por que nós não... Se eu pudesse ter pelo menos uma coisa que me fizesse lembrar de você..."

"Feche a porta..." Sua voz estava tão embargada pela emoção que Amory chegou a duvidar que ela tivesse dito alguma coisa. Fechou a porta, fazendo o mínimo de barulho possível, e a canção continuava a chegar até eles, porém abafada.

> Resplandece o luar,
> Dê-me um beijo de boa-noite.

Que canção maravilhosa, pensou Isabelle. Tudo era maravilhoso aquela noite, sobretudo a cena romântica que se desenrolava naquele cantinho, os dois com as mãos entrelaçadas e o desfecho inevitável, encantadoramente próximo. Para ela, as perspectivas do futuro pareciam uma sucessão infinita de cenas como aquela: sob o clarão do luar, à luz pálida das estrelas, no banco traseiro de limusines luxuosas e em carros esportivos, estacionados debaixo de árvores acolhedoras. A única coisa que poderia mudar era o rapaz e isso era *tão* bom... Ele pegou a mão dela com suavidade e, levando-a aos lábios, beijou sua palma.

"Isabelle!" Seu murmúrio fundiu-se com a música e os dois pareciam flutuar, cada vez mais próximos um do outro. A respiração de Isabelle acelerou. "Posso beijá-la, Isabelle? Sim, Isabelle?" Entreabrindo os lábios, ela voltou-se para ele na penumbra. De repente o clamor de vozes, o barulho de passos apressados chegou até os dois. Com a rapidez de um raio Amory levantou-se e acendeu a luz. Quando a porta se abriu e três rapazes entraram, entre eles um injuriado Froggy, louco para dançar, Amory folheava revistas, enquanto Isabelle permanecia imóvel, serena e sem demonstrar o menor constrangimento. Ela chegou até mesmo a acolhê-los com seu mais belo sorriso, porém seu coração batia furiosamente e, de alguma forma, sentiu-se como se tivesse sido espoliada.

Era evidente que tudo chegara ao fim. Ouviram-se solicitações para a dança. Amory e Isabelle trocaram um rápido olhar. Nele sentia-se o desespero, nela, o pesar. A noite prosseguiu, os galãs se acalmaram e persistiram em suas eternas interrupções, tocando no ombro dos cavalheiros e solicitando suas damas no meio de uma dança.

Às quinze para a meia-noite, Amory despediu-se dela com ar grave, no meio de um pequeno grupo que se reuniu para desejar-lhe boa viagem. Durante um momento ele perdeu a pose e Isabelle sentiu-se um pouco desconcertada ao ouvir o tom satírico de um engraçadinho, que gritou:

"Leve-a lá fora, Amory!" Ao pegar na mão dela, apertou-a

levemente, ela retribuiu o aperto, como fizera com vinte mãos aquela noite, e não passou disso.

Às duas da madrugada, de volta à residência dos Weatherby, Sally perguntou se ela e Amory tinham "se divertido" no cantinho da sala de leitura. Isabelle voltou-se para ela, muito calma. Em seus olhos brilhava a luz daquela idealista que só acalenta sonhos invioláveis.

"Não", respondeu. "Não faço mais essas coisas; ele pediu, mas eu recusei."

Deitou-se e ficou a imaginar o que ele escreveria, na carta expressa que lhe enviaria no dia seguinte. Amory tinha uma boca tão benfeita. Será que ela um dia...?

"Catorze anjos tomavam conta deles", cantarolou Sally, sonolenta, no quarto ao lado.

"Maldição!", resmungou Isabelle, ajeitando o travesseiro e cobrindo-se cautelosamente com o lençol enregelado. "Maldição!"

CARNAVAL

Por intermédio do *Princetonian*, Amory chegou até onde queria. Alguns esnobes de menor categoria, termômetros equilibrados do sucesso, acolheram-no muito bem, à medida que as eleições do clube se aproximavam. Ele e Tom foram visitados por grupos de veteranos dos últimos anos, que chegavam muito constrangidos, sentavam-se empertigados na beirada dos sofás e tocavam em todos os assuntos, menos naquele que era o mais absorvente. Amory divertia-se ao perceber seus olhares, que não deixavam escapar pormenor algum. Caso os visitantes fizessem parte de algum clube no qual ele não estava interessado, sentia imenso prazer em chocá-los com observações nada ortodoxas.

"Vejamos", disse certa noite a uma delegação estupefata, "qual é o clube que vocês representam?"

Em relação aos visitantes dos clubes Ivy, Cottage e Tiger Inn, ele desempenhou o papel do rapaz "gentil, obsequioso, ingênuo", muito pouco à vontade e que não percebia o objetivo da visita.

Quando chegou a manhã fatal, no início de março, o campus tornou-se um monumento à histeria. Amory, acompanhado de Alec Connage, foi até o clube Cottage e contemplou com muita admiração seus colegas de classe, subitamente neuróticos.

Havia grupos inconstantes, que pulavam de um clube a outro; amigos recentíssimos, de dois ou três dias, anunciavam em tom lacrimoso e exaltado que deviam participar do mesmo clube e que nada os separaria; ouviam-se tortuosas confissões, de mágoas há muito reprimidas, quando alguém, agora Subitamente Valorizado, recordava injúrias de que fora vítima no primeiro ano da universidade. Estudantes desconhecidos eram elevados a um patamar de importância, ao receberem convites muito cobiçados; outros, considerados "do primeiro time", descobriam ter feito inimigos inesperados, sentiam-se perdidos, abandonados e, enfurecidos, falavam em deixar a universidade.

Em sua própria classe Amory viu rapazes serem discriminados por usarem chapéus verdes, por se vestirem com um alfaiate de péssimo gosto, por serem "certinhos demais", por se embebedarem "não exatamente como um cavalheiro" ou por motivos secretos, indecifráveis, conhecidos apenas daqueles que exercem o poder de vetar a entrada de algum candidato em um clube.

Essa orgia de sociabilidade culminou em uma festa gigantesca no Nassau Inn, onde o ponche foi servido em enormes recipientes e o cenário se compunha de um agrupamento de vozes e rostos delirantes que não paravam de circular e gritar.

"Olá, Dibby! Parabéns!"

"Gostei de ver, Tom, você teve muitos votos!"

"Diga lá, Kerry..."

"Kerry, soube que você entrou para o Clube Tiger Inn, com todos aqueles halterofilistas!"

"É, ainda bem que não entrei para o clube Cottage, onde só tem comadres fofoqueiras."

"Contaram que Overton desmaiou ao receber o convite do Clube Ivy. Acham que ele se apresentou no primeiro dia? Pois sim! Pegou a bicicleta e saiu pedalando por aí, achando que tinha sido um engano."

"Como foi que você fez para entrar para o Cap, seu espertalhão?"

"Parabéns!"

"Quem merece os parabéns é você. Soube que teve muitos votos."

Quando o bar fechou, todos se dividiram em grupos e, cantando, atravessaram o campus coberto de neve, na estranha ilusão de que finalmente a tensão e o esnobismo tinham chegado ao fim e que, nos próximos dois anos, eles poderiam fazer o que bem entendessem.

Passado muito tempo, Amory pensaria na primavera de seu segundo ano na universidade como a época mais feliz de sua vida. Suas ideias harmonizavam-se com a vida tal como se deparou com ela. Não queria nada além de se deixar levar, sonhar e cultivar os dez ou doze amigos que acabara de fazer, nas tardes de abril.

Certa manhã, Alec Connage apareceu em seu quarto e acordou-o. Lá fora o sol brilhava em toda a sua glória, iluminando Campbell Hall.

"Acorde, Pecado Original, e apronte-se. Esteja na frente do Renwick daqui a meia hora. Alguém arranjou um carro." Alec pegou uma bandeja e colocou-a cuidadosamente sobre a cama.

"Mas onde foi que conseguiram um carro?", perguntou Amory, com uma ponta de cinismo.

"É segredo, mas deixe a ironia de lado, caso contrário não irá conosco!"

"Acho que vou continuar a dormir", disse Amory com toda calma, acomodando-se e estendendo o braço para pegar um cigarro.

"Dormir?"

"Por que não? Tenho uma aula às onze e meia."

"Como você é desanimado! Bem, já que não quer ir dar um passeio até o litoral..."

Ao ouvir tais palavras, Amory pulou da cama, derrubando a bandeja, que foi parar longe, com tudo o que estava em cima dela. O litoral... fazia muitos anos que não o via, desde os tempos em que ele e a mãe realizavam suas peregrinações.

"Quem vai?", perguntou, enquanto se vestia às pressas.

"Oh, Dick Humbird, Kerry Holiday, Jesse Ferrenby e mais uns cinco ou seis sujeitos. Rápido, garoto!"

Daí a dez minutos Amory devorava sucrilhos no Renwick. Às nove e meia eles deixaram a cidade, em direção às areias da praia de Deal.

"O carro", informou Kerry, "é de alguém de lá. Na verdade foi roubado no parque de Asbury por pessoas desconhecidas, que o abandonaram em Princeton. O conselho da cidade deu permissão a Humbird, este sujeito sem coração, para devolvê-lo."

"Alguém tem dinheiro?", perguntou Ferrenby, que estava sentado no banco da frente.

Todos, em coro, declararam enfaticamente que não.

"A situação ficou interessante..."

"Dinheiro? O que significa dinheiro? Podemos vender o carro."

"Ou entregamos ao proprietário e pedimos uma recompensa por tê-lo devolvido."

"E como vamos conseguir comida?", perguntou Amory.

"Sinceramente", disse Kerry, olhando-o com ar reprovador, "você duvida da capacidade de Kerry de controlar a situação, durante três dias que vão passar rápido? Tem gente que viveu de brisa durante anos. Leia o *Mensário do Escoteiro*."

"Três dias... e eu tenho aulas."

"Um dos dias cai no sábado."

"Mesmo assim eu só posso faltar mais seis vezes e ainda temos um mês e meio pela frente."

"Expulsem este sujeito do carro!"

"O caminho de volta é longo..."

"Amory, nossa paciência com você está chegando ao limite, se é que me permite usar uma frase muito original."

"Não seria melhor você fechar o bico, Amory?"

Amory resignou-se e pôs-se a contemplar a paisagem. De certo modo a poesia de Swinburne vinha a calhar, naquele momento.

Chegam ao fim as chuvas e ruínas do inverno
E todas as estações de neves e pecados
E os dias que separavam um amante de outro amante
A luz derrotada, a noite vencedora.
O tempo que se recorda é mágoa que se esquece.
Derretem-se as geadas, geram-se as flores.
Entre os arbustos, nos prados verdejantes
Botão por botão a primavera desabrocha.
Os regatos transbordantes alimentam-se de...

"O que há, Amory? Amory está pensando em poesia, lindos passarinhos e flores. Consigo perceber em seu olhar."

"Não estou, não", ele mentiu. "Estou pensando no *Princetonian*. Eu deveria cuidar da paginação hoje à noite, mas acho que posso fazer por telefone."

"Oh", observou Kerry respeitosamente, "estes homens importantes..."

Amory ficou ruborizado e teve a impressão de que Ferrenby, um rival derrotado, sorria de leve. É claro que Kerry estava brincando, mas realmente ele não precisava ter mencionado o *Princetonian*.

O dia estava esplêndido. À medida que se aproximavam do litoral e o cheiro de maresia se fazia sentir, Amory começou a imaginar o oceano e as longas e niveladas extensões de areia, além dos tetos vermelhos, que se elevavam acima do mar azul. Daí a pouco eles entravam a toda velocidade na cidadezinha e de repente tudo aflorou à sua consciência, em um fluxo de emoção que não conseguia dominar...

"Meu Deus!" exclamou. "Vejam isto!"

"O quê?"

"Quero descer, rápido! Há oito anos que não vejo isto. Por favor, meus amigos, parem o carro!"

"Que rapaz mais esquisito!", observou Alec. "Acho que ele é um pouco excêntrico."

O carro foi estacionado no meio-fio e Amory correu em direção ao deque de madeira, ao longo da praia. Deu-se conta de que o mar era azul, imenso, rugia sem cessar – enfim, todas as banalidades relativas ao oceano que podem ocorrer a uma pessoa, mas se alguém lhe dissesse que tais coisas eram triviais, ele teria ficado muito surpreendido.

"Agora vamos almoçar", ordenou Kerry. "Venha, Amory, pare de sonhar, seja prático. Primeiro vamos experimentar o melhor hotel e em seguida os outros."

Percorreram o deque em direção ao hotel mais imponente do lugar e, ao entrarem na sala de jantar, escolheram uma mesa.

"Oito cervejas", ordenou Alec, "e, para mim, um sanduíche e batatas fritas. Veja o que os outros querem."

Amory comeu pouco, tendo sentado em um lugar de onde podia avistar o mar e sentir o vai-e-vem das ondas. Terminado o almoço, todos fumaram com a maior tranquilidade.

"De quanto é a conta?"

Um deles a conferiu.

"Oito dólares e vinte e cinco centavos."

"Mas que exploração! Daremos dois dólares e um dólar para o garçom. Kerry, junte os trocados."

O garçom aproximou-se e Kerry, muito sério, deu-lhe um dólar, pôs dois dólares em cima da conta e deu as costas. Dirigiram-se calmamente para a porta, perseguidos durante um momento pelo desconfiado Ganimedes.

"Deve haver um engano, senhor."

Kerry pegou a conta e examinou-a com ar crítico.

"De modo algum!", ele disse, sacudindo a cabeça com ar grave. Rasgou a conta em quatro pedaços, entregando-os ao garçom. Este ficou tão pasmo que não teve a menor reação, enquanto eles se retiravam.

"Será que ele não vai mandar alguém atrás de nós?"

"Não", disse Kerry. "Durante alguns instantes, pensará que somos filhos do proprietário ou algo assim; em seguida conferirá novamente a conta, chamará o gerente, e enquanto isso..."

Deixaram o carro em Asbury e foram de bonde até Allenhurst, onde percorreram os numerosos pavilhões, repletos de gente bonita. Às quatro tomaram refrescos numa lanchonete e, dessa vez, pagaram uma porcentagem ainda menor do custo total. Algo na aparência e no savoir-faire do grupo fez com que a coisa desse certo e eles não foram importunados.

"Sabe, Amory, somos socialistas-marxistas", explicou Kerry. "Não acreditamos na propriedade e estamos fazendo um teste com ela."

"Daqui a pouco anoitecerá", observou Amory.

"Observe e confie em Holiday."

Por volta das cinco e meia estavam todos muito joviais. De braços dados, percorriam o deque e entoavam uma cantiga monótona sobre as melancólicas ondas do mar. Então Kerry notou, na multidão, um rosto que o atraiu. Correndo em sua direção, voltou daí a pouco acompanhado de uma das garotas mais sem graça que Amory jamais vira. Sua boca, descorada, estendia-se de uma orelha a outra, era muito dentuça e seus olhos, pequenos e estrábicos, centravam-se desgraciosamente em ambas as narinas. Kerry apresentou-os formalmente.

"Esta é Kaluka, uma rainha do Havaí! Permita-me apresentar-lhe os senhores Connage, Sloane, Humbird, Ferrenby e Blaine."

A garota fez pequenas mesuras para todos. Pobre criatura! Amory imaginou que ela jamais havia sido notada em toda a sua vida. Possivelmente era débil mental. Quando os acompanhou – Kerry convidou-a para jantar – ela não disse nada que pudesse desmentir tal suposição.

"Ela prefere os pratos de sua terra", disse Kerry ao garçom, com ar muito sério, "mas qualquer porcaria vai servir."

Durante todo o jantar, Alec dirigiu-se a ela usando as expressões mais respeitosas, enquanto, do outro lado da mesa, Kerry a cortejava, por meio de frases idiotas, às quais ela reagia com risadinhas descontroladas. Amory limitou-se a observar aquele jogo. Pensava no quanto Kerry era hábil e como conseguia transformar um incidente dos mais banais em algo que possuía sutilezas e requintes. Os outros rapazes pareciam ter essa qualidade até certo ponto e estar na companhia deles não deixava de ser agradável. Amory, em geral, gostava dos homens individualmente, mas os temia em grupo, a menos que esse grupo se formasse em torno *dele*. Imaginou com quanto cada um contribuía para a reunião, pois ali cobrava-se uma espécie de taxa espiritual. Alec e Kerry eram a vida da reunião, mas não exatamente o centro. De certa forma o calado Humbird e Sloane, com sua impaciente arrogância, eram o centro.

Desde o primeiro ano da universidade Dick Humbird parecia a Amory o tipo perfeito do aristocrata. Era magro, mas benfeito de corpo. Tinha cabelos negros, encaracolados, traços regulares e a pele um tanto morena. Tudo o que falava parecia intangivelmente apropriado. Possuía infinita coragem, razoável sensatez, senso de honra, um encanto muito definido e uma *noblesse oblige* que o afastavam do que havia de convencional na virtude. Podia ser dissipador, sem se arruinar, e até mesmo suas aventuras mais boêmias não chegavam a cair no exagero. Seus colegas vestiam-se como ele, tentavam se expressar como ele... Amory chegou à conclusão de que provavelmente era um tanto dissimulado, mas jamais tentaria mudá-lo...

Humbird diferenciava-se daquele tipo saudável que, em sua essência, pertencia à classe média. Segundo parecia, não transpirava jamais. Algumas pessoas não conseguiam tratar um motorista com familiaridade sem que esta fosse retribuída. Humbird podia almoçar num restaurante da moda com um homem de cor e ainda assim as pessoas, de certa forma, sabiam que aquilo era correto. Não era um esnobe, embora se desse apenas com metade de seus colegas de classe. Seus amigos iam dos mais importantes aos mais humildes, mas era impossível cultivar sua amizade. Os criados o adoravam e tratavam-no como um deus.

Ele parecia ser o eterno exemplo do que os membros das classes superiores tentam ser.

"Ele se parece com aquelas imagens de oficiais ingleses que foram mortos, publicadas no *Illustrated London News*", disse Amory a Alec.

"Bem, vou lhe contar uma verdade chocante: saiba que o pai dele era empregado de um açougue, fez fortuna especulando com propriedades e foi morar em Nova York há dez anos."

Amory teve uma curiosa sensação de desapontamento.

O tipo de reunião que estavam tendo só se tornou possível graças à aproximação da classe após as eleições nos clubes. Era como se todos fizessem um último e desesperado esforço para se conhecer, manter-se unidos e rechaçar o espírito exclusivista que reinava nos clubes. Significava também um abandono daquelas alturas convencionais nas quais haviam ingressado com tamanha rigidez.

Após o jantar, acompanharam Kaluka até o deque e regressaram a Asbury beirando a praia. O mar à noite, oferecia novas sensações, pois seu colorido e suas nuances já não estavam mais presentes. Agora ele se assemelhava àquela vastidão desolada, que tornava melancólicas as sagas nórdicas. Amory pensou numa passagem de Kipling:

> Praias de Lukanon antes da chegada dos caçadores de focas.

Ainda era música, embora infinitamente plangente.

Às dez horas eles não tinham mais um centavo. Jantaram lautamente com os onze centavos que lhes restavam e, cantando, vaguearam pelos cassinos e arcos iluminados no deque, parando para ouvir, com ar de aprovação, todas as orquestras que tocavam. Em certo momento Kerry começou a pedir doações em benefício dos Órfãos de Guerra Franceses, o que rendeu um dólar e vinte e cinco centavos. Com ele compraram conhaque, para o caso de sentirem frio durante a noite. Encerraram o programa assistindo a um filme – uma velha comédia – que pontuavam sistematicamente com suas gargalhadas, para susto e aborrecimento do resto da plateia. Seu ingresso no cinema obedeceu a uma estratégia bem definida, pois cada um deles que entrava apontava, com ar de censura, para o que vinha atrás. Sloane, que fechava a fila, negou toda e qualquer responsabilidade pelo fato, assim que os outros se espalharam pela sala. Então, quando o bilheteiro indignado entrou, ele o seguiu, com o ar mais inocente desse mundo.

Mais tarde eles se juntaram no Cassino e fizeram planos para a noite. Kerry obteve do vigia noturno a permissão de dormirem sobre o deque. Os rapazes juntaram uma grande pilha com os tapetes que forravam as cabines, fazendo-os de colchões e cobertores. Conversaram até meia-noite e então mergulharam num sono sem sonhos, embora Amory fizesse o possível para ficar acordado e contemplar o luar maravilhoso que refletia no mar.

E foi assim que viveram dois dias felizes, percorrendo a praia em todas as direções, de bonde, de carro ou mesmo a pé, no deque repleto de gente. Algumas vezes comiam na companhia dos ricos e, com maior frequência, faziam refeições frugais, às custas de um dono de restaurante que de nada desconfiava. Numa loja que revelava rapidamente, tiraram seus retratos –

oito poses cada um deles. Kerry insistiu para que posassem para uma foto como se fossem um time de futebol e, em seguida, como um bando de marginais, com os paletós ao avesso e ele sentado no meio de todos, com um telão ao fundo e uma lua de papelão pairando sobre suas cabeças. Provavelmente o fotógrafo ainda guarda essas fotografias – eles nunca foram buscá-las, pelo menos. O tempo estava perfeito. Novamente dormiram ao ar livre, e novamente Amory caiu no sono sem querer.

O domingo chegou frio e respeitável. Até mesmo o mar parecia resmungar e se queixar. Então voltaram para Princeton, pedindo carona nos Fords dirigidos por agricultores que passavam pela estrada. Todos ficaram resfriados, mas fora isso o passeio não fez mal a ninguém.

Ainda mais do que no ano anterior, Amory negligenciou os estudos, não de propósito, mas tomado pela preguiça e atraído por uma infinidade de outros interesses. A geometria coordenada e os melancólicos hexâmetros de Corneille e Racine eram bem pouco sedutores, e até mesmo a psicologia, que ele aguardara ansiosamente, revelou ser matéria entediante, repleta de reações musculares e conteúdos biológicos, que sobrepujavam o estudo da personalidade e da influência do meio ambiente. As aulas eram logo após o almoço e o deixavam sempre sonolento. Ao descobrir que "subjetivo e objetivo" era uma resposta à maior parte das perguntas, começou a usar a frase em todas as ocasiões, tornando-se alvo das piadas da classe, em certa ocasião quando um professor lhe fez uma pergunta e ele, cochilando, foi acordado a cotoveladas por Ferrenby ou Sloane, balbuciando palavras desconexas.

Acima de tudo havia festas e viagens – a Orange, ao litoral, mais raramente a Nova York e à Filadélfia, embora certa noite eles conduzissem catorze garçonetes para fora do Child's e as levassem para passear na 5th Avenue, no andar de cima de um ônibus. Todos faltavam às aulas mais do que era permitido, o que significava um curso adicional no próximo ano, mas a primavera se impunha, era rara demais para permitir que qualquer coisa interferisse em sua deliciosa vagabundagem. Em maio, Amory foi eleito para o Comitê do Baile dos Segundanistas. Após uma reunião com Alec, que se estendeu por toda a tarde, eles elaboraram uma lista das probabilidades de seus colegas de classe integrarem o Conselho dos Veteranos, colocando-se entre os que tinham as maiores chances. O conselho compunha-se dos dezoito veteranos mais representativos e, levando em consideração o fato de que Alec era o treinador do time de futebol e Amory contava com a possibilidade de ser o redator-chefe do *Princetonian*, no lugar de Burne Holiday, suas pretensões pareciam ser bastante justificadas. Por estranho que pudesse parecer, ambos colocaram D'Invilliers como uma probabilidade, algo que, no ano anterior, teria deixado a classe muito admirada.

Durante toda a primavera Amory manteve uma correspondência intermitente com Isabelle Borgé, pontuada por violentas alterações e sobretudo revigorada por suas tentativas de encontrar novos termos para o amor. Descobriu que Isabelle, em suas cartas, não era nada sentimental, tinha um jeito discreto e irritante, mas sua esperança era de que ela não se revelasse uma flor exótica demais para não se adequar aos vastos espaços da primavera, tal como se adequara ao seu encontro no Clube Minnehaha. No mês de maio escreveu quase todas as noites cartas de trinta páginas, verdadeiros tratados, enviando-as para ela em envelopes volumosos, marcados exteriormente Parte I e Parte II.

"Sabe, Alec, acho que estou cansado da universidade", ele confessou com tristeza, enquanto caminhavam ao entardecer.

"Eu também, de certo modo."

"Gostaria de ter uma casinha no campo, num lugar de clima agradável, uma esposa e o suficiente para nos manter vivos."

"Eu também."

"Gostaria de desistir da universidade."

"E o que sua namorada acha?"

"Oh!" Amory teve uma reação extremada. "Não passaria pela cabeça dela casar... isto é, agora não. No futuro, sim."

"Pois passa pela cabeça da minha namorada. Fiquei noivo."

"É mesmo?"

"Sim. Por favor, não comente com ninguém, mas fiquei noivo. Talvez não volte o ano que vem."

"Mas você só tem vinte anos! Desistirá da universidade?"

"Ora, Amory, não faz um minuto e você dizia que..."

"Sim", interrompeu Amory, "mas eu estava apenas divagando. Não pensaria em deixar a universidade. É que me sinto tão triste durante estas noites maravilhosas... Acho que nunca mais voltarão e não estou obtendo delas tudo aquilo que podem me proporcionar. Gostaria que minha garota morasse aqui, mas casar... não há a menor possibilidade, sobretudo porque meu pai já disse que o dinheiro não está entrando com a mesma facilidade de antes."

"É, de fato, estas noites são um desperdício!", concordou Alec.

Amory suspirou e tratou de fazer bom uso das noites. Tinha um retrato de Isabelle embutido na tampa de um velho relógio, e quase todas as noites, às oito horas, apagava as luzes do quarto, com exceção do abajur da escrivaninha. Sentado perto da janela escancarada, com o retrato diante dele, escrevia-lhe cartas exaltadas.

... Oh, é tão difícil comunicar o que realmente sinto quando penso em você, e penso tanto... Você passou a significar para mim um sonho que não posso mais transpor para o papel. Recebi sua última carta e foi uma maravilha! Li e reli umas seis vezes, sobretudo a última parte, *mas às vezes gostaria que você fosse mais* franca *e disssese o que pensa verdadeiramente de mim. Sua última carta foi boa demais para ser verdade e mal consigo esperar até junho! Faça tudo o que estiver a seu alcance para estar presente em nosso baile de encerramento das aulas. Acho que vai ser ótimo e quero que você esteja aqui no final de um maravilhoso ano letivo. Penso muitas vezes naquilo que você disse aquela noite e ponho-me a imaginar o quanto você foi sincera. Se se tratasse de outra pessoa que não você... sabe, a primeira vez que a vi achei-a volúvel. É que você é tão popular; não consigo imaginar que você goste mais de mim do que de todos os outros.*

Oh, minha querida Isabelle, a noite está maravilhosa. Alguém está tocando "Lua do amor" num bandolim, lá longe, do outro lado do campus, e a música parece trazer você para bem perto de mim. Agora ele está tocando "Adeus, rapazes, para mim basta". Como isso se aplica bem a mim, pois há muita coisa que me bastou definitivamente. Decidi nunca mais voltar a beber e sei que jamais voltarei a me apaixonar e nem poderia. Você faz parte de meus dias e minhas noites a ponto de nunca mais me deixar pensar em outras garotas. Encontro-as o tempo todo e elas não me interessam. Não estou querendo dar a impressão de que sou blasé, porque não se trata disso. Acontece simplesmente que estou amando. Oh, minha queridíssima Isabelle (não consigo chamá-la apenas de Isabelle e receio que, neste mês de junho, a estarei tratando assim na frente de toda a sua família), você tem de comparecer ao baile. Em seguida passarei um dia em sua casa e tudo será perfeito...

A correspondência prosseguia nesse tom, numa interminável monotonia, que a ambos parecia infinitamente encantadora, infinitamente nova.

Junho chegou e os dias ficaram tão quentes e lânguidos que os estudantes não se preocupavam sequer com os exames, passando noites sonhadoras no pátio do Cottage, conversando sobre mil e uma coisas até que o horizonte para os lados de Stony Brook, se tornava uma névoa azulada, os lírios mostravam toda a sua alvura, ao redor das quadras de tênis, e as palavras davam lugar a silenciosas baforadas nos cigarros... Então desciam a Prospect, deserta àquela hora, e seguiam pela McCosh, cercados de canções por todos os lados, até a calorosa jovialidade da Nassau Street.

Naqueles dias Tom D'Invilliers e Amory caminhavam até tarde. A febre do jogo apoderou-se dos estudantes do segundo ano e durante aquelas noites abafadas se entregavam ao carteado até as três da madrugada. Após uma dessas sessões, eles saíram do quarto de Sloane e constataram que o orvalho caíra e que as estrelas iam sumindo no céu.

"Vamos arranjar bicicletas e dar uma volta", sugeriu Amory.

"Está bem. Não estou nem um pouco cansado e na verdade é quase a última noite do ano, porque na segunda-feira começam os preparativos do baile de encerramento."

Encontraram duas bicicletas sem cadeado em Holden Court e às três e meia pedalavam na estrada de Lawrenceville.

"O que pretende fazer este verão, Amory?"

"Não me pergunte. Creio que as mesmas coisas de sempre. Um ou dois meses em Lake Geneva – conto com sua presença lá, em julho – e depois irei até Mineápolis, o que significa dezenas de festinhas, mil aporrinhações, um tédio só. Tom", ele acrescentou subitamente, "não acha que este ano foi excelente?"

"Não", declarou Tom enfaticamente. Agora quem falava era um novo Tom, vestido com a maior elegância, usando sapatos alinhadíssimos. "Ganhei esta partida, mas sinto que jamais hei de querer jogar outra. Com você está tudo certo. É muito maleável e, de certo modo, isso lhe cai bem, mas estou cansado de adaptar-me aos esnobes deste canto do mundo. Quero ir para um lugar onde as pessoas não sejam discriminadas devido à cor de suas gravatas ou ao corte de seus paletós."

"Você não conseguirá, Tom", argumentou Amory, enquanto pedalavam em meio à noite que começava a se dissipar. "Agora, aonde quer que você vá, julgará inconscientemente as pessoas segundo os padrões adquiridos aqui: ou elas 'têm e são' ou 'não têm e não são'. Para o bem ou para o mal, você foi marcado por nós, tornou-se um tipo de Princeton!"

"Mas então", queixou-se D'Invilliers, e sua voz um tanto estridente subiu de tom, "por que é que devo voltar? Aprendi tudo aquilo que Princeton tem a oferecer. Dois anos mais de pedantismo e vagabundagem num clube não terão a menor utilidade. Servirão apenas para me desorganizar, me tornar uma pessoa completamente convencional. Agora mesmo sinto-me tão desfibrado que nem sei como é que darei conta da situação."

"Oh, mas você não está percebendo a verdadeira questão, Tom", interrompeu-o Amory. "Acaba de abrir os olhos para o esnobismo do mundo de maneira um tanto abrupta. Princeton dá invariavelmente, a um homem que saiba pensar, uma noção do que é a sociedade."

"Você está achando que me ensinou isso, não é mesmo?", disse Tom, encarando Amory na penumbra. Este apenas sorriu.

"E não ensinei?"

"Às vezes acho que você é meu anjo mau. Eu poderia ter sido um poeta bem razoável."

"Pare, está sendo duro demais. Você escolheu estudar em uma universidade da Costa Leste. Ou bem seus olhos estariam abertos para a mesquinhez das pessoas ou você passaria por tudo sem perceber nada, a exemplo do que acontece com Marty Kaye, o que você teria abominado."

"Sim, tem razão. Não teria gostado nem um pouco, mas ainda assim é duro ter de virar um cínico aos vinte anos."

"Eu já nasci cínico", murmurou Amory. "Sou um idealista cínico." Então fez uma pausa, imaginando se essa declaração significava alguma coisa.

Chegaram até Lawrenceville, onde àquela hora todos dormiam, e decidiram voltar.

"Que bom passeio, não é mesmo?", perguntou Tom.

"Sim, é um bom fim de noite, formidável. Hoje tudo está correndo muito bem. Ah, o que eu não daria por um verão quente, lânguido e por Isabelle!"

"Ora, você e sua Isabelle! Aposto que é uma tonta... declame alguns versos."

Amory declamou a "Ode a um rouxinol" para os arbustos à beira da estrada.

"Jamais serei poeta", declarou Amory, ao terminar. "Eu, na verdade, não sou suficientemente sensualista. Existem poucas coisas, aliás óbvias, que me chamam a atenção como sendo basicamente belas: as mulheres, as tardes primaveris, o mar. Não percebo coisas sutis, tais como 'trombetas de prata que ressoam'. Posso acabar me transformando em um intelectual, porém a única coisa que escreverei será poesia medíocre."

Chegaram a Princeton quando o sol criava mapas coloridos no céu. Apressaram-se em tomar uma ducha, que substituiria a noite de sono perdido. Por volta do meio-dia, os estudantes, com trajes festivos, entupiam as ruas com seus coros e bandas. Nas tendas havia numerosas reuniões e nelas bandeiras nas cores preto e laranja ondulavam ao sabor do vento. Amory contemplou durante muito tempo uma tenda onde estava afixada uma tabuleta com os algarismos "69". Ali, alguns homens grisalhos conversavam calmamente, enquanto os estudantes passavam, entregues ao fluxo da vida.

SOB A LUZ DO LUAR

Então, quando junho se aproximava, a tragédia, com seus olhos cor de esmeralda, surpreendeu Amory. Na noite após o passeio a Lawrenceville, um grupo de estudantes decidiu ir a Nova York procurar aventuras, e regressou a Princeton por volta da meia-noite, em dois automóveis. Todos se divertiram muito e apresentavam diferentes graus de sobriedade. Amory estava no segundo carro. Tinham seguido por uma estrada errada, perderam-se e agora se apressavam, a fim de alcançar o outro carro.

A noite estava clara e a exaltação provocada pelo passeio subiu à cabeça de Amory. Em sua mente delineava-se o fantasma de duas estrofes de um poema...

> O carro cinza rastejava em direção à noite, no crepúsculo, e em sua trajetória não se notava o menor sinal de vida... Enquanto o oceano se fendia diante do tubarão, em veredas aquáticas que refletiam o tremeluzir das estrelas, o arvoredo, banhado pelo luar, tornava-se visível, e aves noturnas, batendo as asas e piando, atravessavam os ares...
>
> Um breve momento de parada em uma taverna, onde se alternavam lâmpadas e sombras, uma taverna amarela sob um luar amarelo, e então o silêncio, no qual se dissipavam as risadas, que iam num crescendo... o carro partiu novamente, enfrentando os ventos de junho, e suavizou as sombras que a distância aumentava e então transformou as sombras amarelas em sombras azuis...

O carro parou subitamente. Amory levantou os olhos, assustado. Uma mulher estava no acostamento e conversava com Alec, que dirigia. Mais tarde ele recordou o aspecto de harpia que seu quimono todo puído lhe dava, bem como sua voz esganiçada.

"Vocês estudam em Princeton?"

"Sim."

"Ali adiante morreu um de vocês e outros dois estão quase mortos."

"Meu Deus!"

"Vejam só!" Ela apontou e eles olharam, horrorizados. A luz de um poste iluminava uma forma, de bruços, num círculo de sangue que aumentava cada vez mais.

Eles saltaram do carro. Amory não conseguia desprender o olhar daquela nuca... daqueles cabelos... e então viraram o corpo.

"É Dick – Dick Humbird!"

"Oh, meu Deus!"

"Veja se o coração dele está batendo!"

Então ouviu-se a voz insistente da velha megera, em que se percebiam tons de triunfo:

"Ele está morto, e bem morto. O carro capotou. Dois dos rapazes que não se machucaram acabam de levar os outros para dentro de casa, mas quanto a este aqui não há mais nada a fazer."

Amory saiu correndo em direção à casa e os outros carregaram o corpo inerte, que puseram num sofá, na varanda acanhada. Sloane, ferido no ombro, estava deitado no outro sofá. Estava semidelirante e não parava de falar sobre uma aula de química às oito e dez.

"Não sei o que aconteceu", disse Ferrenby, muito tenso. "Dick guiava e não queria revezar com ninguém. Dissemos a ele que tinha bebido muito. Então surgiu aquela maldita curva e... oh, meu Deus!..." Ele se jogou no chão e começou a soluçar.

O médico chegou e Amory aproximou-se do sofá. Alguém entregou-lhe um lençol para cobrir o corpo. Tomado de uma súbita firmeza, ele levantou uma das mãos e deixou-a cair, inerte. O rosto estava frio, mas não desprovido de expressão. Amory olhou para os laços do sapato. Dick os amarrara aquela mesma manhã. *Ele* os amarrara e agora era aquela massa pesada e imóvel. Era tudo o que restava do encanto e da personalidade do Dick Humbird que conhecera. Oh, tudo aquilo era tão horrível, tão pouco aristocrático, tão vizinho da morte! Toda tragédia encerra algo de grotesco, de esquálido, tão inútil, fútil... O modo como os animais morrem... Amory lembrou-se de um gato que vira horrivelmente estraçalhado em um beco, quando era criança.

"Alguém tem de ir até Princeton com Ferrenby."

Amory saiu e sentiu um ligeiro arrepio ao se expor ao vento noturno, um vento que chacoalhou um para-lama todo amassado, naquela massa de metal retorcido, produzindo um som que se assemelhava a um queixume.

CRESCENDO!

O dia seguinte, graças a uma sorte providencial, passou como um turbilhão. Quando Amory estava sozinho, seus pensamentos se voltavam inevitavelmente para a imagem daquela boca de onde o sangue jorrava, em contraste incongruente com o rosto muito pálido. Mas, cheio de determinação, esforçou-se e recorreu à empolgação para sepultar aquele fato em suas recordações e arredá-lo friamente de seus pensamentos.

Isabelle e sua mãe chegaram de carro à cidade por volta das quatro horas e subiram a festiva Prospect Avenue, em meio à multidão animada, para tomar chá no Cottage. Os clubes ofereciam seu jantar anual aquela noite e, assim, Amory entregou-as aos cuidados de um colega, combinando de encontrar-se com Isabelle no ginásio, às onze horas, quando os estudantes dos últimos anos eram admitidos ao baile dos calouros. Ela era tudo o que ele esperava e Amory sentia-se feliz e ansioso por tornar aquela noite o centro de todos os seus sonhos. Às nove horas, os veteranos estavam na frente dos clube, enquanto a parada dos calouros, que carregavam tochas, desfilava diante deles fazendo grande algazarra. Amory perguntava a si próprio se os grupos, trajados a rigor, tendo como pano de fundo as edificações imponentes e que marchavam sob o clarão das tochas, tornavam a noite tão festiva para aqueles calouros animados, que não paravam de dar vivas, como fora para ele no ano anterior.

O dia seguinte foi outro turbilhão. Almoçaram na alegre companhia de mais quatro pessoas, numa sala reservada do clube. Isabelle e Amory fitavam-se com ternura – entre eles interpunha-se uma galinha assada – e sabiam que seu amor seria eterno. Dançaram no baile até as cinco da manhã e os rapazes roubavam Isabelle de Amory, demonstrando alegria e animação, que se tornou cada vez mais entusiástica à medida que a noite avançava e que garrafas de vinho, escondidas nos bolsos de seus casacos, e esvaziadas no vestiário, faziam aquela antiga tensão que os acompanhava aguardar mais um dia. O hábito de interromper um par quando está dançando, e tirar a dama de seu cavalheiro, é próprio de um bando quase homogêneo de rapazes desacompanhados. É uma iniciativa que prospera muito mal quanto tomada por alguém mais afoito, porém solitário. Uma beleza de cabelos negros está dançando e ouve-se um murmúrio, ao mesmo tempo que os dançarinos avançam e um deles, mais atrevido do que os outros, rápido como uma flecha, interrompe o par que se formou. Então, quando a jovem de 1,80 m (trazida por Kaye, um colega de classe, e que ele tenta apresentar à turma durante todo o baile) passa dançando ou, melhor dizendo, galopando, a linha dos afoitos recua, dá as costas ao baile, disfarça e puxa prosa nos cantos do salão, pois Kaye, ansioso, suarento, abre caminho a cotoveladas, à procura de rostos conhecidos.

"Meu velho, estou acompanhado de uma garota que..."

"Sinto muito, Kaye, mas agora não dá. Vou 'cortar' aquele sujeito ali."

"E a próxima dança?"

"Bem... hum... a próxima também não vai ser possível. Volte a me procurar quando ela não tiver um par com quem dançar."

Amory sentiu enorme prazer quando Isabelle sugeriu que deixassem o baile durante alguns momentos e fossem dar uma volta de carro. Durante uma hora deliciosa, que passou rápido demais, eles deslizaram por estradas silenciosas, nos arredores de Princeton, tomados por uma tímida excitação, e abriram seus corações. Amory sentia-se estranhamente intimidado; não fez a menor tentativa de beijá-la.

No dia seguinte, passearam por toda a região de Jersey, almoçaram em Nova York e, à tarde, foram assistir a um dramalhão. Isabelle chorou durante o segundo ato inteiro, para certo constrangimento de Amory, embora ele se flagrasse repleto de ternura ao contemplá-la. Sentiu-se tentado a afugentar aquelas lágrimas com beijos. Protegida pela escuridão, ela entrelaçou sua mão na dele e Amory apertou-a suavemente.

Às seis da tarde chegaram à residência de verão dos Borgé, em Long Island. Amory subiu às pressas até o quarto que lhe fora designado e vestiu-se para o jantar. Ao pôr as abotoaduras, deu-se conta de que estava gozando a vida como provavelmente jamais voltaria a fazer. Tudo aquilo que o rodeava tinha a aura de sua própria juventude. Conquistara uma posição, incluía-se entre os melhores de sua geração em Princeton, estava apaixonado e seu amor era retribuído. Acendeu todas as luzes, contemplou-se no espelho, procurando encontrar em seu próprio semblante as qualidades que o levavam a enxergar tudo com maior clareza do que a grande maioria das pessoas, que o faziam tomar decisões com firmeza, que o capacitavam a exercer influência e a seguir sua própria vontade. Agora havia pouca coisa na vida que ele gostaria de modificar... Talvez Oxford fosse um campo mais vasto.

Admirou-se em silêncio. Sua aparência não podia ser melhor e o smoking caía-lhe muito bem. Saiu para o hall e aguardou no alto da escada, pois ouviu passos que se aproximavam. Era Isabelle e do topo de seus cabelos brilhantes até os pequenos mocassins dourados ela nunca lhe parecera tão bela.

"Isabelle!", ele exclamou, quase involuntariamente, estendendo-lhe os braços. Como acontece nos romances, ela se refugiou neles. Durante meio minuto, que foi o tempo em que seus lábios se tocaram pela primeira vez, a vaidade e o egoísmo de Amory atingiram seu ponto mais elevado.

3. O EGOCÊNTRICO MEDITA

"Ai! Solte-me!"

Amory deixou os braços caírem ao longo do corpo.

"Mas o que foi?"

"O peitilho de sua camisa machucou-me. Olhe!" Ela apontou para seu pescoço, onde uma pequenina mancha azul, do tamanho de um grão de ervilha, contrastava com sua alvura.

"Oh, Isabelle", ele disse em tom de autocensura, "sou mesmo um desajeitado. Desculpe-me... não deveria ter abraçado você com tanta força."

Ela o olhou com impaciência.

"Claro, Amory, você não pôde evitar e não doeu muito, mas qual é a providência que vamos tomar?"

"Providência? Ah, sim, a mancha... desaparecerá dentro de um segundo."

"Não vai desaparecer, não", ela disse após um exame concentrado. "Ainda está aí... Oh, Amory, o que faremos? Está bem na altura de seu ombro."

"Massageie", ele sugeriu, reprimindo uma ligeira vontade de rir.

Ela esfregou a mancha delicadamente, com a ponta dos dedos, e então uma lágrima aflorou no canto de seu olho e escorreu pelo rosto.

"Oh, Amory", ela disse em tom de desespero, com uma expressão patética, "se eu continuar esfregando meu pescoço vai transformar-se numa chama. O que farei?"

Naquele exato momento ocorreu-lhe uma citação de Shakespeare e ele não conseguiu resistir, dizendo-a em voz alta.

"Nem todos os perfumes da Arábia conseguem clarear esta pequenina mão."

Isabelle o encarou e o brilho da lágrima, em seu olho, tornou-se gélido.

"Você não está sendo nada solidário."

Amory não entendeu muito bem o que ela estava querendo dizer.

"Isabelle, querida, acho que vou..."

"Não me toque!", ela gritou. "Já não basta eu ter com o que me preocupar, e você fica aí, *rindo!*"

"Mas não deixa de ser engraçado, Isabelle, e ainda outro dia nós dois dizíamos que o senso de humor é..."

Ela o encarava não com um sorriso, mas com algo que era a leve e melancólica sombra de um sorriso, pairando nos cantos de sua boca.

"Oh, cale-se!" De repente ela começou a chorar e saiu correndo em direção ao quarto. Amory ficou parado, confuso, cheio de remorso.

"Maldição!"

Quando voltou a aparecer, Isabelle tinha coberto os ombros com um xale vaporoso e eles desceram a escada em um silêncio que persistiu durante todo o jantar.

"Isabelle", ele disse, um tanto cauteloso, enquanto se acomodavam no carro, pois iam dançar no Clube de Campo de Greenwich, "você está zangada e daqui a pouco eu também vou ficar. Beijemo-nos e façamos as pazes."

Isabelle, taciturna, manteve-se em silêncio.

"Odeio que riam de mim", disse finalmente.

"Não rirei mais. Agora não estou rindo, não é verdade?"

"Mas riu."

"Oh, não seja tão intoleravelmente feminina."

Os lábios de Isabelle contraíram-se ligeiramente.

"Serei o que bem entender."

Amory sentiu grande dificuldade em se controlar. Tornou-se consciente de que não sentia o menor afeto por Isabelle, mas sua frieza o incomodou. Queria beijá-la, e muito, pois aí poderia ir embora na manhã seguinte sem se importar. Ao contrário, se não a beijasse, ficaria preocupado... Isso interferiria vagamente no conceito que tinha de si como um conquistador. Não era nada meritório ficar numa posição secundária, *suplicante*, em relação a uma guerreira valente como Isabelle.

Talvez ela desconfiasse disso. De qualquer modo, Amory contemplou a noite, que deveria ser a consumação de um romance, deslizar, enquanto as mariposas esvoaçavam sobre suas cabeças e o perfume dos jardins na beira da estrada penetrava em suas narinas. Era, porém, uma noite sem frases interrompidas, sem ligeiros suspiros...

Mais tarde fizeram uma ceia ligeira na copa e Amory anunciou sua decisão.

"Estou indo embora, amanhã bem cedo."

"Por quê?"

"E por que não?"

"Não há necessidade."

"Pois é, mas estou indo..."

"Bem, já que você insiste em ser ridículo..."

"Oh, não leve as coisas para este lado...", ele protestou.

"Só porque eu não deixei você me beijar. Por acaso pensa que..."

"Isabelle, você sabe que não é bem assim, mas... se fosse? Chegamos a um ponto no qual ou devemos nos beijar... ou então nada. Não é que você esteja recusando por princípios morais."

Ela hesitou.

"Não sei realmente o que pensar de você", ela declarou, numa débil tentativa de reconciliação. "Você é tão engraçado..."

"Engraçado como?"

"É que pensei que você tinha muito autoconfiança. Lembra-se de me dizer outro dia que é capaz de fazer o que bem entender ou conseguir tudo o que quiser?"

Amory enrubesceu, pois dissera-lhe muitas coisas.

"Sim."

"Bem, você não me pareceu tão confiante esta noite. Talvez seja apenas muito convencido."

"Não sou, não", ele hesitou. "Em Princeton..."

"Oh, você e Princeton! Do jeito como você se expressa até parece que o mundo se resume a Princeton! Talvez seja capaz de escrever melhor do que qualquer outra pessoa no seu *Princetonian*; talvez os calouros considerem você importante..."

"Você não está entendendo..."

"Estou, sim, e muito, porque você está sempre falando de si e eu gostava disso, só que agora não gosto mais."

"E eu falei de mim esta noite?"

"Esta é exatamente a questão", insistiu Isabelle. "Você ficou todo preocupado hoje à noite e não tirou os olhos de mim. Além disso, sempre que estou falando com você tenho de pensar no que vou dizer, pois você é excessivamente crítico."

"Eu faço você pensar, é?", repetiu Amory, com uma ponta de vaidade.

"Você provoca uma tensão nervosa" – e isso ela disse com muita ênfase – "e quando analisa cada emoção e cada instinto eu simplesmente me sinto paralisada."

"Eu sei." Amory reconheceu que ela tinha razão e sacudiu a cabeça, impotente.

"Vamos." Isabelle levantou-se.

Ele fez o mesmo, com ar distraído, e dirigiram-se até a escada.

"Qual é o trem que posso tomar?"

"Há um trem às nove e dez, se é que você precisa realmente ir."

"Preciso, sim, com toda certeza. Boa noite."

"Boa noite."

Estavam no topo da escada. Ao caminhar em direção a seu quarto, Amory julgou ter percebido um leve sinal de descontentamento no semblante de Isabelle. Ficou acordado, no escuro, e refletiu até que ponto se importava com o que havia acontecido, o quanto sua súbita infelicidade não passava de vaidade ferida e se, no fundo, por uma questão de temperamento, ele não seria inapto para levar adiante um romance.

Ao despertar, um agradável fluxo de consciência apoderou-se dele. O vento agitava as cortinas de *chintz* nas janelas e Amory sentiu-se intrigado por não estar em seu quarto em Princeton, onde estavam pendurados nas paredes o retrato do time de futebol da universidade e o do Clube do Triângulo. Então o carrilhão, no hall, deu as oito horas e a recordação da noite anterior veio-lhe à mente. Saltou da cama e vestiu-se às pressas. Precisava retirar-se antes de ver Isabelle. O que lhe parecera um acontecimento melancólico agora adquiria as proporções de um anticlímax cansativo. Daí a meia hora estava pronto para viajar e sentou-se perto da janela. Sentiu que o coração lhe doía um pouco mais do que imaginara. Aquela manhã parecia estar tomada por uma zombaria irônica. Lá fora o sol brilhava, o jardim rescendia e, ao ouvir a voz da sra. Borgé, no jardim de inverno, imaginou onde estaria Isabelle. Alguém bateu à porta.

"O carro chegará às dez para as nove, senhor."

Amory voltou a seu posto de observação e pôs-se a repetir mecanicamente um verso de Browning, que certa vez citou para Isabelle numa de suas cartas:

> Sabe, cada vida irrealizada
> É inerte, desigual, fragmentada,
> Não suspiramos fundo, não nos regozijamos
> Nem nos desesperamos, passamos fome, festejamos
> Felizes não fomos.

Sua vida, porém, não seria irrealizada. Sentiu um contentamento sombrio ao pensar que, durante o tempo todo, Isabelle nada significou, a não ser aquilo que quis perceber nela; que aquele foi o ponto mais elevado que ela alcançou e que nunca mais alguém a levaria a refletir. No entanto era exatamente isso que a menina censurava nele. De repente Amory sentiu-se cansado de refletir, refletir, refletir...

"Ela que vá para o inferno!", pensou com amargura. "Estragou meu ano!"

O SUPER-HOMEM TORNA-SE DISPLICENTE

Amory chegou a Princeton num dia poeirento de setembro e juntou-se ao grupo cada vez mais numeroso de estudantes condicionados que se acotovelavam nas ruas. Parecia-lhe uma estupidez iniciar as etapas finais dos estudos trancado durante quatro horas, pela manhã, numa sala abafada, ouvindo um professor dissecar a infinita chateação que era a teoria das secções cônicas, nas aulas de geometria dadas para quem tinha ficado em recuperação. O professor Rooney, um alcoviteiro do tédio, fumava sem parar, enquanto desenhava diagramas na lousa e construía equações, das seis da manhã até a meia-noite.

"Langueduc, se eu empregasse esta fórmula, onde estaria o ponto A?"

Langueduc, com a maior preguiça, mexeu seu corpanzil de jogador de futebol – mais de dois metros de altura – e tentou concentrar-se.

"Ah... oh... acho que não sei, não, professor Rooney."

"Mas é claro, é claro que você *não pode* empregar esta fórmula. Era isso que eu queria que você dissesse."

"Ah, é isso mesmo, com certeza."

"E percebe por quê?"

"Pode crer. Acho que sim."

"Se não percebe, estou aqui para mostrar."

"Bem, professor, se o senhor não se incomodar, gostaria que explicasse de novo."

"Com o maior prazer. Aqui temos a..."

A sala de aula era um campo fértil para um estudo sobre a estupidez: uma lousa enorme, o professor Rooney em mangas de camisa diante deles e, à sua volta, largados nas cadeiras, uns doze alunos: Fred Sloane, o arremessador da equipe de futebol, que *precisava* absolutamente passar de ano; "Slim" Langueduc, que poderia derrotar o time de Yale no outono, se pelo menos conseguisse tirar notas apenas sofríveis; McDowell, um calouro extrovertido, que achava o máximo ter aulas de recuperação com aqueles atletas tão destacados.

"Sinto pena desses pobres coitados que não têm sequer um centavo para pagar as aulas de recuperação e precisam estudar muito durante o ano letivo", ele disse a Amory certo dia, com displicente camaradagem, enquanto um cigarro pendia de seus lábios, onde não havia uma gota de sangue. "Quanto a mim, acharia um tédio só, pois há tanta coisa para se fazer em Nova York durante as aulas... Acho que eles não têm ideia do que estão perdendo." McDowell criava tamanha atmosfera de intimidade forçada que Amory quase o jogou pela janela quando disse aquilo... No próximo início do ano letivo a mãe dele ficaria intrigada diante do fato de seu filho não ter sido escolhido para participar de nenhum clube, e aumentaria sua mesada... que sujeitinho medíocre...

Atravessando a densa cortina de fumaça dos cigarros e o ar de solene e profunda atenção que povoavam a sala de aula, ouvia-se aquele pedido inevitável, repleto de desamparo:

"Não estou entendendo! Repita, professor Rooney."

A maioria deles era tão burra ou displicente que negava não ter compreendido. Amory incluía-se entre estes últimos. Achava impossível estudar as secções cônicas. Havia nelas uma respeitabilidade calma, assustadora, que se impunha como um desafio na fétida sala de aula do professor Rooney, e aquelas equações se distorciam, transformando-se em anagramas insolúveis. Na véspera do exame ele fez um último esforço, queimou as pestanas a noite inteira e apresentou-se com alguma esperança, sentindo-se ao mesmo tempo infeliz, imaginando por que motivos as cores e a excitação da primavera tinham desbotado tanto. De certa forma, com o afastamento de Isabelle, a ideia de alcançar sucesso na universidade já não se impunha tanto à sua imaginação, e ele encarou com equanimidade um possível fracasso em superar suas atuais disposições, embora isso significasse – o que lhe parecia arbitrário, aliás – sua eliminação do corpo de colaboradores do *Princetonian* e a total improbabilidade de participar do Conselho Editorial.

Quem sabe poderia contar com sua boa sorte? Bocejou, garatujou sua assinatura na primeira folha da prova e retirou-se rapidamente da sala.

"Se você não passar", observou Alec, recém-chegado ao quarto de Amory, enquanto imaginavam uma nova decoração para as paredes, "será um grande pateta. Seu prestígio vai desabar no clube e no campus."

"Estou sabendo. Por que você está esfregando isso no meu nariz?"

"Porque você merece. Qualquer pessoa que coloque em risco tudo aquilo que você conseguiu deveria ser inelegível para ocupar o cargo de redator-chefe do *Princetonian*."

"Vamos mudar de assunto", protestou Amory. "Espere e boca fechada. Não quero que ninguém no clube fique me fazendo perguntas, como se eu fosse uma batata que está sendo cultivada com fertilizantes para concorrer a um concurso de legumes."

Certa noite, daí a uma semana, Amory, a caminho do restaurante universitário, parou na frente de seu alojamento e vendo uma janela iluminada, chamou:

"Tom, chegou alguma correspondência para mim?"

A cabeça de Alec surgiu recortada contra a luz.

"Sim, o resultado do exame está aqui."

O coração de Amory disparou.

"E daí? É azul ou cor-de-rosa?"

"Não sei. Acho melhor você subir."

Ele foi até a sala de estar e dirigiu-se diretamente à mesa. Só então notou que havia outros rapazes presentes.

"Olá, Kerry." Amory mostrou-se quase polido. "Olá, rapaziada de Princeton." Quase todos pareciam ser amigos. Ele pegou o envelope onde se lia "Secretaria" e, nervoso, apalpou-o.

"É um peso e tanto..."

"Abra, Amory."

"Só para ser dramático, comunicarei a vocês que, se for azul, meu nome será retirado do corpo de colaboradores do *Princetonian* e minha curta carreira chegará ao fim."

Fez uma pausa e, pela primeira vez, notou o olhar de Ferranby, que o encarava sem disfarçar a ansiedade e a cobiça. Amory fez questão de retribuir à altura.

"Prestem atenção na minha fisionomia, senhores. Aguardem emoções primitivas."

Ele rasgou o envelope e aproximou o conteúdo da luz do abajur.

"E então?"

"Azul ou cor-de-rosa?"

"Diga o que é."

"Somos todos ouvidos, Amory."

"Sorria, diga um palavrão, faça alguma coisa."

Fez-se uma pausa... alguns segundos se passaram... Amory voltou a examinar o conteúdo do envelope e mais alguns segundos escoaram.

"Cavalheiros, é azul da cor do céu."

CONSEQUÊNCIAS

O que Amory fez aquele ano, do início de setembro até o final da primavera, foi tão fora de propósito, tão inconsequente, que mal vale a pena registrar. É claro que ele se arrependeu imediatamente de tudo o que havia perdido. Sua filosofia do sucesso simplesmente desabou e ele procurou investigar os motivos.

"Sua própria preguiça", observou Alec mais tarde.

"Não, é algo mais profundo. Comecei a sentir que estava destinado a perder esta oportunidade."

"O pessoal lá do clube está aborrecido com você. Cada membro que toma bomba enfraquece a turma."

"Detesto esse ponto de vista."

"É claro que com um pouco de esforço você ainda pode tentar ser readmitido."

"Não. Para mim basta, no que se refere a conquistar o poder na universidade."

"Mas, Amory, com toda honestidade, o que me deixa indignado não é o fato de que não será o redator-chefe no Conselho Editorial do *Princetonian*, mas você não ter passado no exame."

"Isso não me preocupa nem um pouco", declarou Amory pausadamente. "Estou mais indignado é com os fatos concretos. Minha própria preguiça estava de pleno acordo com meu sistema, mas minha sorte falhou."

"O que falhou foi seu sistema."

"Talvez."

"E agora, o que pretende fazer? Arranjar rapidamente um sistema melhor ou simplesmente vagabundear por mais dois anos, como um fracassado?"

"Ainda não sei..."

"Ora essa, Amory, anime-se!"

"Quem sabe..."

O ponto de vista de Amory, embora perigoso, não estava tão distante da verdade. Se suas reações a tudo aquilo que o cercava pudessem ser mapeadas, teríamos a seguinte configuração, começando pelos primeiros anos:

1. O Amory fundamental.
2. Amory mais Beatrice.
3. Amory mais Beatrice mais Mineápolis.

St. Regis, porém, o havia reembaralhado e implicado em uma nova configuração:

4. Amory mais St. Regis.
5. Amory mais St. Regis mais Princeton.

Nunca ele chegou tão perto do sucesso pelos caminhos do conformismo. O Amory fundamental, indolente, imaginativo, rebelde, fora quase soterrado. Ajustou-se, foi bem-sucedido, mas como sua imaginação não estava satisfeita ou conformada com seu próprio sucesso, ele, com indiferença e quase acidentalmente, jogou tudo pelos ares e tornou-se novamente:

6. O Amory fundamental.

FINANÇAS

Seu pai morreu tranquilamente, sem chamar a atenção, no Dia de Ação de Graças. A incongruência da morte, que competia com as belezas de Lake Geneva ou com a atitude digna e reticente de sua mãe, desviaram-no de suas preocupações. Ele encarou o enterro com uma tolerância em que havia uma ponta de diversão. Resolveu que, afinal de contas, o enterro era preferível à cremação, e sorriu ao recordar uma escolha de infância: a lenta oxidação, na copa de uma árvore. No dia seguinte à cerimônia, divertia-se na espaçosa biblioteca, deitado no sofá em teatrais posturas fúnebres, procurando decidir se, quando chegasse seu dia, seria encontrado com as mãos cruzadas piedosamente sobre o peito (certa vez monsenhor Darcy recomendara aquela postura como sendo a mais distinta) ou com as mãos cruzadas na nuca, o que seria uma atitude mais pagã e mais de acordo com a estética de Byron.

O que lhe interessou muito mais do que a derradeira separação entre seu pai e os assuntos terrenos foi um diálogo entre Beatrice, o dr. Barton, do escritório Barton & Krogman, seus advogados, e ele próprio, ocorrido alguns dias após o enterro. Pela primeira vez tomou um verdadeiro conhecimento das finanças da família, dando-se conta da considerável fortuna que estivera sob a administração de seu pai. Pegou um livro-caixa referente ao ano de 1906 e examinou-o cuidadosamente. Os gastos totais, naquele ano, ultrapassaram 110 mil dólares, dos quais 40 mil se referiam à renda de Beatrice, que não demonstrara o menor cuidado em discriminar suas despesas. Tudo estava sob a rubrica "retiradas, cheques e cartas de crédito expedidas em favor de Beatrice Blaine". As despesas restantes estavam minuciosamente anotadas: os impostos e as melhorias na propriedade de Lake Geneva chegavam a quase 9 mil dólares; a manutenção geral, incluindo o automóvel de Beatrice e mais um carro francês, adquirido naquele ano, superava 35 mil dólares. O resto estava cuidadosamente discriminado e havia despesas invariáveis, mas o todo não indicava grande equilíbrio nos gastos.

Ao examinar o livro-caixa de 1912, Amory ficou chocado ao verificar a diminuição da quantidade de ações e a grande diminuição da renda. No caso do dinheiro de Beatrice a queda não era tão pronunciada, mas ficava evidente que seu pai dedicara o ano anterior a várias operações malsucedidas com ações de petróleo. No todo essa área não fora tão afetada assim, mas Stephen Blaine sofreu grandes prejuízos. Os três próximos anos demonstravam diminuições dos rendimentos e, pela primeira vez, Beatrice começou a usar o próprio dinheiro para a manutenção da casa. Ainda assim a conta de seu médico, no ano de 1913, superava 9 mil dólares.

O dr. Barton mostrou-se vago e confuso sobre a verdadeira situação das finanças da família. Houve investimentos recentes, cujos resultados, no presente, eram problemáticos, e ele tinha uma certa noção de que havia outras especulações e negócios, sobre os quais não tinha sido consultado.

Decorreram alguns meses antes que Beatrice escrevesse a Amory, expondo a verdadeira situação. O que restava da fortuna dos O'Hara e dos Blaine consistia na propriedade de Lake Geneva e aproximadamente meio milhão de dólares, aplicados em ações bastante seguras, que rendiam seis por cento. Beatrice declarou que estava aplicando o dinheiro em ações ferroviárias e de transporte urbano, com toda a rapidez ditada pela prudência.

> *Estou absolutamente convicta* (ela escreveu a Amory) *de que se existe alguma coisa da qual podemos ter plena certeza é o fato de que as pessoas não ficarão paradas. Esse pessoal da Ford, sem a menor dúvida, vem tirando o máximo proveito desta convicção. Assim, dei instruções ao dr. Barton para especializar-se em ações da Northern Pacific e das Companhias de Trânsito Rápido, nome que dão aos bondes. Jamais me perdoarei por não ter adquirido ações da Bethlehem Steel. Ouvi, a esse respeito, as histórias mais*

fascinantes. *Você precisa ingressar no mundo das finanças, Amory. Penso que o apreciaria imensamente. Acho que se começa como office boy, ou caixa, mas a partir daí não se para de progredir. Tenho certeza de que, se eu fosse homem, adoraria mexer com dinheiro. Isso, em mim, tornou-se uma paixão senil. Antes de prosseguir quero discutir um assunto com você. A sra. Bispam, pessoa extremamente cordial, a quem conheci num chá um dia destes, contou-me que seu filho – ele estuda em Yale – escreveu-lhe dizendo que lá todos os rapazes usam roupa de baixo de verão* durante o inverno, *bem como andam com os cabelos molhados e sapatos muito finos* até mesmo nos dias mais frios. *Não sei se isso também é moda em Princeton, mas não quero que você seja tolo a esse ponto. Tais hábitos não apenas expõem um jovem à* pneumonia *e à* paralisia infantil *como também a todas as formas de problemas pulmonares, aos quais você é particularmente* inclinado. *Você não pode facilitar com sua saúde, conforme já verifiquei. Não farei um papel ridículo, como algumas mães, ao insistir em que você use galochas, embora me lembre de certo Natal, quando você as usou sem prender as fivelas. Você andava e as galochas faziam um barulho curioso, mas você se recusou a afivelá-las porque não lhe pareceu apropriado fazê-lo. Quando foi o próximo Natal você não quis nem mesmo usar botas de cano alto, embora eu pedisse muito. Meu bem, você agora tem quase vinte anos e não posso estar constantemente em sua companhia para verificar se está agindo com sensatez.*

Esta carta foi muito prática. *Preveni-o, na última carta, de que a falta de dinheiro para fazermos o que quisermos torna uma pessoa prosaica, e enfadonha, mas ainda dispomos de muitos recursos, se não formos muito extravagantes. Cuide-se, meu bem, e procure escrever pelo menos* uma vez *por semana, pois passa-me pela cabeça toda espécie de coisas horrorosas quando não tenho notícias suas.*

Afetuosamente,

MAMÃE

PRIMEIRA APARIÇÃO DO TERMO "PERSONAGEM"

Monsenhor Darcy convidou Amory para passar uma semana no palácio Stuart, junto ao rio Hudson, durante o Natal, e lá os dois tiveram prolongadas conversas ao pé da lareira. Monsenhor estava ficando um tanto corpulento e sua personalidade acompanhava aquela expansão. Amory sentiu segurança e conforto em refestelar-se numa poltrona bem macia e em fumar com ele um charuto, hábito tão saudável na meia-idade.

"Tenho pensado em deixar a universidade, monsenhor."

"Por quê?"

"Minha carreira está se dissipando no ar, como fumaça; o senhor poderá achar que isso é trivial, mas..."

"Trivial? De modo algum. Penso que é extremamente importante. Quero que você me conte tudo o que andou fazendo, desde a última vez que nos vimos."

Amory assim o fez. Narrou, com todos os pormenores, a destruição provocada por seus procedimentos egoístas. Daí a meia hora, o tom apático com que se exprimia mudou.

"Não sei, não. Gosto de viajar, mas evidentemente essa guerra cansativa me impede. De qualquer modo, minha mãe detestaria que eu não me formasse. Sinto-me perdido. Kerry Holiday quer que me aliste com ele no Esquadrão Lafayette."

"Você mesmo sabe que não gostaria de ir."

"Sim, algumas vezes sei, mas hoje iria em um segundo."

"Bem, para isso você teria do estar muito mais cansado da vida do que penso que está. Eu o conheço."

"Receio que sim", concordou Amory com relutância. "É que isso me pareceu o modo mais fácil de me livrar de tudo, especialmente quando penso em mais um ano inútil, sem o menor interesse, na universidade."

"Sim, eu sei, mas para dizer a verdade não me preocupo com você. Parece-me que está realizando progressos, e com a maior naturalidade".

"Não", retrucou Amory, "em um ano perdi metade de minha personalidade."

"De modo algum!", disse monsenhor, em tom zombeteiro. "O que você perdeu foi apenas uma bela carga de vaidade."

"Antes fosse! De qualquer modo, sinto como se tivesse repetido o ano mais uma vez em St. Regis."

"Não." Monsenhor balançou a cabeça. "St. Regis foi uma falta de sorte, mas a universidade lhe tem feito bem. Qualquer coisa válida que possa acontecer não será através dos canais que você andou buscando o ano passado."

"Mas o que poderia ser mais inútil do que minha atual falta de entusiasmo?"

"Talvez a coisa em si... mas você está progredindo. Isso lhe deu tempo para pensar e você está desvencilhando-se de boa parte de seus conceitos sobre fazer sucesso, ser um super-homem etc. Pessoas como nós não podem adotar teorias em bloco, conforme você fez. Se pudermos pôr em prática o próximo objetivo que nos interessa e se pudermos dedicar uma hora por dia para refletir sobre ele, realizaremos coisas maravilhosas. No entanto, faremos papel de idiotas se nos entregarmos a qualquer esquema ditatorial que envolva submissão a uma dominação absoluta."

"Mas, monsenhor, é esse próximo objetivo que eu não consigo pôr em prática."

"Amory, cá entre nós, só muito recentemente é que eu aprendi como agir neste sentido. Há mil coisas que eu consigo fazer, além do próximo objetivo, mas é exatamente isso que me bloqueia, exatamente como a matemática o bloqueou na universidade."

"Mas por que devo realizar meu próximo objetivo? Nunca me parece o tipo da coisa que eu deva fazer."

"Temos de fazer, pois não somos personalidades, mas personagens."

"Boa fala, mas o que o senhor quer dizer com ela?"

"Personalidade é aquilo que você julgava ser, aquilo que esse Kerry e esse Sloane, de quem você me fala, evidentemente são. Personalidade é quase inteiramente uma questão física. Ela rebaixa as pessoas sobre as quais atua e muitas vezes eu a vi desvanecer, por exemplo sob uma prolongada doença. Mas enquanto uma personalidade é ativa, ela ignora o 'próximo objetivo'. Um personagem, por outro lado, aglutina. Nunca se pensa nele à parte daquilo que realizou. Ele é uma viga mestra, na qual foram dependuradas milhares de coisas, às vezes coisas brilhantes, como são as nossas. Ele, porém, usa-as com fria determinação."

“Várias de minhas possessões mais brilhantes me fizeram falta quando eu mais precisava delas.”

“Precisamente. Isso acontece quando você sente que seu prestígio e seu talento se acumularam e você não precisa se preocupar com quem quer que seja. Pode lidar com as pessoas sem a menor dificuldade.”

“Mas, por outro lado, não possuo nada, estou desamparado!”

“De modo algum!”

“Bom, não deixa de ser uma ideia.”

“Você tem tudo para começar bem e é uma condição que Kerry ou Sloane, por razões estruturais, jamais terão. Livrou-se de três ou quatro coisas supérfluas e, num momento de capricho, desfez-se de tudo o mais. O importante agora é apropriar-se de coisas novas e quanto maior for o alcance de sua visão, nesse ato de apropriação, melhor para você. Lembre-se, porém, do próximo objetivo!”

“Como o senhor deixa tudo tão claro!”

E assim dialogavam, muitas vezes a respeito de si mesmos e outras sobre filosofia, religião e também sobre a vida como jogo ou mistério. O sacerdote parecia adivinhar os pensamentos de Amory antes mesmo que se tornassem claros para o jovem, a tal ponto suas mentes estavam sintonizadas.

“Por que será que eu organizo listas?”, perguntou-lhe Amory certa noite. “Listas de tudo o que é tipo?”

“É porque você é um medievalista”, respondeu monsenhor. “Ambos somos. É a paixão de classificar e encontrar um tipo.”

“É o desejo de conseguir algo definido.”

“É o núcleo da filosofia escolástica.”

"Estava começando a pensar que me tornava um excêntrico, até vir a seu encontro. Acho que não passava de uma pose."

"Não se preocupe com isso. Para você, não fazer pose talvez seja a maior pose que exista. Pose..."

"Sim?"

"Realize seu próximo objetivo."

Após voltar à universidade, Amory recebeu várias cartas do monsenhor, que lhe forneceram mais combustível com que alimentar seu egocentrismo.

Receio ter lhe dado excessivo apoio em relação à sua inevitável segurança, mas deve lembrar-se de que agi assim devido à fé nos esforços que você empreende e não movido pela tola convicção de que triunfará sem muito lutar. Precisará reconhecer que existem certas nuances em seu caráter, mas deve tomar todo cuidado em confessá-las para os outros. Você não é nada sentimental, é quase incapaz de afeto, é astuto, sem ser matreiro, vaidoso, sem ser orgulhoso.

Não se permita o sentimento da inutilidade. Muitas vezes, ao longo da vida, você estará em seu pior momento quando tiver sua pessoa no mais elevado conceito. Não se preocupe em perder sua "personalidade", como insiste em chamá-la. Aos quinze anos você possuía o esplendor da alvorada, aos vinte começará a ter a cintilação melancólica da lua e quando chegar à minha idade irradiará, como eu irradio, o dourado e genial calor do início do crepúsculo.

Se acaso me escrever, deixe que suas cartas sejam naturais. A última delas, seu ensaio sobre arquitetura, era detestável e de tal modo empolada que eu o visualizo vivendo em um vácuo intelectual e emocional. Cuide de não tentar classificar muito definidamente as pessoas em tipos. Descobrirá que, durante toda a sua juventude, elas persistiram, de maneira muito tediosa, em saltar de uma classe para a outra, e ao aplicar um rótulo desdenhoso em todo mundo estará prendendo um boneco de mola numa caixa, que saltará e zombará de você quando começar a manter, com o mundo, um contato realmente antagônico. Idealizar um homem da estatura de um Leonardo da Vinci seria uma referência mais valiosa no momento que você está vivendo.

Você está sujeito a elevações e quedas, conforme aconteceu comigo em minha juventude, mas mantenha a clareza de espírito e, se acaso tolos ou sábios ousarem criticá-lo, não se culpe excessivamente.

Você afirma que a convicção é aquilo que o mantém verdadeiramente íntegro nesta "proposta feminina", porém é mais do que isto, Amory. É o receio de não poder interromper aquilo que iniciou. Se isso acontecesse, você se desorientaria e sei do que estou falando. Trata-se daquele sexto sentido, meio milagroso, por meio do qual você detecta o mal, é aquele temor a Deus, do qual você se dá conta em parte, e que reside em seu coração.

Qualquer que seja o caminho que venha a seguir – religião, arquitetura, literatura –, tenho plena convicção de que estaria muito mais seguro ao apoiar-se na Igreja, porém não colocarei minha influência em risco argumentando com você, embora, no íntimo, esteja convencido de que o "abismo negro de Roma" se abre diante de sua pessoa. Não demore para escrever-me.

Lembranças afetuosas,

THAYER DARCY

Até mesmo as leituras de Amory se modificaram durante aquele período. Ele aventurou-se pelos becos enevoados da literatura: Huysmans, Walter Pater, Théophile Gautier e as passagens mais picantes de Rabelais, Boccacio, Petrônio e Suetônio. Certa semana, movido por uma curiosidade indiscriminada, inspecionou as bibliotecas particulares de seus colegas de classe e verificou que a de Sloane era tão típica quanto qualquer outra: coleções de Kipling, E. Henry, John Fox Jr. e Richard Harding Davis; *O que toda mulher de meia-idade deveria saber, A atração do Yukon;* um exemplar de um livro de James Whitcomb Riley, dado como brinde, um conjunto de compêndios escolares, anotados, maltratados, e finalmente, para sua surpresa, uma de suas recentes descobertas: uma coletânea de poemas de Rupert Brooke.

Na companhia de Tom D'Invilliers procurou, entre os luminares de Princeton, alguém que pudesse indicar-lhe a Grande Tradição Poética Americana.

Seus colegas de graduação eram bem mais interessantes, naquele ano, do que na Princeton de dois anos antes, inteiramente composta de filisteus. Agora as coisas estavam mais vivas, o que era surpreendente, embora com o sacrifício de boa parte do encanto espontâneo do primeiro ano. Na antiga Princeton, eles jamais teriam descoberto Tanaduke Wylie. Tanaduke estava no segundo ano, possuía um par de orelhas enormes e tinha um jeito de dizer "A terra rodopia através dos luares agourentos das gerações que nos precederam!", o que os deixava intrigados, imaginando por que tais palavras não tinham a menor clareza, mas jamais questionando que elas saíam da boca de uma superalma. Pelo menos era assim que Amory e Tom o consideravam. Declararam-lhe, com toda sinceridade, que seu intelecto era como o de Shelley e divulgaram seus versos e prosa, ultralivres, nas páginas da *Revista Literária de Nassau*. No entanto o gênio de Tanaduke absorvia as cores variegadas de sua idade e ele entregou-se à vida boêmia, para grande decepção dos dois. Agora discorria sobre Greenwich Village, no lugar dos "luares ao meio-dia", e mantinha encontros com as musas de inverno, nada acadêmicas, enclausuradas entre a rua 42 e a Broadway, no lugar daquelas pequenas criaturas de sonho, saídas das páginas de Shelley, com as quais ele havia presenteado as expectativas entusiastas de Tom e Amory. Assim, eles desistiram de Tanaduke em favor dos futuristas, convictos de que ele e suas gravatas flamejantes estariam em melhor companhia. Tom deu-lhe um último conselho: ele deveria parar de escrever durante dois anos e ler quatro vezes a obra completa de Alexander Pope. Amory, no entanto, sugeriu que recomendar Pope, para Tanaduke, era o mesmo que receitar remédio para calos quando alguém sentia dor de estômago. Ambos se afastaram, zombeteiros, e jogaram cara ou coroa para decidir se aquele gênio era grande demais ou medíocre demais para eles.

Amory, com uma ponta de desprezo, evitava aqueles professores benquistos, que todas as noites ofereciam epigramas fáceis e cálices de licor Chartreuse a grupos de admiradores. Sentiu-se igualmente decepcionado diante do ar de incerteza geral sobre cada tema que parecia estar ligado a um temperamento pedante. Suas opiniões se concretizaram numa pequenina sátira, intitulada "Numa sala de aula", que ele convenceu Tom a imprimir na *Revista Literária de Nassau*.

Bom dia, Tolo...
Três vezes por semana
O mestre nos mantém impotentes enquanto fala,
Provocando nossas almas sedentas
Com os "sim" untuosos de sua filosofia rala...
Bem, cá estamos nós, suas cem ovelhas...
Afine o instrumento, toque, extravase... nós dormimos...
Você é um discípulo, é o que eles dizem;
Um dia desses o mestre desencavou, pelo que sabemos,
Um resumo de alguma obra esquecida
Fungando, esquadrinhou um sucesso do passado,
Entupindo nossas narinas com poeira envelhecida,
E então, aprumando-se todo,
Divulgou-o, com um único e formidável espirro...
Aqui está um vizinho, sentado à minha direita
Um *Burro Prestimoso*, a quem consideram brilhante;
Vive fazendo perguntas... Como será prestigiado,
Com seus ares zelosos, seus gestos nervosos,
Após esta aula, contando ao mestre que
Não dormiu a noite inteira e leu todas as páginas
De seu compêndio... Oh, o mestre afetará modéstia e ele
Fingirá precocidade,
Ambos pedantes, o mestre sorrirá envaidecido
E olhando de esguelha, voltará a seus alfarrábios...
Ainda esta semana o mestre devolveu-me
Um tema que desenvolvi e então fiquei sabendo
(Através de vários comentários pelo mestre garatujados)
Que eu desafiei

As mais elevadas regras da crítica
Em troca de comentários fáceis e descuidados...
"Tem certeza de que está dizendo a verdade?"
E
"Shaw não é autoridade!"
Mas o *Burro Prestimoso,* com o tema que desenvolveu
Quase naufragou, mas o mestre a melhor nota lhe deu.

Ainda assim eu esbarro com o mestre aqui e acolá...
Quando representam Shakespeare
O mestre fica atento, em sua cadeira empertigado.
E um astro, roído pelas traças,
Encanta este pedante com que sou castigado...
Surge um radical e deixa chocado
Esse ateu tão determinado?
O mestre está representando o *Bom Senso,*
Boquiaberto, na plateia incomodado.

Às vezes até mesmo o coro da capela seduz
Esta sua tolerância consciente,
Esta ampla e radiante visão da verdade
(Incluindo *Kant* e o *General Booth...)*
E assim, de choque em choque o mestre vive,
Oco, pálido, afirmativo...
A aula acabou... e despertados do repouso
Cem alunos agradecidos, aliviados
Arrancam do mestre uma ou duas palavras
E retiram-se, em tropel...

Esquecendo-se, nessa terra mesquinha,
Do Formidável Bocejo que ao mestre pariu.

Em abril, Kerry Holiday abandonou a universidade e embarcou para a França, a fim de alistar-se no Esquadrão Lafayette. A inveja e a admiração que Amory sentiu diante dessa atitude foram superadas por uma experiência que ele teve e à qual jamais conseguiu dar o devido valor, mas que, mesmo assim, o incomodou durante três anos consecutivos.

O DEMÔNIO

Saíram do restaurante Healy's à meia-noite e tomaram um táxi até o café Bistolary's. Do grupo faziam parte Axia Marlowe e Phoebe Column, coristas do Summer Garden, Fred Sloane e Amory. A noite ainda começava e eles sentiam-se ridículos devido ao excesso de energia que os dominava. Irromperam no café com a animação de foliões dionisíacos.

"Mesa para quatro no meio da pista", gritou Phoebe. "Apresse-se, meu velho, anuncie que chegamos!"

"Diga-lhes para tocar 'Admiration'!", berrou Sloane. "Vocês dois façam o pedido; Phoebe e eu vamos sacudir o esqueleto." Ambos abriram caminho na multidão que se acotovelava. Axia e Amory, que se conheciam há apenas uma hora, seguiram um garçom até uma mesa bem situada. Acomodaram-se e ficaram olhando.

"Veja quem está aí. Findle Margotson, de New Haven!", exclamou Axia, em altos brados. "Olá, Findle!"

"Oh, Axia!", ele gritou, saudando-a. "Venha para nossa mesa!"

"Não!", murmurou Amory.

"Não posso, Findle, estou acompanhada. Telefone para mim amanhã, por volta de uma hora!"

Findle, que devia ser frequentador assíduo do café, deu uma resposta incoerente e voltou a dar atenção à vistosa loura que tentava conduzir na pista de dança.

"Que sujeito mais idiota!", comentou Amory.

"Oh, ele é boa gente. Chegou este garçom preguiçoso! Para sua informação, quero um daiquiri duplo."

"Traga quatro."

Os frequentadores rodopiavam, circulavam e mudavam de lugar. A maioria era de universitários, misturados com alguns poucos representantes do refugo masculino da Broadway, além de dois tipos de mulheres, sendo as coristas o mais distinto. No todo era uma multidão típica e sua reunião era tão típica quanto qualquer outra. Cerca de três quartos daqueles encontros não passavam de uma fachada, sendo portanto inofensivos, e terminavam na porta do café, cedo o suficiente para que os estudantes tomassem o trem de volta a Yale ou Princeton. Um quarto desses encontros prosseguia até alta madrugada e juntava estranhos resíduos de lugares estranhos. O encontro daquele pequeno grupo tinha tudo para ser inofensivo. Fred Sloane e Phoebe Column eram velhos amigos; Axia e Amory acabavam de ser apresentados. No entanto, coisas esquisitas podem acontecer, até mesmo no final da noite, e o inusitado, com menores probabilidades de ocorrer em um café, local do prosaico e do inevitável, preparava-se para estragar, no entender de Amory, o romance evanescente da Broadway. O caminho que esse fato tomou revelou-se tão absurdamente terrível, tão inacreditável que mais tarde Amory jamais pensou nele como uma experiência. Foi, porém, cena de uma tragédia nebulosa, representada muito além da cortina, e significou algo definido, que ele conhecia muito bem.

Por volta da uma eles seguiram para o Maxim's e de lá foram para o Denivière's. Sloane vinha tomando uma dose após outra e encontrava-se num estado de instável exaltação, mas Amory estava enfadonhamente sóbrio. Não cruzaram com nenhum daqueles velhos e corruptos sujeitos que oferecem champanhe e que, em geral, compareciam às festas em Nova York.

Eles tinham acabado de dançar e dirigiam-se para a mesa quando Amory percebeu que alguém, sentado numa mesa próxima, o encarava. Voltou-se e olhou casualmente... era um homem de meia-idade, com um paletó marrom, desacompanhado, e que fitava o grupo insistentemente. Ao perceber o olhar de Amory, sorriu levemente. Amory voltou-se para Fred, que sentava naquele instante.

"Quem é este sujeito pálido e idiota que não tira os olhos de nós?", perguntou em tom de queixa, indignado.

"Onde?", gritou Sloane. "Vamos expulsá-lo e é pra já!" Ele se levantou e oscilou para frente e para trás, apoiando-se no encosto da cadeira. "Onde é que ele está?"

Axia e Phoebe inclinaram-se e cochicharam algo. Antes que Amory se desse conta, os quatro já se retiravam.

"E agora, para onde vamos?"

"Para o apartamento", sugeriu Phoebe. "Lá temos conhaque, champanhe... isto aqui está muito morto."

Amory refletiu rapidamente. Tinha bebido muito pouco e, se decidisse não beber mais nada, seria razoavelmente apropriado de sua parte manter-se sóbrio durante o resto da noite. Talvez fosse melhor assim, pois poderia ficar de olho em Sloane, que não se encontrava em estado de tomar qualquer decisão. Assim, pegou Axia pelo braço e, amontoando-se num táxi, os quatro seguiram pelas avenidas até chegarem a um prédio de apartamentos muito alto, branco...

Ele jamais se esqueceria daquela rua... Era muito larga e de cada lado erguiam-se edifícios altos, brancos, pontilhados com janelas escuras. Estendiam-se até onde a vista conseguia alcançar, banhados por um luar magnífico, que lhes conferia a alvura do cálcio. Amory imaginou que cada um deles teria um ascensorista negro, elevador e chave para abri-lo em cada andar. Cada um desses edifícios contaria com oito andares e cada apartamento com três ou quatro suítes. Até que ficou contente ao entrar na acolhedora sala de estar de Phoebe e afundar no sofá, enquanto as garotas providenciavam comida.

"Phoebe é uma garota e tanto", confidenciou Sloane, baixinho.

"Vou ficar apenas uma hora", disse Amory com firmeza, perguntando a si mesmo se não estava parecendo muito pedante.

"Vamos ficar", protestou Sloane. "Já que estamos aqui, nada de pressa..."

"Não gosto deste lugar", disse Amory, teimoso, "e não quero comer."

Phoebe retornou com sanduíches, uma garrafa de conhaque, um sifão e quatro copos.

"Amory, sirva-nos", ela pediu, "e beberemos à saúde de Fred Sloane, rapaz distinto, bem-educado."

"Sim", reforçou Axia, entrando, "e também à saúde de Amory. Gosto de Amory." Ela sentou-se a seu lado e apoiou a cabeça loura no ombro dele.

"Pode deixar que eu sirvo", disse Sloane. "Encarregue-se do sifão, Phoebe."

"Pois então, aqui vai!"

Amory hesitou, com o copo na mão. Passou-se um minuto, enquanto a tentação o invadia como um vento cálido e sua imaginação incendiava. Pegou o copo da mão de Phoebe e foi tudo, pois no momento em que sua decisão se formou, levantou os olhos e viu, a uma curta distância, o homem que o encarava no café. Levantou-se, atônito, e o copo caiu de sua mão. Lá estava o homem meio sentado, meio reclinado numa pilha de almofadas, no divã do canto da sala. Seu rosto parecia coberto por aquela mesma camada de cera amarela que se notava no café, mas não era a cor desbotada e pálida de um defunto – uma espécie de palidez viril – e também não era pouco saudável. Na verdade, evocava a cor de um homem robusto que tivesse trabalhado numa mina ou noite adentro, num lugar de clima úmido. Amory o contemplou cuidadosamente e, mais tarde, teria sido capaz, até certo ponto, de desenhá-lo nos mínimos detalhes. Sua boca transmitia uma impressão de franqueza, seus olhos, penetrantes e cinzas, deslocavam-se lentamente de uma a outra pessoa do grupo com a sombra de um questionamento. Amory reparou em suas mãos. Não eram nada finas, mas possuíam versatilidade e uma força, tênue... eram mãos nervosas, que se apoiavam levemente nas almofadas e movimentavam-se sem cessar, abrindo e fechando com gestos espasmódicos. Então, subitamente, Amory percebeu os pés do homem. O sangue lhe subiu à cabeça e ele se deu conta de que sentia medo. Havia algo de equivocado naqueles pés... uma espécie de ambiguidade que ele mais sentia do que percebia... Era como a fraqueza, numa mulher bondosa, ou sangue sobre cetim, uma daquelas terríveis incongruências que abalam um segmento qualquer de nosso cérebro. O homem não calçava sapatos, mas uma espécie de mocassim, com as pontas reviradas, como se usava no século XIV. Eram marrom-escuro e seus dedos pareciam preenchê-los por inteiro. Eram insuportáveis, terríveis...

Amory deve ter dito alguma coisa ou balbuciado algumas palavras, pois a voz de Axia surgiu do nada, carregada de uma estranha bondade.

"Olhem só Amory! Coitado, está se sentindo mal... a cabeça está girando?"

"Vejam aquele homem!", gritou Amory, apontando para o divã. "Você está se referindo àquela zebra vermelha?", disse Axia, em tom de brincadeira. "Ih... tem uma zebra vermelha espiando Amory!" Sloane deu um sorriso amarelo. "A zebra está querendo te pegar, Amory?"

Fez-se silêncio... O homem encarou Amory com um ar intrigado... Em seguida, vozes humanas chegaram vagamente a seu ouvido:

"Achei que você não estava bebendo", observou Axia com ironia, mas era bom ouvir sua voz; o divã no qual o homem se acomodava era algo vivo, vivo como ondas de calor sobre o asfalto, como vermes que se contorcem...

"Volte! Volte!" Ele sentiu Axia segurar seu braço. "Amory, querido, você não vai embora, Amory!" Ele estava a meio caminho da porta.

"Vamos, Amory, fique conosco!"

"Está passando mal?"

"Sente-se um pouquinho!"

"Tome um copo d'água."

"Beba um pouco de conhaque..."

O elevador se aproximava, o ascensorista negro cabeceava de sono e parecia feito de um bronze fosco... A voz suplicante de Axia pairava no poço do elevador. Aqueles pés... aqueles pés...

Quando pararam no andar térreo os pés se tornaram visíveis, no hall iluminado pela luz mortiça das lâmpadas.

NO BECO

O luar se esparramava pela comprida rua. Amory deu as costas à lua e pôs-se a caminhar. Então, a uma curta distância, ouviu passos. Eram como gotas que caíam lentamente, com uma ligeira insistência em sua queda. A sombra de Amory projetava-se alguns passos adiante e aqueles sapatos macios estavam presumivelmente na mesma distância. Com o instinto de uma criança, Amory refugiou-se na escuridão azul dos prédios brancos, apartando-se do luar durante breves segundos, e de repente começou a correr devagar, tropeçando desajeitado. Deteve-se subitamente; precisava controlar-se, pensou. Seus lábios estavam secos e passou a língua neles.

Se encontrasse uma boa pessoa... será que já não havia mais pessoas bondosas nesse mundo ou agora todas elas estariam morando em edifícios brancos? Será que todo mundo era seguido, à luz da lua? Mas se ele encontrasse uma boa pessoa, que entendesse o que ele queria dizer e ouvisse aqueles passos malditos... então, de repente, os passos ficaram mais próximos e uma nuvem negra encobriu a lua. Quando seu brilho pálido voltou a se refletir sobre as cornijas dos prédios, os passos estavam quase ao lado de Amory e ele julgou ouvir uma respiração ritmada. Subitamente tomou consciência de que os passos não estavam atrás dele, jamais tinham estado, iam adiante e ele não os evitava, mas os seguia... seguia... Começou a correr cegamente, com o coração aos saltos e os punhos cerrados. Lá longe apareceu uma mancha negra que, lentamente, assumiu forma humana. Amory passou por ela, dobrou a esquina, rápido como uma flecha, e entrou num beco estreito, escuro e exalando podridão. O beco era sinuoso, comprido, fora do alcance do luar, a não ser por alguns lampejos e manchas de luz... de repente Amory apoiou-se numa cerca, ofegante. Os passos, que iam adiante, detiveram-se, e ele conseguiu ouvi-los, girando suavemente em um movimento contínuo, como ondas lambendo o cais.

Com as mãos, ele tapou os olhos e as orelhas tanto quanto pôde. Durante todo esse tempo não lhe ocorreu, sequer por um instante, que estivesse bêbado ou delirando. Tinha um enorme sentido da realidade, algo que nem mesmo coisas materiais lhe poderiam proporcionar. Seu conteúdo intelectual parecia submeter-se passivamente a esse sentido, e tudo o que o havia precedido, em sua vida, encaixava-se nele como uma luva. Nada o deixava confuso naquele momento. Era como um problema cuja resposta ele conhecia teoricamente, mas cuja solução era incapaz de apreender. Amory estava muito além do horror. Afundara em sua superfície pouco espessa e agora movimentava-se numa região onde aqueles pés e o medo das paredes brancas eram coisas reais, vivas, coisas que ele deveria aceitar. Apenas em um compartimento bem remoto de sua alma uma pequenina chama brilhava e gritava que algo o estava puxando para baixo, tentando fazer com que ele entrasse por uma porta e a batesse com toda força. Depois que isso acontecesse, restariam apenas ruídos de passos e edifícios brancos ao luar. Talvez ele, Amory, estivesse dando esses passos.

Durante os cinco ou dez minutos que aguardou, refugiado na sombra da cerca, de algum modo aquele fogo se fazia presente... mais tarde foi esse o termo mais preciso que lhe ocorreu. Lembrou-se de ter chamado em voz alta

"Quero alguém estúpido. Oh, mandem alguém estúpido!" Isso ele gritava para a cerca negra, na direção oposta, em cujas sombras os passos se arrastavam... se arrastavam. Amory supôs que os termos "estúpido" e "bom" de algum modo se haviam misturado, através de uma associação prévia. Ao evocá-los, não se tratava em absoluto de um ato de vontade – esta última o afastara do vulto que se movia na rua. Era quase o instinto que se manifestava, apenas as camadas sobrepostas de uma tradição inerente, ou então uma prece desordenada que vinha das profundezas da noite. Então algo ressoou como um gongo percutido à distância e, diante de seus olhos, surgiu um rosto pálido e distorcido, com uma espécie de maldade infinita, que o alterava como uma chama oscilando ao vento; *e ele certificou-se, durante o breve momento em que o gongo vibrava, que o rosto pertencia a Dick Humbird.*

Passaram-se alguns minutos e Amory levantou-se, percebendo vagamente que já não havia mais som algum e que estava sozinho no beco, invadido pelos primeiros clarões da alvorada. Fazia frio e ele saiu correndo em direção à luz que iluminava a rua, no fim do beco.

À JANELA

A manhã quase chegava ao fim quando ele despertou com o telefone na mesa de cabeceira, no hotel, tocando freneticamente. Lembrou-se de que pedira que o acordassem às onze horas. Sloane roncava e suas roupas estavam empilhadas ao lado da cama. Vestiram-se e tomaram o café da manhã em silêncio, após o que saíram para respirar um pouco de ar fresco. A mente de Amory trabalhava lentamente, tentando assimilar o acontecido e separar, do imaginário caótico que povoava sua memória, os fragmentos da verdade. Se a manhã estivesse fria e enevoada, ele teria se apoderado num instante das rédeas do passado, mas era um desses dias que ocorrem às vezes em Nova York no mês de maio, quando o ar na 5th Avenue é como um vinho leve e suave. A Amory pouco importava saber o quanto Sloane se lembrava de tudo que tinha acontecido. Ele, aparentemente, não demonstrava aquela tensão nervosa que se apoderava de Amory e o forçava a ir para frente e para trás, como um serrote estridente.

Então a Broadway surgiu diante deles e, com aquela babel de ruídos e os rostos maquiados, um súbito mal-estar apoderou-se de Amory.

"Pelo amor de Deus, vamos voltar! Vamos cair fora deste lugar!"

Sloane o contemplou, atônito.

"O que você quer dizer com isso?"

"Esta rua é horrenda... Vamos voltar para a avenida!"

"Você quer dizer", declarou Sloane com frieza, "que só porque teve uma espécie de indigestão, que o fez agir como um maníaco à noite, nunca mais voltará a pôr os pés na Broadway?"

No mesmo instante Amory classificou-o como pertencente àquela multidão e ele já não lhe parecia mais o Sloane jovial, descontraído, mas um daqueles rostos malvados que compunham aquela turva corrente humana.

"Rapaz!", ele gritou tão alto que os transeuntes se voltaram, seguindo-os com os olhos, "isto aqui é uma imundície e se você não consegue ver é porque você também é imundo!"

"Não é minha culpa", disse Sloane com teimosia. "O que há com você? Por acaso está sentindo remorsos? Você estaria bem melhor se tivesse ficado em nossa festinha até o fim."

"Vou embora, Fred", declarou Amory lentamente. Seus joelhos tremiam e sabia que se ficasse um minuto a mais naquela rua desabaria no lugar onde se encontrava. "Estarei no Vanderbilt na hora do almoço." Afastou-se rapidamente e dobrou a esquina, em direção à 5th Avenue. De volta ao hotel, sentiu-se melhor, mas ao entrar na barbearia, com a intenção de se fazer massagear, o odor das loções e do talco trouxe de volta o sorriso sugestivo de Axia e ele deu meia-volta. Ao chegar à porta do quarto uma súbita escuridão fluiu em torno dele, como um rio bipartido.

Quando voltou a si percebeu que várias horas se haviam passado. Jogou-se na cama e deitou de bruços, possuído pelo receio mortal de que estivesse enlouquecendo. Queria gente à sua volta, alguém sadio, tolo, bom. Permaneceu imóvel durante um tempo que não teve como determinar. Conseguia sentir as pequeninas veias de sua fronte latejar... o terror se incrustara nele e enrijecera como se fosse gesso. Através daquela fina camada de horror ele sentiu que voltava a desmaiar e agora só conseguia distinguir o clarão e as sombras que estava abandonando. Devia ter adormecido novamente, pois quando voltou a se recompor havia pago a conta do hotel e entrava num táxi. Chovia torrencialmente.

No trem que ia para Princeton não viu nenhum rosto conhecido, apenas uma multidão de moradores da Filadélfia com aspecto de cansaço. A presença de uma mulher maquiada, do outro lado do corredor, o fez sentir novamente um profundo enjoo e ele foi para outro vagão, tentando concentrar-se na leitura de um artigo, numa revista popular. Percebeu que estava lendo os mesmos parágrafos repetidas vezes e, assim, deixou de lado aquela tentativa. Inclinando-se, pressionou a testa escaldante no vidro úmido da janela. O vagão, onde fumar era permitido, estava quente, abafado, rescendia aos odores que emanavam dos passageiros. Amory abriu a janela e estremeceu, envolvido por uma nuvem de neblina. As duas horas de viagem pareciam durar dias e ele quase gritou de alegria quando as torres de Princeton se altearam diante dele e os retângulos de luz amarela brilharam através da chuva monótona.

Tom estava no meio do quarto e, pensativo, voltava a acender um charuto já consumido pela metade. Amory percebeu que ele ficou aliviado ao vê-lo.

O EGOÍSTA REFLETE

"Tive um sonho esquisito com você a noite passada." A voz esganiçada chegou até ele através da fumaça do charuto. "Tive o pressentimento de que você estava numa situação complicada."

"Nem me fale disso!", Amory quase gritou. "Não diga uma palavra; estou cansado, sem a menor energia."

Tom encarou-o com estranheza, sentou-se e abriu sua agenda italiana. Amory jogou o casaco e o chapéu no chão, afrouxou o colarinho e tirou a esmo um romance de Wells da prateleira. "Wells é sadio", pensou, "e se não funcionar lerei Rupert Brooke."

Passou-se meia hora. Lá fora o vento uivava e Amory estremeceu quando os galhos de uma árvore, pejados de chuva, se agitaram e cravaram-se na vidraça. Tom estava mergulhado no trabalho e o silêncio do quarto era interrompido apenas pelo riscar de um fósforo, ou pelo ruído do couro que revestia as poltronas quando um deles mudava de posição. Então, como o ziguezaguear de um relâmpago, ocorreu a mudança. Amory endireitou-se na poltrona, imóvel, enregelado. Tom o encarava boquiaberto e não tirava os olhos dele.

"Que Deus nos ajude!", berrou Amory.

"Céus! Olhe aí atrás!", gritou Tom. Amory voltou-se com a rapidez do raio. Não viu nada, a não ser a vidraça escura.

"Já não está mais ali", disse Tom após alguns segundos, ainda aterrorizado. "Tinha uma coisa olhando para você."

Tremendo violentamente, Amory voltou a sentar-se.

"Preciso lhe contar uma coisa. Passei por uma experiência terrível. Acho que vi... acho que vi o demônio ou algo como ele. Como era o rosto que você acaba de enxergar? Não", acrescentou rapidamente, "não me diga!"

Amory narrou a Tom tudo o que tinha acontecido. Era meia-noite quando terminou e, com todas as luzes acesas, os dois rapazes sonolentos e trêmulos leram um para o outro trechos de *O novo Maquiavel*, até o dia nascer para os lados de Witherspoon Hall, um exemplar do *Princetonian* ser jogado na entrada da casa e os passarinhos do mês de maio saudarem o sol, após a chuva que caíra durante toda a noite.

4. NARCISO DE FOLGA

Durante o período de transição em Princeton, isto é, durante os dois últimos anos da permanência de Amory ali, enquanto ele viu a universidade modificar-se, ampliar-se e ficar à altura de sua beleza gótica através de meios melhores do que os desfiles noturnos, chegaram certos indivíduos que animaram o ambiente, levando-o a profundezas pletóricas. Alguns deles haviam sido calouros – e calouros atrevidos – da mesma classe de Amory. Outros eram menos adiantados, e foi no início do último ano, em torno de mesinhas, no Nassau Inn, que começaram a questionar em voz alta as instituições que Amory e inúmeros outros antes dele tinham questionado durante muito tempo, mas em segredo. Primeiramente, e, em parte, por acaso, eles se depararam com certos livros, um tipo definido de romance biográfico, que Amory rotulou como sendo livros de "descoberta". Neles o herói partia para a vida, provido com as melhores armas e com a clara intenção de usá-las conforme são usadas habitualmente, e elas colocavam seus possuidores em situação vantajosa, com todo o egoísmo e cegueira de que seriam capazes. No entanto, os heróis dos livros de "descoberta" verificavam que poderia haver um uso muito mais grandioso para elas. *Basta de outros deuses*, *Rua sinistra* e *A busca magnífica* eram exemplos de semelhante literatura. Foi o último deles que fascinou Burne Holiday, levando-o a imaginar, no início do último ano, se valeria a pena ser um autocrata diplomático, em seu clube da Prospect Avenue, e aquecer-se às luzes de um cargo diretivo. Foi nitidamente através dos canais da aristocracia que Burne encontrou seu caminho. Graças a Kerry, Amory travara um vago conhecimento com ele, mas sua amizade só teve início no mês de janeiro do último ano da universidade.

"Você sabe da novidade?", perguntou Tom, ao chegar bem tarde, em certa noite de muita garoa, com aquele ar triunfante que sempre exibia após uma conversa bem-sucedida.

"Não. Alguém tomou bomba? Ou mais um navio afundou?"

"Pior do que isso. Cerca de um terço dos calouros vai retirar-se de seus clubes."

"O quê?"

"É a pura verdade!"

"Mas qual é o motivo?"

"Espírito de reforma, além de outras coisas. Burne Holiday está por trás disso. Os presidentes dos clubes irão reunir-se hoje à noite para ver se encontram meios de combater esta atitude."

"E em que ela se baseia?"

"Ah, eles afirmam que os clubes são prejudiciais à democracia de Princeton, são muito dispendiosos, estabelecem distinções sociais, ocupam o tempo. É aquilo que se costuma ouvir, às vezes, de calouros decepcionados. Woodrow acha que os clubes devem ser suprimidos."

"Mas é isso mesmo o que está acontecendo?"

"Sem dúvida. Acho que a coisa vai ser levada adiante."

"Conte mais detalhes."

"Bem, segundo parece, a ideia se desenvolveu simultaneamente em várias cabeças. Estive conversando com Burne há algum tempo e ele afirma que é um resultado lógico, quando uma pessoa inteligente reflete o suficiente sobre o sistema social. Eles convocaram uma reunião, para discutir vários temas, e a questão da eliminação dos clubes foi levantada por alguém. Todos os que estavam presentes se entusiasmaram, pois era algo que até certo ponto cada um deles pensava. Era preciso apenas uma faísca para a coisa explodir."

"Ótimo. Creio que vai ser extremamente divertido. Como é que eles estão se sentindo no clube Cap and Gown?"

"Exaltados, é claro. Todo mundo está reunido, discutindo, praguejando, enfurecendo-se, dando demonstrações de sentimentalismo ou brutalidade. Está acontecendo o mesmo em todos os clubes, pois andei investigando. Eles encurralam os radicais e os questionam."

"E como é que os radicais enfrentam a situação?"

"Até que bem. Burne sabe falar com muito brilho e é tão obviamente sincero que, com ele, é possível chegar a qualquer lugar. É mais do que evidente que, para ele, desistir de seu clube significa muito mais do que significaria para nós impedir essa atitude. Senti-me um sujeito fútil quando o contestei. Por fim ele assumiu uma posição brilhantemente neutra. Acredito que Burne chegou a pensar, durante alguns momentos, que me havia convertido a suas ideias."

"E você afirma que um terço dos calouros irá retirar-se?"

“Digamos um quarto, por baixo.”

“Meu Deus! Quem imaginou que isso seria possível?”

Alguém bateu à porta, com firmeza, e Burne em pessoa entrou.

“Olá, Amory, olá, Tom.”

Amory levantou-se.

“Boa noite, Burne. Não repare na minha pressa, mas é que vou até o Renwick.”

Burne voltou-se rapidamente para ele.

“Provavelmente você sabe qual é o assunto de minha conversa com Tom, que não tem nada de particular, aliás. Gostaria que ficasse.”

“Com prazer.” Amory voltou a sentar-se. Quando Burne se acomodou e iniciou uma discussão com Tom, ele contemplou aquele revolucionário com um cuidado que nunca tivera. Tinha testa larga, queixo voluntarioso, olhos azul-claros, honestos e penetrantes, semelhantes aos de Kerry. Burne era uma pessoa que transmitia imediatamente uma impressão de grandeza e segurança. Sua teimosia era evidente, mas dela estava ausente qualquer traço de frieza. Após ouvi-lo durante cinco minutos, Amory chegou à conclusão de que o entusiasmo que ele exprimia não continha nenhuma dose de diletantismo.

A grande solidez que Amory sentiu mais tarde em Burne Holiday era diferente da admiração que havia experimentado por Humbird. Dessa vez ela se iniciou como um interesse puramente mental. Em relação a outras pessoas que considerava basicamente como sendo de primeira classe, o que o atraiu a princípio foi sua personalidade e, em Burne, ele sentiu falta daquele magnetismo imediato que tanto valorizava. Naquela noite, porém,

Amory ficou impressionado com a intensa sinceridade de Burne, uma qualidade que ele tinha se acostumado a associar apenas com a estupidez, bem como com o grande entusiasmo que ele manifestava e que atingia certas cordas em seu coração, que julgava mortas. Burne representava vagamente uma terra em direção à qual Amory esperava estar sendo atraído – e já era quase tempo de essa terra surgir no horizonte. Tom, Alec e Amory haviam chegado a um impasse. Ao que parecia, não viviam novas experiências em comum, pois Tom e Alec tinham todo o seu tempo tomado por reuniões e comitês. Amory, por seu lado, se entregara a um ócio desprovido de visão. Os assuntos que poderiam ter aprofundado em suas discussões – a universidade e a personalidade contemporâneas, por exemplo – eles simplesmente trocaram por muitas conversas banais durante as refeições.

Aquela noite, dissecaram a questão dos clubes até muito tarde e, no geral, concordaram com Burne. Para Tom e Amory aquilo já não parecia mais um tema tão vital, como quando entraram na universidade, mas a lógica das objeções de Burne ao sistema social harmonizava-se tão completamente com tudo aquilo em que acreditavam que, mais do que discutir, eles lhe fizeram perguntas, invejando a sanidade que permitia àquele jovem opor-se a todas as tradições.

Então Amory mudou de assunto e verificou que Burne era igualmente profundo em relação a outros temas. Interessava-se por economia e estava tornando-se socialista. O pacifismo povoava seus pensamentos e havia lido com grande empenho, *As massas* e Liev Tolstói.

"E quanto à religião?", perguntou Amory.

"Não sei. Sinto-me confuso em relação a muitas coisas. Acabo de descobrir que tenho miolos e estou começando a ler."

"Ler o quê?"

"Tudo. É claro que preciso escolher, mas prefiro coisas que me façam pensar. No momento estou lendo os *Quatro evangelhos* e *As variedades da experiência religiosa.*

"O que foi que mais o motivou?"

"Acho que Tolstói e um escritor chamado Edward Carpenter. Minhas leituras já têm mais de um ano, mas se referem apenas a certos temas, que eu considero essenciais."

"E a poesia?"

"Para ser franco, não leio aquilo que vocês chamam de poesia e também não se trata daquilo que motiva vocês dois. Vocês escrevem, é claro, e encaram as coisas de modo diferente. Whitman é a pessoa que me atrai."

"Whitman?"

"Sim. Ele possui um vigor ético muito definido."

"Bom, sinto vergonha de declarar que ignoro tudo o que diga respeito a Whitman. E você, Tom?"

Tom concordou com ele, acanhado.

"Bem", prosseguiu Burne, "é possível encontrarmos com alguns poemas enfadonhos, mas refiro-me à totalidade de sua obra. Ele é tremendo, como Tolstói. Ambos encaram as questões de frente e de certo modo, por mais diferentes que sejam, defendem, até um dado ponto, as mesmas coisas."

"Você me deixa perplexo, Burne", confessou Amory. "Li, é claro, *Anna Kariênina* e *A sonata a Kreutzer*, mas tanto quanto saiba a maior parte da obra de Tolstói está editada em russo."

"Ele é o maior dos homens, em centenas de anos!", exclamou Burne, entusiasmado. "Já viram algum retrato daquela sua velha cabeça desgrenhada?"

Conversaram até as três da madrugada, sobre tudo, desde biologia até religião organizada, e quando Amory deitou, trêmulo, sua mente fervilhava com ideias e experimentava uma sensação de choque, pois outra pessoa havia descoberto a trilha que ele poderia ter seguido. Burne era alguém que, sem a menor dúvida, estava em pleno desenvolvimento e Amory achava que o mesmo acontecia com ele. Tinha caído num cinismo profundo em relação a tudo aquilo que cruzava seu caminho, insurgira-se contra a imperfectibilidade do homem e lera suficientemente Shaw e Chesterton para manter sua mente afastada dos limites da decadência. Agora, subitamente, todos os seus processos mentais do ano anterior pareciam gastos, fúteis. Eram uma consumação mesquinha de sua própria pessoa... e, como um sombrio pano de fundo, pairava aquele incidente da última primavera, que preenchia suas noites com um terror sombrio e o impedia de rezar. Não era sequer católico, no entanto aquele era o único fantasma de seu código. Era um catolicismo vistoso, ritualístico, paradoxal, cujo profeta chamava-se Chesterton, cujos seguidores eram os libertinos aposentados da literatura, tais como Huysmans e Bourget, cujo patrocinador americano era Ralph Adams Cram, que adulava as catedrais do século XIII. Tratava-se de um catolicismo que Amory considerava conveniente e desprovido de surpresas, sem sacerdotes, sacramentos ou sacrifícios.

Não conseguia dormir e acendeu a lâmpada de cabeceira. Pegou o exemplar de *A sonata a Kreutzer* e procurou nele, com muita atenção, os germes do entusiasmo de Burne. De repente ser Burne era tão mais real do que ser inteligente... Ainda assim suspirou... talvez estivesse diante de mais um ídolo com pés de barro.

Seus pensamentos se voltaram para o passado quando Burne era um calouro sempre apressado, nervoso, totalmente ofuscado pela personalidade de seu irmão. Então lembrou-se de um incidente ocorrido durante o primeiro ano, no qual desconfiava-se que Burne exercera um papel de liderança.

Um grande grupo de alunos ouviu o reitor Hollister discutindo com o motorista de táxi que o levara da estrada até a reitoria. Durante a altercação, o reitor declarou que "podia muito bem comprar aquele táxi". Pagou e retirou-se, irritado, mas na manhã seguinte, ao entrar em seu escritório, encontrou o táxi no espaço habitualmente ocupado por sua mesa, com uma tabuleta na qual se lia: "Propriedade do reitor Hollister. Débito liquidado". Foi preciso dois mecânicos competentes e um dia e meio para desmontar o táxi até as mínimas peças e removê-lo do escritório, o que apenas serve para demonstrar a rara energia do humor de um calouro, quando age sob uma liderança eficiente.

Burne voltou a causar sensação naquele outono. Uma certa Phyllis Styles, que organizava bailes de formatura em diversas universidades, não conseguiu seu convite anual para o jogo entre Harvard e Princeton.

Jesse Ferrenby a trouxe para um jogo de menor importância, algumas semanas antes do evento, e pressionou Burne para que ele se envolvesse com o assunto, pondo em questão a misoginia deste último.

"Você virá para o jogo entre Harvard e Princeton?", perguntou-lhe Burne com certa indiscrição, só para puxar conversa.

"Sim, se você me convidar", apressou-se em responder Phyllis.

"É claro que convido", disse Burne, muito a contragosto. Ele não era nada versado nas artes de Phyllis e tinha certeza de que sua resposta era apenas um jeito sem graça de brincar. Não decorreu uma hora até certificar-se de que estava comprometido. Phyllis não lhe deu mais sossego, encostou-o na parede, informou-o sobre o horário do trem em que chegaria e o deixou profundamente deprimido. Além de antipatizar com Phyllis, tinha planejado organizar uma reunião somente com a presença de seus amigos de Harvard.

"Pois ela vai ver...", informou a uma delegação que foi até seu quarto com a finalidade de ridicularizá-lo "Será a última vez que ela convence um jovem inocente a levá-la para assistir a um jogo!"

"Mas, Burne, por que você a convidou se não queria a presença dela?"

"Burne, você sabe que bem lá no fundo está loucamente apaixonado por ela – este é o *verdadeiro* problema."

"O que você pode fazer, Burne? O que você pode fazer contra Phyllis?"

Burne limitou-se a sacudir a cabeça e resmungar ameaças, que consistiam, em sua maior parte, na frase: "Ela vai ver! Ela vai ver!".

A esfuziante Phyllis e suas vinte e cinco primaveras desceram do trem, mas uma visão chocante a aguardava. Lá estavam, na plataforma, Burne e Fred Sloane, fantasiados da cabeça aos pés com os trajes espalhafatosos que se veem nos cartazes pregados nos murais das universidades. Eles tinham comprado ternos vistosos, com calças afuniladas e gigantescos recheios nos ombros. Na rabeca levavam chapéus de abas largas, dobradas na frente, enfeitados com faixas pretas e cor de laranja, e em seus colarinhos de celuloide floresciam escandalosas gravatas igualmente alaranjadas. Usavam no braço faixas pretas, com um "P" laranja, e seguravam bengalas, das quais pendiam pequenas flâmulas de Princeton. O efeito que suas figuras produziam era completado por meias e lenços pretos e laranja. Traziam, preso por uma corrente, um enorme e furibundo gato vira-lata, pintado como um tigre.

Metade das pessoas que se encontravam na estação não tirava os olhos deles, divididas entre um sentimento de piedade horrorizada e hilaridade incontida. Quando Phyllis, de queixo caído, se aproximou, Burne e Fred se inclinaram e gritaram a plenos pulmões um "viva" que ecoou por toda a estação, acrescentando-lhe o nome "Phyllis" em sinal de consideração. Ela foi acolhida aos berros e acompanhada entusiasticamente através do campus, seguida por uns cinquenta moleques, em meio às risadas abafadas de centenas de ex-alunos e visitantes, metade dos quais não tinha a menor ideia de que aquilo não passava de uma brincadeira, pois achavam que Burne e Fred eram dois atletas da equipe universitária recepcionando sua garota durante uma competição esportiva.

É fácil imaginar os sentimentos de Phyllis enquanto desfilava diante das arquibancadas de Harvard e de Princeton, onde se encontravam dezenas de seus antigos admiradores. Tentou caminhar alguns passos adiante, procurou ficar um pouco atrás, mas os dois não se separavam dela, pois não deveria pairar a menor dúvida de que a acompanhavam. Enquanto isso, ambos faziam comentários, em altas vozes, sobre seus companheiros na equipe de futebol, até que Phyllis quase conseguia ouvir seus conhecidos murmurar:

"Phyllis Styles deve estar na pior para aceitar a companhia *desses dois.*"

Assim era Burne, dinamicamente bem-humorado, fundamentalmente sério. Daquela raiz despontara a energia que agora ele estava tentando direcionar, e com êxito...

Assim passaram-se as semanas, março chegou e os pés de barro, que Amory esperava ver, não apareceram. Cerca de cem calouros e veteranos abandonaram seus clubes, numa demonstração enfurecida de suas convicções. Os clubes, por sua vez, desarvorados, voltaram contra Burne sua melhor arma: o ridículo. Todos que o conheciam gostavam dele, mas aquilo que ele defendia – e começou a defender muito mais coisas o tempo todo – passou a ser objeto de muitos comentários irados e maldosos, a tal ponto que alguém mais frágil do que ele teria sucumbido.

"Você não se importa de perder prestígio?", perguntou-lhe Amory certa noite. Eles haviam se acostumado a visitar-se várias vezes por semana.

"Claro que não. Afinal de contas, o que significa prestígio?"

"Algumas pessoas afirmam que você não passa de um político excêntrico."

Burne teve um acesso de riso.

"Foi o que Fred Sloane me contou hoje. Acho que esta onda vai aumentar."

Uma tarde eles abordaram o assunto pelo qual Amory se interessava há muito – a questão da importância dos atributos físicos na formação de um homem. Burne havia estudado os aspectos biológicos dessa questão e opinou:

"É claro que a saúde conta. Um homem saudável tem a probabilidade duas vezes maior de ser bom."

"Discordo. Não acredito em 'cristianismo muscular'."

"Pois eu, sim. Penso que Cristo tinha grande vigor físico."

"Ah, não!", protestou Amory. "Ele trabalhou demais para poder ser fisicamente vigoroso. Imagino que, ao morrer, era um homem depauperado, além do que os grandes santos não foram fortes."

"Metade deles foi."

"Ainda que isso tivesse acontecido, não creio que a saúde tenha algo a ver com a bondade. Claro que é valioso para um grande santo ser capaz de enfrentar enormes tensões, mas esta moda de pregadores que estão na crista da onda exibirem uma virilidade simulada, divulgando aos berros, em seus sermões, que a ginástica salvará o mundo... não, Burne, isso eu não aceito!"

"Pois então vamos mudar de assunto. Não chegaremos a lugar algum e, além do mais, eu ainda não cheguei a uma conclusão definitiva. Falemos de um tema que eu conheço de verdade: a aparência pessoal conta muito."

"Você se refere à cor?"

"Sim."

"É o que Tom e eu imaginávamos", concordou Amory. "Folheamos os anuários dos últimos dez anos e examinamos os retratos dos membros do Conselho dos Veteranos. Creio que você não tem essa augusta instituição em muito alta conta mas, de modo geral, aqui ela é sinônimo de sucesso. Suponha que apenas 35% de alunos de cada classe sejam louros realmente claros – no entanto 2/3 dos membros do Conselho são claros. Lembre-se que verificamos os retratos que se referem a um período de dez anos. Isto significa que de cada quinze veteranos louros, um está no Conselho e entre aqueles que têm cabelos escuros, a proporção é de um para cinquenta."

"É verdade", concordou Burne. "O homem de cabelos claros é um tipo mais elevado, de modo geral. Verifiquei a questão em relação aos presidentes dos Estados Unidos e descobri que bem mais da metade deles tinha cabelos claros. Pense, porém, no número preponderante de morenos em nossa raça."

"As pessoas admitem esse fato inconscientemente. Você há de notar que, em se tratando de uma pessoa loura, espera-se que ela fale. Se um garota loura não fala, nós a chamamos de 'boneca'; se um louro se mantém em silêncio, ele é considerado um bronco. No entanto, o mundo está repleto de homens morenos e calados e de 'morenas lânguidas', desprovidos de cérebro mas que, por algum motivo, jamais são acusados de pobreza de espírito."

"E a boca rasgada, o queixo voluntarioso e o nariz grande compõem, sem dúvida, um rosto superior."

"Não tenho tanta certeza disso." Amory era totalmente partidário dos traços clássicos.

"Pois você vai ver". Burne tirou da gaveta de sua mesa uma coleção de retratos de homens de grandes barbas, celebridades hirsutas – Tolstói, Whitman e Carpenter, além de outros.

"Eles não são maravilhosos?"

Amory, muito educadamente, tentou apreciá-los, porém desistiu, rindo muito.

"Burne, acho que são as pessoas mais feias que eu já vi até hoje. Parecem ter saído de um asilo de velhos."

"Amory, examine só a testa de Emerson, veja os olhos de Tolstói." O tom com que ele se exprimia era de censura. Amory sacudiu a cabeça.

"Não! Diga que eles têm uma aparência notável ou o que você quiser, mas não há a menor dúvida de que são feios."

Imperturbável, Burne acariciou aquelas testas tão vastas e, empilhando os retratos, guardou-os novamente na gaveta.

Caminhar à noite era um de seus hábitos preferidos; ele convenceu Amory a acompanhá-lo.

"Detesto a escuridão", objetou Amory. "Não costumava odiá-la, exceto quando eu era particularmente imaginativo, mas agora não a suporto. Em relação a isso, reajo como um idiota."

"Você bem sabe que não adianta."

"Muito possivelmente."

"Vamos na direção leste", sugeriu Burne, "e percorreremos aqueles atalhos que cortam a floresta."

"Não me parece uma proposta das mais atraentes", declarou Amory com relutância, "mas vamos."

Partiram em marcha batida e, durante uma hora, entregaram-se a uma discussão acalorada, até que as luzes de Princeton se tornaram pontos luminosos, lá longe.

"Qualquer pessoa provida de imaginação está sujeita a sentir medo", declarou Burne com a franqueza que lhe era habitual. "Caminhar à noite era uma das coisas que me provocavam medo.

Vou lhe contar o motivo pelo qual, hoje, eu posso ir a qualquer lugar sem sentir medo."

"Pois então conte", solicitou Amory. Eles se aproximavam da floresta e a voz entusiástica e nervosa de Burne se inflamava, ao abordar o assunto.

"Há uns três meses eu costumava vir até aqui à noite, sozinho, e sempre parava naquela encruzilhada que acabamos de deixar para trás. Lá estava a floresta diante de mim, os cães uivavam, havia sombras e não se ouvia nenhum som humano. Eu, é claro, povoava a floresta com tudo o que havia de aterrorizante, exatamente como você, não é mesmo?"

"Sim", reconheceu Amory.

"Bem, comecei a analisar a situação. Minha imaginação insistia em criar horrores nas trevas da floresta e daí decidi concentrar meus pensamentos na escuridão, deixando que eles me encarassem, que eles representassem o papel de um cachorro extraviado, de um presidiário fugido ou de um fantasma. Então eu me vi percorrendo o caminho em direção à floresta. Graças a isso tudo entrou nos eixos, como sempre acontece quando você se projeta completamente no lugar de outra pessoa. Eu sabia que se fosse o cachorro, o presidiário ou o fantasma, não ameaçariam Burne Holiday mais do que ele próprio me ameaçava. Então pensei em meu relógio. Seria melhor voltar, deixá-lo no quarto e em seguida penetrar na floresta. Decidi o contrário. No todo, seria preferível perder meu relógio a regressar. Entrei na floresta, portanto, e não apenas segui o atalho que a atravessava, mas caminhei até não sentir mais nenhum resquício de medo. Continuei a fazê-lo até que, certa noite, sentei-me no meio dela e adormeci. Então tive plena certeza de que meu medo da escuridão não existia mais."

"Puxa...". Amory respirou fundo. "Eu não teria sido capaz. Se na metade do caminho passasse um carro e a escuridão aumentasse quando os faróis desaparecessem, eu desistiria na hora e voltaria."

"Bem", disse Burne subitamente, após breve silêncio, "estamos na metade do caminho. Vamos voltar."

Ao regressarem, ele iniciou uma discussão sobre o ímpeto.

"O ímpeto é tudo", afirmou. "É a única linha divisória entre o bem e o mal. Jamais conheci um homem que levasse uma existência miserável e não tivesse um ímpeto fraco."

"E o que me diz dos grandes criminosos?"

"Em geral são loucos. Quando não são loucos, são fracos. Não existe um criminoso forte, mentalmente sadio."

"Burne, volto a discordar de você. E o super-homem?"

"O que tem?"

"Penso que ele é mau e, no entanto, é forte e são."

"Jamais conheci um super-homem, mas aposto que ele é ou estúpido ou louco."

"Já conheci vários e eles não são nem uma coisa nem outra. É por isso que acho que você está errado."

"Tenho certeza do contrário e portanto não acredito em prisões, a não ser para os loucos."

Quanto a isto Amory discordava completamente. Parecia-lhe que a vida e a história estavam repletas de criminosos fortes, alertas mas que, não raro, iludiam a si próprios; era possível encontrá-los na política, no mundo dos negócios, entre antigos estadistas, reis e generais. Burne, porém, nunca era da mesma opinião e suas trajetórias começaram a separar-se.

Burne cada vez mais se afastava do mundo a seu redor. Renunciou à vice-presidência da classe dos veteranos; a leitura e as caminhadas passaram a ser quase seus únicos interesses. Assistia voluntariamente às aulas de filosofia e biologia, acompanhando-as com uma expressão um tanto patética no olhar, como se estivesse à espera de algo a que o professor jamais chegaria. Algumas vezes Amory notava que ele se agitava na cadeira. Seu rosto se iluminava e percebia-se que ele estava ansioso por debater determinado assunto.

Tornou-se mais e mais distraído ao andar pela rua, e chegou até mesmo a ser acusado de estar se transformando num esnobe, mas Amory sabia que não era nada disso. Certa vez, quando Burne passou por ele a curta distância, totalmente alheado, perdido em seus pensamentos, Amory quase chegou a perder o fôlego, tal era a alegria romântica que sentiu ao contemplá-lo. Burne parecia estar escalando alturas onde outros jamais teriam a capacidade de pôr os pés.

"Vou lhe dizer uma coisa", Amory declarou a Tom, "ele é o primeiro contemporâneo que reconheço ser superior a mim quanto à capacidade mental."

"Não é o momento mais favorável para reconhecer este fato. As pessoas estão começando a achá-lo esquisito."

"Ele está muito acima dessa gentalha. Você sabe que também pensa assim, ao conversar com ele. Meu Deus, Tom, você costumava ser contrário àquilo que, para nós, é 'gentalha'. O sucesso fez de você um sujeito completamente convencional."

Tom pareceu ficar ainda mais aborrecido.

"Mas, afinal de contas, o que ele está tentando fazer? Está à procura da santidade?"

"Não. Ele não é como as pessoas a quem você conheceu até hoje. Jamais entraria para a Sociedade da Filadélfia. Não tem fé naquela mediocridade. Não acredita que piscinas públicas e uma palavra bondosa, na ocasião apropriada, consertarão os erros do mundo. Além disso, ele toma um drinque sempre que sente um ímpeto."

"Ele, com toda certeza, está equivocado."

"Têm conversado ultimamente?"

"Não."

"Pois então não pode ter uma opinião formada a respeito dele."

A discussão não chegava a lugar algum, mas Amory notou, mais do que nunca, como os sentimentos em relação a Burne se haviam modificado no campus.

"É estranho", observou Amory a Tom, certa noite em que demonstravam menos animosidade em relação ao assunto, "que as pessoas que desaprovam violentamente o radicalismo de Burne pertençam nitidamente à classe dos fariseus. Refiro-me às pessoas que têm melhor nível de instrução na universidade: os editores das publicações, como você e Ferrenby, os jovens professores... Os atletas ignorantes, como Langueduc, acham Burne excêntrico, mas limitam-se a dizer: 'O coitado do Burne tem umas ideias tão esquisitas...' e fica por isso mesmo. No entanto os fariseus... puxa! Ridicularizam-no sem a menor piedade."

Na manhã seguinte ele se encontrou com Burne, que seguia apressado pela McCosh Walk.

"Para onde vai, Czar?"

"Ao escritório de Prince, encontrar-me com Ferrenby." Mostrou a Amory um exemplar do *Princetonian*. "Ele escreveu este editorial."

"Vai esfolá-lo vivo?"

"Não, mas ele me deixou confuso. Ou eu o julguei mal ou ele se tornou de repente o pior dos radicais."

Burne seguiu seu caminho e passaram-se vários dias antes que Amory tomasse conhecimento do que aconteceu em seguida. Muito animado, Burne entrou na sala do editor, exibindo o exemplar do *Princetonian*.

"Olá, Jesse."

"Olá, Savonarola."

"Acabo de ler seu editorial."

"É muita gentileza de sua parte. Não imaginei que você pudesse se rebaixar tanto."

"Jesse, você me assustou."

"Como assim?"

"Não receia que os docentes da universidade se voltem contra você, caso continue a publicar matérias tão pouco religiosas?"

"O quê?"

"Como a matéria de hoje..."

"O que você quer dizer com isso? A matéria foi sobre o sistema de ensino."

"Sim, mas aquela citação..."

Jesse levantou-se.

"Que citação?"

"Você bem sabe: 'quem não estiver comigo está contra mim'."

"Sim... e daí?"

Jesse mostrava-se intrigado, mas não alarmado.

"Bem, numa certa passagem você escreve... deixe-me ver." Burne abriu o jornal e leu: "'*Quem não estiver comigo está contra mim*', conforme disse aquele cavalheiro notoriamente capaz de formular apenas distinções grosseiras e generalidades pueris".

"Sim, mas e daí?" Ferrenby começava a mostrar preocupação. "Foi Oliver Cromwell quem disse, não é mesmo? Ou foi Washington ou um dos santos? Não me lembro mais."

Burne caiu na risada.

"Oh, Jesse, essa não!"

"Mas afinal de contas, de quem é a frase?"

"Bem", disse Burne, recompondo-se, "São Mateus a atribui a Cristo."

"Meu Deus!", gritou Jesse, tropeçando e enfiando o pé no cesto de papéis usados.

AMORY ESCREVE UM POEMA

As semanas se passaram. De vez em quando Amory ia a Nova York e, com alguma sorte, viajava num daqueles ônibus verdes, novos em folha, cujo charme contribuía para melhorar suas disposições. Certo dia resolveu assistir à remontagem de uma peça cujo título lhe era vagamente familiar. A cortina levantou-se e ele olhou distraidamente quando a atriz fez sua entrada. Algumas frases ecoaram em seu ouvido e despertaram vagas recordações. Onde? Quando?

Então teve a impressão de que uma voz murmurava algo a seu lado. Era uma voz muito suave, vibrante: "Oh, eu sou uma tola; por favor, diga quando eu errar".

A solução foi instantânea e Isabelle surgiu agradavelmente em suas lembranças. Achou um espaço em branco no programa e começou a escrever em um único impulso:

Aqui, na simbólica escuridão, começo a observar mais uma vez,
A cortina sobe e com ela os anos recuam:
Dois anos, dois anos se foram – existiu um dia lânguido
Que nos pertenceu, quando finais felizes não perturbavam
Nossas almas indômitas; eu podia adorar
Seu semblante radioso, a meu lado, olhos muito abertos, alegre,
Sorrindo daquele repertório, enquanto a peça medíocre
Chegava até mim, assim como uma leve ondulação chega até as margens.
Bocejei, entregue a meus pensamentos durante toda a noite.
Espio sozinho... e o murmúrio das conversas, é claro,
Estraga aquela cena, que, de certo modo, tinha seus encantos;
Você chorou um pouco e fiquei triste por sua pessoa.
Logo aqui! No momento em que o sr. X defende o divórcio
E Fulana de Tal desmaia em seus braços.

CALMARIA TOTAL

"Os fantasmas são uns tontos", afirmou Alec, "têm raciocínio lento. Sempre levo a melhor com fantasmas."

"Como?", perguntou Tom.

"Depende de onde. Tome um quarto, por exemplo. Se você usar de cautela, um fantasma jamais conseguirá entrar em um quarto."

"Prossiga. Suponhamos que você ache que existe um fantasma em seu quarto; quais medidas tomará, ao chegar em casa, à noite?", perguntou Amory, interessado.

"Pega-se um porrete", respondeu Alec, após breve reflexão, "mais ou menos do comprimento do cabo de uma vassoura. A primeira coisa a fazer é *desobstruir* o quarto. Para isso entre depressa, com os olhos fechados, e acenda a luz. Em seguida aproxime-se do armário, com todo cuidado, abra a porta e enfie o porrete três ou quatro vezes. Se nada acontecer, olhe dentro dele, mas *sempre, sempre* enfie primeiro o porrete e *nunca* olhe antes!"

"É claro que estes são os preceitos da antiga escola celta", observou Tom com ar grave.

"Sim, só que eles costumam fazer uma oração antes de mais nada. De todo modo, você pode empregar esse método no que se refere aos armários e também verificar o que está atrás das portas..."

"E a cama", sugeriu Amory.

"Oh, Amory, não!", exclamou Alec, horrorizado. "Não é por aí. A cama exige táticas diferentes. Deixe a cama em paz, se você quiser dar um peso a seu raciocínio. Na maior parte das vezes, é sempre *debaixo* da cama que se procura alguma coisa."

"Bem...", começou a dizer Amory.

"*É claro* que nunca se deve olhar. Fica-se no meio do quarto e antes que o fantasma saiba o que se vai fazer, a gente pula subitamente na cama, jamais vai até ela andando. Para um fantasma, nosso tornozelo é a parte mais vulnerável. Uma vez deitado na cama, você está seguro. O fantasma pode rondar a cama a noite inteira, mas você estará mais garantido do que se fosse de dia. Caso ainda tenha dúvidas, poderá cobrir a cabeça com o cobertor."

"Tudo isso é muito interessante, Tom."

"Não é mesmo?" Alec estava exultante e orgulhoso de si. "E tudo isso nasceu de minha cabeça. Sou o sir Oliver Lodge do Novo Mundo."

Amory voltou a gostar muito da universidade. Recuperou a sensação de que estava caminhando adiante, em uma linha direta e definida; a juventude estava em ebulição e criava novas plumagens. Ele chegou até mesmo a reunir suficiente energia para criar uma nova pose.

"O que você está pretendendo com estes ares de quem se encontra no mundo da lua, Amory?", perguntou Alec certo dia. Como Amory fingia estar inteiramente absorto na leitura de um livro, a léguas de distância, ele prosseguiu: "Não tente bancar Burne, o místico, para mim".

Amory encarou-o com ar inocente.

"Como?"

"Como?", imitou-o Alec. "Você está tentando dar um significado especial a este livro que está lendo? Vamos ver o título."

Alec pegou o livro e o examinou com ar de desprezo.

"E então?", disse Amory, um pouco tenso.

"A vida de Santa Teresa", leu Alec em voz alta. "Não acredito!"

"Olha, Alec."

"Sim?"

"Isto o incomoda?"

"O que me incomoda?"

"O fato de que pareço estar num outro plano..."

"Não, é claro que não."

"Pois então não interfira. Se eu gosto de sair por aí dizendo às pessoas, com a maior franqueza, que sou um gênio, isso diz respeito unicamente a mim."

"Você está adquirindo uma reputação de excentricidade", observou Alec, rindo, "se é a isso que se refere."

Amory finalmente fez prevalecer sua atitude e Alec concordou em aceitar a nova pose na presença dos outros, com a condição de que haveria momentos de pausa, quando estivessem a sós. Então Amory foi em frente sem o menor pudor, convidando os personagens mais excêntricos para jantar: calouros de olhos esbugalhados, professores com estranhas teorias sobre Deus e o governo, tudo isso para a cínica diversão dos membros arrogantes do Clube Cottage.

Fevereiro chegou, fustigado pelo sol, e prosseguiu alegremente em direção a março. Amory foi passar vários fins de semana com monsenhor. Certa vez levou Burne, e com grande sucesso, pois sentiu, na mesma medida, orgulho e alegria em exibi-los um para o outro. Monsenhor levou-o mais de uma vez a visitar Thornton Hancock e uma ou duas vezes à casa de uma certa sra. Lawrence, aquele tipo de americana fascinada por Roma, de quem Amory gostou imediatamente.

Então, certo dia, chegou uma carta de monsenhor, com um interessante *post-scriptum:*

Você sabia (é o que corre por aí) que sua prima em terceiro grau, Clara Page, viúva há seis meses e muito pobre, está morando na Filadélfia? Não me parece que você tenha sido apresentado a ela, mas quero, como um favor pessoal, que a visite. Tanto quanto eu sei, é uma criatura notável e quase da sua idade.

Amory suspirou e decidiu ir ao encontro da prima, como um favor...

CLARA

Ela era inesquecível... Amory não se achou suficientemente bom para Clara, a de cabelos louros e ondulados, mas o fato é que nenhum homem lhe chegava aos pés. Sua bondade estava acima da moral prosaica de uma caçadora de maridos, a léguas de distância daquela literatura enfadonha que celebra a virtude da mulher.

Pairava em torno dela uma suave atmosfera de melancolia e, ao lhe ser apresentado na Filadélfia, Amory achou que seus olhos azuis transmitiam apenas felicidade. Uma força latente e um realismo mostraram seu pleno vigor devido aos fatos que ela se viu obrigada a enfrentar. Estava sozinha no mundo, com duas crianças pequenas, pouco dinheiro e – o que era o pior de tudo – um grande número de amigos. Naquele inverno Amory a viu recebendo na Filadélfia muitos convidados, quando sabia que ela não contava com nenhuma criada em casa, com exceção da pretinha que tomava conta das crianças. Deparou com um dos maiores libertinos daquela cidade, um homem habitualmente bêbado, cuja reputação era notória na Filadélfia e no estrangeiro, sentado diante de Clara, abordando o tema *internatos para moças* com uma espécie de excitação inocente. Como era grande a agilidade mental de Clara! Ela era capaz de manter diálogos fascinantes, quase brilhantes, tirando partido da mais mínima frase pronunciada em sua sala de visitas.

A ideia de que ela vivia numa situação de pobreza foi de grande apelo ao senso de relatividade de Amory. Ao chegar à Filadélfia, vinha com a expectativa de que o número 921 da Ark Street estivesse situado num local repleto de casas mais do que modestas. Sentiu-se desapontado ao constatar que os fatos não correspondiam exatamente ao que imaginava. Era uma casa antiga, que pertencia à família de seu marido havia muitos anos. Uma tia mais velha, que se opunha à sua venda, entregou ao advogado a quantia correspondente a dez anos de impostos e, feliz da vida, embarcou para Honolulu, deixando a Clara o encargo de enfrentar o melhor que podia o problema das despesas com a calefação. Assim, não foi uma mulher descabelada, com um bebê esfomeado nos braços e ar de sofredora que acolheu Amory. A julgar pelo modo com que foi recebido, Clara não tinha nada com que se preocupar neste mundo.

Uma calma virilidade e uma disposição sonhadora ofereciam forte contraste com seu equilíbrio. De vez em quando ela se entregava a esses estados de espírito, como um refúgio. Era capaz de fazer as coisas mais prosaicas (embora fosse suficientemente sensata para jamais entregar-se a ocupações medíocres, tais como as "artes caseiras" do bordado e do tricô) e logo depois abrir um livro e deixar sua imaginação divagar, como uma nuvem sem forma impelida pelo vento. O que havia de mais profundo em sua personalidade era uma dourada irradiação que ela difundia em torno de sua pessoa. Assim como as chamas de uma lareira numa sala escura infundem romance e páthos nos semblantes a seu alcance, ela também transmitia suas luzes e sombras aos aposentos que percorria, a ponto de transformar seu velho e enfadonho tio num homem meditativo, de um encanto singular, e de metamorfosear o rapazinho que entregava telegramas em um duende deliciosamente original. Inicialmente essa qualidade irritou Amory até certo ponto. Ele considerava a própria originalidade algo suficiente e sentiu-se um tanto constrangido quando Clara tentou atribuir-lhe novos interesses, para gáudio de outros adoradores que se encontravam presentes. Sentiu como se um diretor de teatro, polido mas insistente, estivesse procurando fazê-lo dar uma nova interpretação a um papel que vinha aperfeiçoando durante anos.

Porém, quando Clara falava, o modo como contava a história insignificante de um alfinete de chapéu para um homem embriagado... Mais tarde as pessoas tentavam repetir suas anedotas e palavras espirituosas. No entanto, por mais que se esforçassem, jamais conseguiam reproduzir seu brilho. Todos lhe dedicavam uma espécie de atenção inocente e os melhores sorrisos. Havia poucas lágrimas em Clara, mas as pessoas sorriam para ela com os olhos embaçados.

Muito ocasionalmente, Amory permanecia mais uma meia hora depois que o resto da corte se retirava. Então tomavam chá, acompanhado de pão com geleia, tarde de noite, que ela chamava de “merendas noturnas”.

"Você é notável!", exclamou Amory, com certa dose de banalidade, sentado ao centro da mesa de jantar, às seis da tarde.

"De modo algum", ela disse, procurando guardanapos no aparador. "Sou extremamente tediosa e prosaica, uma dessas pessoas que não têm o menor interesse por nada, a não ser por seus filhos."

"Vá dizer isso para outra pessoa", caçoou Amory. "Você sabe que é uma criatura fulgurante." Fez-lhe a única pergunta que sabia ser capaz de provocar nela um grande constrangimento. Era o mesmo pedido que o primeiro importuno fez a Adão.

"Fale-me de você." Clara deu a resposta que o próprio Adão devia ter dado.

"Não há nada para falar."

Adão provavelmente teria contado para o importuno todas as coisas em que pensava à noite, quando os grilos cantavam escondidos na relva, e devia ter declarado, numa atitude de autossuficiência, o quanto era diferente de Eva, esquecendo-se do quanto ela era diferente dele... De qualquer modo, aquela noite Clara acabou contando a Amory muita coisa a seu respeito... A partir dos dezesseis anos levara uma vida de grandes dificuldades e seus estudos interromperam-se bruscamente, bem como seus momentos de lazer. Bisbilhotando na biblioteca dela, Amory deparou com um livro encadernado em cinza, já gasto, do qual caiu um papel amarelado que ele impudentemente abriu. Era um poema que Clara escrevera na escola sobre o muro cinza de um convento, num dia cinza, e sobre uma jovem cujo casaco era soprado pelo vento, sentada em cima do muro, pensando nas variegadas cores do mundo. Via de regra tais sentimentos deixavam Amory enfadado, mas aquele poema era escrito com tamanha simplicidade e atmosfera que trouxe, diante de seus olhos, a imagem de Clara num dia cinza, frio, com seus olhos azuis e perceptivos que tentavam enxergar suas tragédias aproximarem-se pelos jardins que rodeavam o convento. Invejou aquele poema. Como teria gostado de vê-la empoleirada no muro, acima dele, e falar com ela coisas tolas e românticas. Começou a sentir uns ciúmes preocupantes em relação a tudo que se referia a Clara: de seu passado, de seus filhos, dos homens e mulheres que a procuravam para embeber-se de sua calma e bondade, para repousar suas mentes fatigadas, conforme acontece quando se assiste a uma peça de teatro absorvente.

"Nada parece aborrecê-la", objetou Amory.

"Metade do mundo me aborrece", ela reconheceu, "mas creio que é uma média bastante razoável, não acha?" Clara procurou um livro de poemas de Browning que se referia àquele tema. Ela era a única pessoa que ele jamais conhecera capaz de selecionar trechos e citações e mostrá-los para ele no meio de uma conversa e ainda assim não ser irritante. Fazia-o constantemente e com tamanho entusiasmo que ele apreciou cada vez mais o ato de observar seus cabelos dourados debruçados sobre um livro, o cenho ligeiramente contraído, enquanto procurava um trecho que pudesse citar.

Deu para passar os fins de semana na Filadélfia, no mês de março. Quase sempre alguém estava presente e Clara não parecia estar ansiosa para vê-lo a sós, embora surgissem muitas ocasiões, quando uma simples palavra da parte dela lhe teria proporcionado mais uma deliciosa meia hora de adoração. Aos poucos ele começou a se apaixonar e a pensar desordenadamente em casamento. Embora esse desígnio percorresse a trajetória que iria de seu cérebro e chegaria até mesmo a seus lábios, ainda assim reconheceu, mais tarde, que aquele desejo não havia criado raízes profundas. Certa vez sonhou que aquilo se realizava e acordou em pânico, suando frio, pois no sonho ela era uma Clara tola, sem maior interesse, com os cabelos desbotados, sem o dourado que a embelezava, e falando banalidades, que saíam com insipidez de uma boca desprovida de atrativos. Clara, porém, era a primeira mulher notável que ele conhecera, uma das poucas boas pessoas que o haviam interessado até aquele momento. Ela fazia de sua bondade um verdadeiro trunfo. Amory chegou à conclusão de que a maioria das pessoas boas ou arrastavam sua bondade como uma obrigação ou a distorciam, transformando-a em cordialidade artificial. É claro que sempre estavam presentes os puritanos e os fariseus (Amory, porém, jamais os incluía entre aqueles que deveriam ser salvos).

SANTA CECÍLIA

Em seu traje de veludo cinza,
Sob seus cabelos lisos, escorridos,
A cor de rosa, em disfarçada aflição
Invade-a, se esvai, tornando-a bela;
Enche o ar, entre ele e ela
Com luzes, langor e pequenos suspiros,
Com tamanha sutileza que ele mal percebe...
Sorrindo, iluminando, cor de rosa.

"Você gosta de mim?"

"É claro que sim", afirmou Clara, muito séria.

"Por quê?"

"Bem, é que temos algumas características em comum, coisas que em cada um de nós são espontâneas, ou pelo menos costumavam ser."

"Você está insinuando que eu não tenho feito muito bom uso de minha pessoa?"

Clara hesitou.

"Não posso julgar. Um homem, é claro, tem de passar por muito mais coisas e eu, até agora, tenho vivido protegida."

"Oh, Clara, não seja evasiva, por favor", interrompeu-a Amory. "Fale um pouco de mim, sim?"

"Como não? Eu adoraria." Ela não sorria.

"É muita gentileza de sua parte. Primeiro responda a algumas perguntas. Será que sou insuportavelmente convencido?"

"Bem... não. Você tem uma tremenda vaidade, mas as pessoas que notam o quanto ela é preponderante se divertem com isso."

"Entendo..."

"No fundo você é realmente humilde. Quando acha que foi desconsiderado desce aos maiores abismos da depressão. A verdade é que você não tem muito respeito por si próprio."

"Acertou duas vezes no alvo, Clara. Como é que consegue? Você nunca me deixa dizer sequer uma palavra."

"Claro que não. Jamais poderei julgar um homem enquanto ele estiver falando. Ainda não terminei, porém. O motivo pelo qual você tem tão pouca autoconfiança – embora anuncie, com toda gravidade, para os filisteus ocasionais, que se julga um gênio – é o fato de ter atribuído toda espécie de erros atrozes a si mesmo e tentar estar à altura deles. Por exemplo, você vive dizendo que é um escravo do uísque com soda."

"Mas sou, sim, potencialmente."

"Afirma também que tem caráter fraco e pouca força de vontade."

"Nenhuma força de vontade. Sou escravo de minhas emoções, de minhas preferências, de meu ódio ao tédio, da maioria de meus desejos."

"Não é, não! Você está irremediavelmente escravizado a apenas uma coisa neste mundo: à sua imaginação."

"Tudo o que você está dizendo certamente me interessa. Se isso não a estiver aborrecendo, prossiga."

"Noto que, quando você quer ficar aqui um dia a mais e faltar às aulas, procede com muita segurança. Jamais toma uma decisão enquanto os méritos de ir ou ficar não estejam suficientemente claros em sua mente. Deixa sua imaginação brincar com seus desejos durante algumas horas e então toma uma decisão. Naturalmente, sua imaginação, após um pouco de liberdade, reflete sobre os milhares de motivos pelos quais você deveria ficar e assim, quando chega a uma decisão, ela não é verdadeira, mas tendenciosa."

"Sim", objetou Amory, "mas não é falta de vontade deixar minha imaginação pender para o lado errado?"

"Meu caro, este é seu grande engano. Isso nada tem a ver com força de vontade, que, de qualquer modo, é uma expressão louca e inútil. O que faz falta em você é o julgamento para decidir imediatamente, mesmo sabendo que sua imaginação lhe pregará uma peça, assim que a oportunidade se apresentar."

"Que maldição!", exclamou Amory, surpreso. "É a última coisa que eu esperava."

Clara não demonstrou satisfação e mudou imediatamente de assunto. No entanto levou Amory a refletir e ele acreditou, em parte, que ela tinha razão. Sentia-se como o proprietário de uma fábrica, após acusar um funcionário de desonestidade, quando descobre que seu próprio filho falsifica os livros de contabilidade uma vez por semana. Sua força de vontade, tão débil e maltratada, que ele vinha refreando para irrisão de si mesmo e de seus amigos, surgia inocente diante dele. Seus julgamentos escapavam da prisão graças a sua imaginação desenfreada, que não se deixava confinar e o confrontava com um olhar zombeteiro. Os conselhos de Clara foram os únicos que ele pediu, em toda a sua vida, sem que ele mesmo ditasse a resposta, excetuando, talvez, seus diálogos com monsenhor Darcy.

Como amava fazer o que quer que fosse na companhia de Clara! Ir às compras com ela era um sonho raro, epicurista. Era comentada em todas as lojas em que entrava e os balconistas murmuravam baixinho: "Aí vem a bela sra. Page".

"Aposto que não ficará sozinha durante muito tempo."

"Não precisa espalhar. Ela não está pedindo conselhos."

"Mas como é linda!"

(Entra o gerente da loja – silêncio, ate que ele se aproxima, sorrindo com afetação.)

"É uma dama da sociedade, não?"

"Sim, mas, segundo comentam, ficou pobre."

"Puxa, meninas, ela é um *pedaço*!"

Clara dispensava a todos o mesmo tratamento cordial. Amory achava que os proprietários das lojas lhe davam descontos, algumas vezes com conhecimento dela e outras vezes sem. Sabia que ela se vestia com muito bom gosto, sempre tinha o que havia de melhor em sua casa e, inevitavelmente, era servida, no mínimo, pelos gerentes das lojas.

De vez em quando iam à igreja, aos domingos, e Amory, caminhando a seu lado, surpreendia-se admirando seu rosto, no qual o ar fresco da manhã punha belas cores. Clara era muito devota, sempre fora, e só Deus sabia quais as alturas que atingia e que forças reunia em sua pessoa quando se ajoelhava e inclinava sua loura cabeça, iluminada pelos reflexos multicoloridos dos vitrais.

"Santa Cecília!", ele disse em voz alta certo dia, involuntariamente, e os fiéis se voltaram, encarando-o. O padre interrompeu o sermão e Clara e Amory ficaram rubros de vergonha.

Foi o último domingo que passaram juntos, pois naquela mesma noite Amory pôs tudo a perder. Era algo que ele não conseguia evitar.

Caminhavam ao entardecer, no mês de março, e fazia tanto calor como se estivessem em junho. A alegria da juventude enchia a alma de Amory e ele sentiu que deveria falar.

"Penso", declarou e sua voz tremia, "que se eu perdesse a fé em você perderia a fé em Deus."

Ela o encarou com tamanha expressão de surpresa que ele perguntou o que estava acontecendo.

"Nada", ela disse pausadamente. "Cinco homens já me disseram isso, o que me deixa assustada."

"Oh, Clara, é seu destino!"

Ela não respondeu.

"Imagino que, para você, o amor seja...", ele principiou.

"Jamais amei."

Prosseguiram a caminhada, e aos poucos ele se deu conta da enormidade do que ela lhe dissera... jamais havia amado... Subitamente Clara lhe pareceu ser nada além do que a filha da luz. E o ser que ele era foi excluído do plano em que ela pairava. A única coisa que desejava era tocar a fímbria de seu vestido, com aquela compreensão que São José deve ter tido do eterno significado da Virgem Maria. Surpreendeu-se dizendo, mecanicamente, aliás:

"E eu a amo... qualquer grandeza que possa existir em mim é... oh, não consigo falar, mas, Clara, se daqui a dois anos eu voltar em posição de casar-me com você..."

Ela sacudiu a cabeça.

"Não", disse. "Jamais voltarei a casar-me. Tenho dois filhos e quero dedicar-me a eles. Gosto de você, assim como gosto de todo homem inteligente. Você mais do que todos, porém, me conhece suficientemente bem para saber que eu jamais casaria com um homem inteligente..." De repente ela se interrompeu.

"Amory."

"Sim?"

"Você não me ama. Jamais pretendeu casar comigo, não é mesmo?"

"Foi o crepúsculo...", ele disse, sonhador. "Não achei que estivesse pensando em voz alta. No entanto eu a amo ou a adoro ou a venero..."

"Lá vai você folheando seu catálogo de emoções em cinco segundos."

Amory deu um sorriso forçado.

"Não me julgue tão superficial, Clara. Algumas vezes você é deprimente."

"A última coisa que eu diria é que você é superficial", ela declarou com firmeza, tomando seu braço e arregalando os olhos, cuja bondade transparecia à luz do sol que se punha. "Uma pessoa superficial é uma eterna negação."

"Há tanta primavera no ar... existe tamanha doçura em seu coração..."

Ela retirou o braço.

"Agora você está bem e eu me sinto ótima. Dê-me um cigarro. Nunca me viu fumar, não é mesmo? Pois saiba que fumo, sim, mais ou menos uma vez por mês."

E então aquela criatura maravilhosa e Amory apostaram uma corrida até a próxima esquina, como duas crianças enlouquecidas pelo azul esmaecido do crepúsculo.

"Amanhã irei passar alguns dias no campo", anunciou Clara, arquejante, sob a luz do poste da esquina. "Estes dias estão magníficos e é preciso aproveitá-los, embora talvez eu os sinta melhor na cidade."

"Oh, Clara!", disse Amory, "que demônio você teria sido se Deus tivesse desviado um pouquinho sua alma em outra direção!"

"Talvez. Parece-me que não. Não sou impulsiva e jamais fui. Esta pequena explosão se deve unicamente à primavera."

"Você é a própria primavera."

Puseram-se novamente a caminho.

"Não. Você se engana novamente. Como é possível uma pessoa que se considera tão bem-dotada mentalmente equivocar-se o tempo todo a meu respeito? Sou o oposto de tudo aquilo que a primavera representa. É uma lástima se eu, por acaso, me assemelho a um modelo que agradaria a um velho escultor grego, mas garanto-lhe que se não fosse por meu rosto, eu seria uma freira tranquila... sem meus preciosos filhinhos, que, aliás, devem estar à minha espera." De repente ela apertou o passo, elevando o tom de voz, enquanto Amory se esforçava por alcançá-la.

Clara era a única criatura que o levava a entender por que outro homem pudesse ser preferido no lugar dele. Muitas vezes Amory voltou a se encontrar com mulheres casadas, que conhecera quando ainda eram debutantes e, estudando-as atentamente, imaginou notar algo em suas fisionomias que dizia:

"Oh, se pelo menos eu tivesse conquistado *você!*"

Até que ponto pode chegar a vaidade de um homem!

Aquela noite, porém, parecia ser uma noite de estrelas e cantigas. A alma esplendorosa de Clara ainda lançava raios de luz nos caminhos que ambos haviam percorrido.

Dourado, dourado é o ar, *ele cantou para as pequeninas poças d'água*... Dourado é o ar, notas douradas saem de dourados bandolins, arabescos dourados são percutidos em dourados violinos, belos, oh, incansavelmente belos... Madeixas emaranhadas que os mortais não podem deslindar; oh, onde está o jovem e extravagante Deus que tudo poderia indagar e esclarecer?... Quem poderia dar tanto ouro...

AMORY ESTÁ RESSENTIDO

Lenta e inevitavelmente, mas com ímpeto repentino, enquanto Amory divagava e sonhava, a guerra chegou até as praias e varreu as areias onde Princeton se exercitava. Todas as noites ecoava no ginásio o alarido dos pelotões, que marchavam e apagavam as marcas da quadra de basquete. Quando Amory foi a Washington, no fim de semana seguinte, envolveu-se em parte com aquele clima de crise, que logo transformou-se em repulsa, ao regressar de trem a Princeton, pois os beliches do lado oposto da cabine estavam ocupados por estrangeiros malcheirosos, gregos, segundo imaginou, ou russos. Refletiu o quanto o patriotismo teria sido mais fácil para uma raça homogênea, como teria sido mais fácil combater no tempo da colônia ou no exército confederado. Aquela noite não conseguiu dormir, mas ficou ouvindo os estrangeiros rirem às gargalhadas, ou roncarem enquanto enchiam o vagão com o cheiro da nova América.

Em Princeton, todos gracejavam em público e se diziam intimamente que pelo menos suas mortes seriam heroicas. Os estudantes de literatura liam Rupert Brooke com paixão; os almofadinhas se preocupavam em saber se o governo permitiria uniformes de corte inglês para os oficiais; alguns dos irremediavelmente preguiçosos escreviam para obscuras divisões do Departamento de Guerra, com a esperança de obter um comissionamento tranquilo e um beliche macio.

Decorrida uma semana, Amory encontrou-se com Burne e percebeu imediatamente que qualquer discussão seria pura perda de tempo. Burne tornara-se pacifista. As revistas socialistas, um conhecimento superficial de Tolstói e anseios intensos por uma causa que poderia mobilizar as forças que se agitavam nele finalmente levaram-no a decidir por pregar a paz como ideal subjetivo.

"Quando o exército alemão entrou na Bélgica, se os habitantes tivessem continuado a tratar pacificamente de suas vidas, o inimigo teria se desorganizado em..."

"Eu sei", interrompeu Amory, "estou a par de tudo, mas não quero falar de propaganda com você. É possível que tenha razão, mas ainda assim temos pela frente centenas de anos antes que o tempo da não resistência possa nos atingir como realidade."

"Mas, Amory, ouça..."

"Burne, vamos acabar discutindo..."

"Muito bem."

"Só uma coisa – não lhe peço que pense em sua família ou em seus amigos, porque sei que, diante de seu sentido de justiça, eles não significam nada. Mas, Burne, como é que você sabe que as revistas que lê, as sociedades das quais participa, os socialistas com quem se encontra não estão a favor dos alemães?"

"Alguns deles estão sim, é claro."

"Como sabe que todos eles não são pró-alemães? Não passam de uns fracos, com sobrenomes de judeus alemães."

"É evidente que esse risco existe", concordou Burne pausadamente. "Não sei até que ponto estou assumindo esta causa devido à propaganda. Penso naturalmente que esta é minha mais íntima convicção e neste momento parece-me que é um caminho que se abre diante de mim."

O coração de Amory disparou.

"Reflita sobre a inutilidade de tudo isso. É claro que ninguém irá martirizá-lo pelo fato de você ser pacifista. Apenas servirá para levá-lo a uma péssima..."

"Duvido", interrompeu Burne.

"Para mim, cheira a boêmia de Nova York."

"Sei o que você quer dizer e é por isso que não tenho certeza de que participarei de manifestações."

"Burne, embora seja bem-dotado, com tudo aquilo que Deus lhe deu, você irá falar com pessoas que não lhe darão ouvidos."

"É o que Santo Estevão deve ter pensado há muitos séculos. Ele fez seus sermões e o mataram. Enquanto agonizava, provavelmente pensou no quanto tudo aquilo era um desperdício. Sempre me pareceu que a morte de Santo Estevão foi o que ocorreu a São Paulo, na estrada de Damasco, levando-o a pregar a palavra de Cristo pelo mundo afora."

"Prossiga."

"É só. Trata-se de um dever que é todo meu, ainda que agora eu não passe de um joguete que foi sacrificado. Meu Deus, Amory, você não pode pensar que eu gosto dos alemães!"

"Não há mais nada que eu possa dizer. Chego ao fim de toda discussão lógica sobre a não resistência e lá me deparo com o espectro do homem tal qual é e sempre será. E esse espectro está ao lado da necessidade lógica de Tolstói e de Nietzsche..." Amory interrompeu-se. "Quando é que você parte?"

"Na próxima semana."

"Nós nos veremos, é claro."

Enquanto se afastava, Amory considerou que a expressão de seu rosto tinha grande semelhança com a de Kerry quando ele se despediu sob o Arco de Blair, havia dois anos. Sentindo-se infeliz, Amory cogitou por que motivo não conseguia se entregar ao que quer que fosse com a honestidade básica daqueles dois.

"Burne é um fanático", disse a Tom, "está completamente errado e sou inclinado a pensar que ele não passa de um joguete inconsciente de editores anarquistas e de manifestantes pagos pelos alemães, mas ele me deixa perplexo... está abandonando tudo aquilo que tem valor..."

Burne partiu de modo tranquilamente dramático dali a uma semana. Vendeu tudo o que tinha e foi até o alojamento despedir-se, pedalando uma velha bicicleta em mau estado, na qual pretendia ir até sua casa na Pensilvânia.

"Pedro, o Ermitão, vem apresentar suas despedidas ao cardeal Richelieu", sugeriu Alec, sentado no parapeito da janela, enquanto Burne e Amory trocavam um aperto de mão.

Amory, entretanto, não se sentia com disposição para zombadas. Ao observar as compridas pernas de Burne pedalarem aquela bicicleta ridícula até perder de vista, tomou consciência de que passaria uma semana difícil. Não pelo fato de apoiar a guerra, pois os alemães representavam tudo aquilo que lhe era repugnante – o materialismo, o controle de uma força tremendamente licenciosa –, mas o semblante de Burne permaneceu em sua memória e já estava ficando cansado das manifestações histéricas que começava a ouvir.

"Mas, afinal de contas, de que serve aprofundar-se de repente nas leituras de Goethe?", ele perguntou a Alex e Tom. "Por que escrever livros para provar que ele deu início à guerra ou que aquele estúpido e superestimado Schiller é um demônio disfarçado?"

"Você já leu alguma coisa deles?", perguntou Tom, com ar malicioso.

"Não", reconheceu Amory.

"Eu também não", ele disse, rindo.

"As pessoas ficarão indignadas", observou Alec calmamente, "mas Goethe continua na mesma velha estante na biblioteca, para chatear quem quer que se disponha a lê-lo!"

Amory calou-se e eles mudaram de assunto.

"Onde pretende se alistar, Amory?"

"Na infantaria ou na aviação. Ainda não me decidi. Odeio a mecânica, mas a aviação me atrai muito..."

"Eu me sinto como Amory", disse Tom. "Infantaria ou aviação. É claro que a aviação evoca o lado romântico da guerra, como costumava acontecer com a cavalaria, mas, a exemplo de Amory, não consigo distinguir um cavalo-vapor de um êmbolo..."

De certo modo, a insatisfação de Amory com sua falta de entusiasmo culminou numa tentativa de atribuir a culpa da guerra aos ancestrais de sua geração... a toda aquela gente que se manifestou a favor da Alemanha em 1870... a todos os materialistas desenfreados, a todos os que idolatravam a ciência e a eficiência alemã. Assim, compareceu certa tarde a uma aula sobre literatura inglesa, em que foi citado o poema "Locksley Hall". Mergulhou em profunda melancolia, desprezando Tennyson e tudo aquilo que ele defendia, pois o tomou como um escritor representativo dos vitorianos.

Vitorianos, vitorianos, jamais aprenderam a chorar. Plantaram os mais amargos frutos que seus filhos iriam colher...

escrevinhou Amory em seu caderno de anotações. O professor dizia algo sobre a solidez de Tennyson e cinquenta cabeças se inclinavam, tomando notas. Amory virou a página e recomeçou a escrever.

Estremeceram ao descobrir o que o sr. Darwin significou,
Estremeceram quando a valsa começou e Newman se retirou...

A valsa, entretanto, se fizera ouvir muito antes, e ele riscou o que acabara de escrever.

"O título é 'Uma canção em um tempo de ordem'", dizia o professor, em sua fala monótona e distante. "Tempo de ordem" – meu Deus! O conteúdo da caixa estava a ponto de explodir e os vitorianos sentavam-se na tampa, sorrindo serenamente... Browning, em sua *villa* italiana, bradava corajosamente: "Que seja tudo pelo melhor". Amory continuou a escrever.

Você se ajoelhou no templo e ele se inclinou para ouvir sua oração
Você lhe agradeceu seus "ganhos gloriosos" – censurou-o por
"Cathay".

Por que não conseguia escrever mais do que duas linhas de cada vez? Agora precisava de algo que rimasse:

Você O manteria alinhado com a ciência, embora Ele já tivesse
errado...

Bem, de qualquer modo...

Você encontrou seus filhos em sua casa – "Eu a consertei!" –
exclamou,
Para isso passou cinquenta anos na Europa e então
virtuosamente expirou.

"Em grande medida, esta era a ideia de Tennyson", prosseguiu o professor. '*Uma canção em um tempo de ordem*', de Swinburne, poderia muito bem ter servido como um título para Tennyson. Ele idealizava a ordem em oposição ao caos e ao desperdício."

Finalmente Amory encontrou a inspiração. Virou mais uma página e escreveu vigorosamente durante os vinte minutos restantes. Em seguida aproximou-se da mesa, pondo sobre ela a folha que destacara de seu caderno de anotações.

"Aqui está um poema para os vitorianos, professor", disse com frieza.

O professor pegou a folha com curiosidade, enquanto Amory batia em retirada estratégica. Eis o que ele escreveu:

Canções em um tempo de ordem
Foi o que nos deixaram para cantar,
Provas para os excluídos,
Respostas à vida para rimar.
As chaves do carcereiro
Sinos antigos a soar,
O tempo foi o fim dos enigmas
Nós fomos o fim dos tempos...
Aqui estavam oceanos domésticos,
E um céu que poderíamos alcançar,

Armas e uma fronteira vigiada,
Manoplas – mas não para arremessar,

Milhares de antigas emoções,
E uma platitude para uma delas,
Canções em tempo de ordem
E línguas, para podermos cantar

O FIM DE MUITAS COISAS

Os primeiros dias de abril passaram como num sonho – um sonho feito de compridas noites na varanda do clube, enquanto o gramofone tocava "Pobre borboleta", pois esta era a canção preferida no ano anterior.

A guerra mal parecia afetá-los e aquela bem poderia ser uma das primaveras dos tempos em que eram calouros, exceto devido à instrução militar que recebiam quase todas as tardes. No entanto Amory se dava conta, com tristeza, de que aquela era a última primavera passada sob o antigo regime.

"Este é o grande protesto contra o super-homem", declarou.

"Imagino que sim", concordou Alec.

"Ele é absolutamente irreconciliável com qualquer utopia. Enquanto agir, haverá problemas e todo o mal latente que leva uma multidão a ouvi-lo e deixar-se embalar por seus discursos."

"Além do que, ele é um homem bem-dotado, mas desprovido de senso moral."

"Com certeza. Creio que a pior coisa que temos de encarar é o fato de que tudo isso já aconteceu um dia, mas quanto tempo demorará para voltar a acontecer? Cinquenta anos após Waterloo, Napoleão era um herói tão grande para os catedráticos ingleses quanto Wellington. Como podemos saber se nossos netos não irão fazer de Von Hindenburg um ídolo?"

"E por que isso acontece?"

"É devido à passagem do tempo e aos historiadores. Se pelo menos pudéssemos aprender a encarar o mal como ele é, mesmo quando revestido de sujeira, monotonia ou magnificência..."

"Meu Deus! E para que viramos o mundo de pernas para o ar durante quatro anos?"

Então chegou a noite que haveria de ser a derradeira. Tom e Amory, que durante a manhã eram destacados para realizar exercícios militares em diferentes locais, caminhavam, como sempre, pelas alamedas sombreadas, com a expectativa de ver à sua volta os rostos dos estudantes que conheciam.

"O arvoredo está repleto de fantasmas esta noite."

"O campus inteiro está povoado por eles."

Fizeram uma pausa no edifício Little e contemplaram a lua que surgia, tornando prateado o telhado de ardósia do edifício Dodd e pondo manchas azuis nas árvores que farfalhavam ao vento.

"Sabe", murmurou Amory, "o que estamos sentindo agora é a presença daquela juventude esplêndida que movimentou este lugar durante duzentos anos."

Os derradeiros ecos de uma canção vinham dos lados do Arco de Blair. Eram vozes entrecortadas, que anunciavam uma prolongada despedida.

"O que estamos deixando aqui é mais do que nossos estudos e nossos colegas; é toda uma herança da juventude. Somos apenas uma geração. Estamos rompendo com todos os laços que pareciam nos ligar a gerações de homens que usavam botas de cano alto e pertenciam a famílias aristocráticas. Andamos de braços dados com Burr e Harry Lee, o Cavalo Ligeiro, durante boa parte destas noites de um azul tão profundo..."

"É exatamente isto o que estas noites são .. de um azul profundo. Um pouco mais de cor as estragaria, as tornaria exóticas. Torres projetando-se contra um céu que é uma promessa de alvorada, e uma luz azulada banhando os telhados de ardósia... isso magoa..."

"Adeus, Aaron Burr", disse Amory, voltando-se em direção a Nassau Hall, àquela hora deserta, "você e eu conhecemos os lados estranhos da vida."

Sua voz ecoou no silêncio.

"As tochas se apagaram", murmurou Tom. "Ah, Messalina, as compridas sombras constroem minaretes no estádio..."

Por um breve instante as vozes dos calouros pairaram em torno deles e ambos se encararam, com os olhos rasos d'água.

"Maldição!"

"Maldição!"

A derradeira noite empalidece e paira sobre a terra – a terra baixa, comprida, a terra solar das torres espiraladas; os fantasmas do entardecer voltam a afinar suas liras e, cantando, percorrem, em bandos lamentosos, os longos corredores ladeados por árvores; esmaecidos clarões ecoam na noite, de uma torre a outra; Oh, sono povoado de sonhos, sonhos que jamais nos cansam; das pétalas da flor de lótus, quando esmagadas, surge algo que se deve guardar e que é a essência de um momento.

Não mais aguardar o crepúsculo e o aparecimento da lua, neste vale recluso, povoado por estrelas e espirais, pois uma eterna manhã de desejos atravessa o tempo e a tarde terrena. Aqui, Heráclito, tu achaste no fogo e nas coisas fugazes a profecia que divulgaste ao longo dos anos mortos; esta meia-noite meu desejo verá, escondidos entre as cinzas, envoltos em chamas, o esplendor e a tristeza do mundo.

INTERLÚDIO

MAIO DE 1917 – FEVEREIRO DE 1919

Carta datada de janeiro de 1918, escrita por monsenhor Darcy para Amory, segundo-tenente do 171º Batalhão de Infantaria, porto de embarque, Camp Mills, Long Island.

MEU CARO:

Tudo o que precisa dizer a seu respeito é que ainda existe. Quanto ao resto, recorro à teimosia de minha memória, um termômetro que registra apenas febres e compara você com aquele que fui um dia, quando tinha sua idade. Os homens continuarão a tagarelar e nós continuaremos a bradar futilidades um para o outro, no palco, até que a última cortina caia com estrondo sobre nossas cabeças oscilantes. Você, porém, está iniciando-se no espetáculo da vida, que se assemelha a uma lanterna mágica movimentada, e provido com aquele mesmo arsenal de fotogramas que eu já tive. Preciso, portanto, escrever-lhe, quanto mais não fosse para denunciar a colossal estupidez das pessoas...

Este é o final de uma trajetória. Para o bem ou para o mal, você jamais voltará a ser exatamente aquele Amory Blaine a quem conheci. Nunca mais nos encontraremos como no passado, pois sua geração está se tornando dura, muito mais dura do que a minha jamais foi, pois fomos nutridos com aquilo que a década de 1890 nos proporcionou.

Amory, reli Ésquilo ultimamente e na divina ironia de Agamenon *encontro a única resposta para estes tempos amargos: o mundo inteiro desaba à nossa volta e estabeleço um paralelo com aquela época de desesperançada resignação. Há momentos em que penso nos legionários romanos, distantes de sua cidade corrupta, fazendo recuar as hordas... hordas, afinal de contas, pouco mais ameaçadoras do que a cidade corrupta... mais outro golpe cego contra a raça, fúrias desencadeadas, com que passamos com ovações sobre aqueles cadáveres, jactando-nos triunfalmente ao longo de toda a era vitoriana...*

E, em seguida, um mundo cada vez mais materialista – e a Igreja Católica. Fico a imaginar onde você se encaixará. De uma coisa tenho certeza: viverá como um celta e como ele morrerá. Assim, se não usar o paraíso como um referencial contínuo a suas ideias, encontrará na terra uma contínua solicitação para suas ambições.

Amory, descobri subitamente que sou um velho. Como todos os velhos, algumas vezes tive sonhos e vou contá-los para você. Gostei de imaginar que você era meu filho, que talvez, quando eu era jovem, fiquei em estado de coma e o gerei. Quando voltei a mim, não me recordava do fato... é o instinto paterno, Amory – o celibato penetra mais fundo do que a carne...

Algumas vezes penso que uma explicação para nossa profunda semelhança é algum antepassado comum e descubro que o único sangue que os Darcy e os O'Hara compartilham é o dos O'Donahue... creio que o nome dele era Stephen...

Quando um raio atinge um de nós atinge os dois. Você mal havia chegado ao porto de embarque quando recebi instruções para viajar a Roma e, a qualquer momento, aguardo que me comuniquem onde tomarei o navio. Antes de você receber esta carta estarei viajando, em seguida será sua vez. Você foi para a guerra como um cavalheiro, assim como foi para o liceu e a universidade, pois era isso que deveria ser feito. É melhor deixar a fanfarronada e o heroísmo sentimentaloide para a classe média. Ela é perita nisso.

Lembra-se daquele fim de semana, em março, quando trouxe Burne Holiday para me conhecer? Que rapaz magnífico! Fiquei assustadoramente chocado quando você me escreveu, contando que ele me achou uma pessoa esplêndida. Como é possível que se enganasse tanto? O adjetivo esplêndido não cabe nem a você nem a mim. Somos muitas outras coisas - extraordinários, inteligentes e imagino que se possa dizer de nós que somos brilhantes. Podemos atrair as pessoas, criar uma atmosfera, quase perder nossas almas celtas em sutilezas celtas, podemos chegar quase ao ponto de agirmos como bem entendermos, mas esplêndidos... creio que não!

Viajo a Roma com um magnífico dossiê e cartas de apresentação para todas as capitais da Europa. Quando chegar lá provocarei sensação. Como gostaria que você estivesse em minha companhia! Este parágrafo está um tanto cínico. Não é o tipo de coisa que um clérigo de meia-idade deveria escrever a um jovem na véspera de ele partir para a guerra. A única desculpa é que o clérigo de meia-idade está falando para si mesmo. Existem coisas profundas em nós e você, tanto quanto eu, sabe do que se trata.

Temos uma grande fé, embora a sua, no presente momento, não esteja cristalizada. Possuímos uma tremenda honestidade, que nossa sofisticação não consegue destruir, e, acima de tudo, somos donos de uma simplicidade que se assemelha à das crianças e que nos impede de sermos maliciosos.

Escrevi para você o poema que segue. Lamento se as cores de seu rosto não correspondem à descrição que delas fiz, mas você passará a noite inteira lendo e fumando.

De qualquer modo, aqui vai:

LAMENTO PARA O FILHO ADOTIVO, QUE PARTE PARA A GUERRA CONTRA O REI DOS ESTRANGEIROS

Ochone
O filho de meus pensamentos separou-se de mim
Em sua dourada juventude, como Angus Oge
Angus dos pássaros reluzentes
E sua mente é forte e sutil como a mente de Cuchullin em Muirtheme.
Awirra sthrue
Sua fronte é tão alva quanto o leite das vacas de Maeve
E seu rosto é como as cerejas da árvore
Que se inclina para Maria, que com elas alimenta o Filho de Deus.

Aveelia Vrone
Seus cabelos são como o colar dourado dos Reis de Tara

E seus olhos assemelham-se aos quatro mares azuis de Erin.
Movem-se com a rapidez das névoas da chuva.

Mavrone go Gudyo
Ele participa da batalha jubilosa e rubra
Entre os cabos de guerra, que praticam grandes feitos de valor,
A vida o abandona
E as cordas de minha própria alma se soltariam.

A Vich Deelish
Meu coração é o coração de meu filho
E, com certeza, minha vida lhe pertence
Um homem pode ser duas vezes jovem
Somente na vida de seus filhos.

Jia du Vaha Alanav
Possa o Filho de Deus estar acima dele e a seu lado, diante dele e atrás dele,
Possa o Rei dos elementos velar com neblina os olhos do Rei dos Estrangeiros,
Possa a Rainha das Graças conduzi-lo pela mão e guiá-lo através de seus inimigos, de tal modo que eles não o vejam
Possam Patrick do Gael e Collumb das Igrejas e os cinco mil
Santos de Erin ser, para ele, mais do que um escudo
E então ele partirá para a batalha.
Och Ochone.

Amory, Amory, sinto, de alguma forma, que isto é tudo. Um de nós ou ambos não sobreviverá a esta guerra... Tenho tentado transmitir-lhe o quanto esta reencarnação de mim em você significou nos últimos anos... somos curiosamente parecidos... curiosamente nada parecidos.

Até logo, querido rapaz, e Deus esteja com você.

THAYER DARCY

EMBARQUE NOTURNO

Amory percorreu a ponte do navio até encontrar um banco, debaixo de uma luz elétrica. Tirou do bolso um lápis e uma caderneta de anotações e começou a escrever com lentidão, procurando as palavras:

Partiremos esta noite...
Silenciosos, enchíamos a rua deserta, parada
Formávamos uma coluna cinza, esmaecida
E fantasmas despertaram, assustados com o som da
cadência de nossa marcha
Que se ouvia na noite sem luar;
Nos estaleiros sombrios ecoavam os passos
Que se aproximavam, noite e dia.

E assim permanecemos nos tombadilhos sem vento,
Vemos na praia povoada de espectros
Sombras de milhares de dias, pobres náufragos sem gestos,
Oh, então deploraremos

A futilidade daqueles anos!
Vejam como o oceano é branco!
As nuvens rasgaram-se e os céus incendiaram-se
Iluminando sendas vazias, pavimentadas com saibro luminoso
O barulho das ondas, a chocar-se com a popa
Aumenta e forma um noturno volumoso,
... Partiremos esta noite

Carta de Amory, datada de "Brest, 11 de março de 1919", enviada ao tenente T. P. D'Invilliers, Camp Gordon, Geórgia.

CARO BAUDELAIRE:

Nós nos encontraremos em Manhattan no dia 10 deste mês. Então eu, você e Alec, que está a meu lado enquanto escrevo, alugaremos um apartamento bem jeitoso. Ignoro o que farei, mas tenho um vago sonho de ingressar na política. Por que será que a nata dos jovens ingleses de Oxford e Cambridge participa da política e nos Estados Unidos nós a deixamos nas mãos dos oportunistas? É gentinha criada em educandários, formada em comícios e mandada ao Congresso, exemplares mais acabados da corrupção, com suas barrigas volumosas, desprovidos de "ideias e ideais", conforme diziam certos oradores. Ainda há quarenta anos contávamos com homens de valor na política, mas nós fomos criados para acumular um milhão de dólares e "mostrar de que somos feitos". Algumas vezes gostaria de ter sido inglês; a vida americana é tão vazia, estúpida, saudável...

Como a pobre Beatrice faleceu, provavelmente herdarei algum dinheiro, infelizmente muito pouco. Posso perdoar quase tudo em minha mãe, exceto o fato de que, num súbito impulso de religiosidade, já no fim da vida, deixou metade do que sobrou para ser gasto em vitrais de igrejas e em doações para seminários. O dr. Barton, meu advogado, escreveu comunicando que aquilo que sobrou para mim está empregado em ações de companhias de transporte público e que elas estão perdendo dinheiro devido à baixa tarifa das passagens. Imagine você uma política salarial que dá 350 dólares mensais a um homem que não sabe ler e escrever! No entanto ainda acredito em minha renda, embora tenha visto aquilo que foi um dia uma respeitável fortuna derreter graças à especulação, a extravagâncias, à administração democrática e ao imposto de renda. É a tal da modernidade, que me deixou em péssima situação.

De qualquer modo, teremos quartos realmente muito confortáveis. Você poderá arranjar um emprego em alguma loja de roupas finas e Alec poderá trabalhar na Zinc Company... Não sei muito bem qual é o nome da empresa de sua família. Ele está espiando por cima de meu ombro, enquanto escrevo, e diz que a empresa trabalha com cobre, mas creio que isso é irrelevante, não acha? Provavelmente existe tanta corrupção em dinheiro feito com zinco quanto em dinheiro feito com cobre. Quanto ao muito conhecido Amory, ele escreveria uma literatura imortal caso tivesse suficiente certeza sobre tudo para se arriscar a divulgar seus conhecimentos. Não existe dádiva mais perigosa para a posteridade do que alguns lugares-comuns redigidos com esperteza.

Tom, por que você não se converte ao catolicismo? É claro que para ser um bom católico você teria de desistir daquelas poderosas intrigas de que costumava me falar, mas escreveria uma poe-

sia de melhor qualidade se estivesse conectado com candelabros dourados e cantilenas compridas e monótonas. Mesmo que os padres americanos sejam um tanto burgueses, conforme Beatrice costumava dizer, você só precisará frequentar igrejas chiques e eu o apresentarei a monsenhor Darcy, que é realmente notável.

A morte de Kerry foi um duro golpe, como também a de Jesse, até certo ponto. Tenho grande curiosidade em saber qual é o canto esquisito do mundo que engoliu Burne. Acha que ele está na prisão, sob um nome falso? Confesso que a guerra, em vez de fazer de mim um ortodoxo, que é a reação correta, tornou-me um agnóstico apaixonado. A Igreja Católica tem suas asas de tal modo cortadas, ultimamente, que sua participação é tímida e negligenciável. Ela também já não conta mais com bons escritores. Estou cansado de Chesterton.

Acabo de descobrir um soldado que passou por uma crise espiritual, em torno da qual se faz tamanha propaganda, a exemplo do que aconteceu com aquele sujeito, Donald Hankey. O soldado a quem conheci já estudava para o ministério sagrado e parecia estar maduro para seguir sua vocação. Penso, com toda honestidade, que tudo isso é abominável, embora pareça proporcionar reconforto sentimental às famílias. Possam os pais e mães dar o devido valor a seus filhos. Esta religião, inspirada pela crise, é na melhor das hipóteses passageira e desprovida de méritos. Acho que, para quatro homens que descobriram Paris, existe apenas um que descobriu Deus.

Mas nós – você, Alec e eu – contrataremos um mordomo japonês, usaremos smoking para jantar, tomaremos os melhores vinhos e levaremos uma vida contemplativa, da qual a emoção estará ausente, até decidirmos usar metralhadoras a favor dos detentores da propriedade ou jogar bombas ao lado dos bolchevistas. Meu Deus! Tom, espero que algo aconteça. Estou tão inquieto quanto o demônio e sinto horror de engordar ou me apaixonar e levar uma vida bem doméstica.

A propriedade de Lake Geneva está para alugar, mas quando for lá procurarei o dr. Barton, para apurar maiores detalhes. Escreva-me aos cuidados de Blackstone, Chicago.

Sempre seu, meu caro Boswell,

SAMUEL JOHNSON

LIVRO 2

A EDUCAÇÃO DE UM PERSONAGEM

1. A DEBUTANTE

Estamos no mês de fevereiro. A ação passa-se num aposento grande e elegante, na residência dos Connage, na rua 68, em Nova York. É um quarto de moça; paredes e cortinas cor-de-rosa e uma colcha da mesma cor está estendida sobre uma cama pintada de creme. Cor-de-rosa e creme são os motivos da decoração, mas a única mobília à vista é uma luxuosa penteadeira com tampo de vidro e espelho de três faces. Na parede está dependurada uma cópia requintada de *Cereja madura*, alguns cães bem educados do pintor Landseer e *O rei das ilhas negras*, de Maxwell Parrish.

(Grande desordem, que consiste dos seguintes itens: (1) sete ou oito caixas de papelão vazias, de cujas tampas assomam guardanapos de papel, como línguas arquejantes; (2) um conjunto de vestidos de passeio, misturados com vestidos mais formais, para se usar à noite, todos em cima de uma mesa e evidentemente novos; (3) um corte de tule, que já perdeu a dignidade e que se enrola tortuosamente em tudo o que se vê; (4) em cima de duas cadeiras pequenas, peças de lingerie que dispensam qualquer descrição. Gostaríamos de saber qual é o custo de todo esse luxo e somos invadidos pelo desejo de ver a princesa, em cujo benefício... Mas vejam! Entrou alguém! Decepção! É apenas uma criada, procurando algo. Ergue um monte de roupa de uma cadeira – não está lá. Ergue outro monte, inspeciona a penteadeira, abre as gavetas da cômoda. Tira delas algumas belas camisolas e um esplêndido pijama, mas isso não a satisfaz. Retira-se.

Ouve-se, no quarto ao lado, murmúrios que não se distinguem.

Agora a coisa começa a esquentar. Entra a mãe de Alec, a sra. Connage, robusta, digna, maquiada como convém a uma viúva e um tanto envelhecida. Seus lábios se mexem significativamente, enquanto procura aquilo. Sua busca é menos minuciosa do que a da criada, mas existe nela um toque de fúria, que compensa sua superficialidade. Tropeça no rolo de tule e pragueja, em tom bastante audível. Retira-se de mãos abanando.

Mais conversas no outro quarto e ouve-se a voz de uma garota, que parece ser muito mimada, e que diz: "*Mas que gente mais burra...*".

Após uma pausa, entra uma terceira pessoa no quarto – não é a garota mimada, porém uma edição mais nova. É CECELIA CONNAGE, de dezesseis anos, bonita, esperta, e constitucionalmente bem-humorada. Está vestida para a noite, com uma simplicidade óbvia, que provavelmente a aborrece. Aproxima-se de uma pilha de roupas, escolhe uma combinação cor-de-rosa e a examina, com ar de contentamento.)

CECELIA: Cor-de-rosa?
ROSALIND (*do outro quarto*): Sim!
CECELIA: Pronto, encontrei!

(Contempla-se no espelho da penteadeira e começa a dançar um *shimmy* com grande entusiasmo.)

ROSALIND: O que você está fazendo? Experimentando?

(CECELIA retira-se, com a combinação posta no ombro direito, ALEC CONNAGE entra pela outra porta. Olha rapidamente em torno e grita: "*Mamãe!*". Ouve-se um coro de vozes que protestam, na porta ao lado, e, encorajado, ele se encaminha naquela direção, mas é repelido por outro coro.)

ALEC: É aí que vocês estão? Amory Blaine chegou.
CECELIA (*rapidamente*): Leve-o para o térreo.
ALEC: Ele está lá.
SRA. CONNAGE: Bem, mostre-lhe o quarto em que vai ficar. Peça-lhe desculpas de minha parte e diga que não posso ir ter com ele agora.
ALEC: Ele ouviu muito falar de vocês. Gostaria que vocês se apressassem. Papai está dizendo tudo o que lhe vem à cabeça sobre a guerra e ele está inquieto. É um tipo meio temperamental.

(Este último comentário é suficiente para atrair CECELIA até o quarto.)

CECELIA (*sentando-se muito ereta*): O que você quer dizer com temperamental? Em suas cartas costumava escrever isso a respeito dele.

ALEC: Oh, ele escreve algumas coisas.

CECELIA: Sabe tocar piano?

ALEC: Creio que não.

CECELIA (*especulando*): Bebe?

ALEC: Sim, mas não existe nada de esquisito nele.

CECELIA: Tem dinheiro?

ALEC: Ora essa... pergunte a ele. Costumava ter muito e agora ainda dispõe de alguma renda. (*surge a* SRA. CONNAGE.)

SRA. CONNAGE: Alec, é claro que sentimos imenso prazer em hospedar um amigo seu...

ALEC: Você, com toda certeza, precisava conhecer Amory.

SRA. CONNAGE: Mas é claro. Penso, no entanto, que é absolutamente infantil de sua parte sair de casa, onde você estava tão bem, para ir morar com dois outros rapazes num apartamento sofrível. Espero que não seja para que você possa beber tanto quanto quiser. (*Faz uma pausa.*) Não poderemos dar tanta atenção a seu amigo hoje à noite. Sabe, esta semana é dedicada a Rosalind. Quando uma moça debuta na sociedade, ela precisa de toda atenção.

ROSALIND (*do outro quarto*): Pois então prove o que está dizendo e venha até aqui abotoar-me.

(*a* SRA. CONNAGE *retira-se.*)

ALEC: Rosalind não mudou nada.

CECELIA (*abaixando a voz*): É terrivelmente mimada.

ALEC: Hoje à noite ela conhecerá alguém à sua altura.

CECELIA: Quem? O sr. Amory Blaine?

(ALEC *indica que sim.*)

CECELIA: Bem, Rosalind ainda está para conhecer um homem a quem ela não consiga superar. Sabe, Alec, ela trata os homens terrivelmente mal. Abusa deles, poda-os, desmarca encontros, boceja na cara deles e com tudo isso ainda voltam a procurá-la e pedem mais.

ALEC: Eles devem gostar.

CECELIA: Ao contrário, odeiam. Creio que ela é uma espécie de vampira. Em geral as garotas acabam fazendo tudo o que ela quer, só que ela as detesta.

ALEC: Personalidade é uma herança em nossa família.

CECELIA (*resignada*): Acho que essa herança se esgotou antes de chegar até mim.

ALEC: E Rosalind, se comporta bem?

CECELIA: Não especialmente. Oh, ela se situa na média – fuma de vez em quando, bebe ponche, é beijada frequentemente. Sabe, é um dos efeitos da guerra.

(*a* SRA. CONNAGE *volta.*)

SRA. CONNAGE: Rosalind está quase acabando de se vestir e agora posso descer para conhecer seu amigo.

(ALEC *e sua mãe retiram-se.*)

ROSALIND (*do lado de fora*): Oh, mamãe...

CECELIA: Mamãe desceu.

(Entrada de ROSALIND. É uma daquelas garotas que jamais fazem o menor esforço para que os homens se apaixonem por ela. Isso só não acontece com dois tipos de homem: os comuns em geral receiam sua inteligência e os intelectualizados em geral receiam sua beleza. Todos os outros lhe pertencem, devido a uma prerrogativa natural.)

Se ROSALIND pudesse ser mimada, àquela altura o processo já estaria completo e, para dizer a verdade, sua disposição não é aquilo que deveria ser. Ela quer o que quer quando quer e sente-se inclinada a tornar infelizes todas as pessoas à sua volta quando não obtém aquilo que deseja, mas no sentido próprio ela não é uma pessoa mimada. Seu entusiasmo, o desejo de crescer e aprender, sua fé inesgotável na infinitude do romance, uma coragem e uma honestidade fundamentais são qualidades que não pertencem a uma pessoa mimada.

Durante longos períodos despreza cordialmente toda a sua família. É inteiramente destituída de princípios. Sua filosofia é carpe diem para si mesma e laissez-faire para os outros. Aprecia histórias escandalosas. Tem aquela tendência à rudeza que se costuma encontrar em naturezas ao mesmo tempo requintadas e fortes. Quer que as pessoas gostem dela, mas se isso não acontece, jamais se preocupa ou se modifica.

De modo algum pode ser considerada um caráter exemplar.

A educação de todas as mulheres belas é o conhecimento que têm dos homens. ROSALIND decepcionou-se com um homem atrás do outro, como indivíduos, mas tinha grande fé no homem como sexo. Detestava as mulheres. Elas encarnavam características que sentia e desprezava em si mesma – mesquinharia incipiente, convencimento, covardia e uma desonestidade tacanha. Certa vez declarou a um grupo de amigos de sua mãe que a única desculpa para a existência das mulheres era a necessidade de serem um elemento perturbador para os homens. Dançava excepcionalmente bem, desenhava com habilidade, mas apressadamente, e tinha surpreendente facilidade em manejar as palavras, que usava apenas em cartas de amor.

No entanto, toda crítica que se pudesse fazer a ROSALIND cessava diante de sua beleza. Era dona de gloriosos cabelos louros, precisamente naquele tom que faz a indústria de tinturas prosperar. Possuía uma boca eternamente beijável, pequenina, ligeiramente sensual e profundamente perturbadora. Seus olhos eram azul-claros e em sua tez irrepreensível surgiam duas manchas coloridas, evanescentes. Esguia, atlética e bem desenvolvida, era um verdadeiro prazer vê-la movimentar-se numa sala, caminhar pelas ruas, dar uma tacada num campo de golfe ou girar a manivela de um gramofone.

Uma última qualificação – sua personalidade vívida, espontânea, não possuía aquela qualidade consciente, teatral, que AMORY encontrara em ISABELLE. MONSENHOR DARCY teria grandes dificuldades em defini-la como um personagem ou uma personalidade. Talvez ela fosse aquela mistura deliciosa, inexprimível, que só aparece uma vez em um século.

Na noite de sua apresentação à sociedade, ela, apesar de sua estranha e inusitada sensatez, é uma garota muito feliz. A criada de sua mãe acaba de penteá-la mas, impaciente, ROSALIND decidiu que é capaz de fazer coisa melhor. Agora está nervosa demais para ficar parada. É a isso que devemos sua presença neste quarto atulhado. Ela vai falar. A voz de contralto de ISABELLE soava como um violino, mas se pudéssemos ouvir ROSALIND diríamos que sua voz era tão musical quanto a queda de uma cascata.

ROSALIND: Para dizer a verdade, existem no mundo apenas duas roupas que eu gosto realmente de usar. (*Penteando o cabelo diante da penteadeira.*) A primeira é uma saia bem armada, com pantalonas; a outra é um maiô de peça única. Fico encantadora usando qualquer uma delas.
CECELIA: Está contente em ser debutante?
ROSALIND: Estou, sim. E você, não?
CECELIA (*com cinismo*): Você está contente porque poderá casar e morar em Long Island perto daqueles *casaizinhos descomprometidos*. Quer que a vida seja uma cadeia de flertes, com um homem em cada elo.
ROSALIND: Não *quero* que ela seja assim; *descobri* que é assim.
CECELIA: Ah!
ROSALIND: Cecelia, querida, você não tem a menor ideia que provação é ser como eu. Nas ruas, tenho de manter-me impassível, para impedir que os homens pisquem para mim. Se acaso eu rir um pouco mais alto na primeira fila do teatro, os atores representam para mim durante o resto do espetáculo. Se eu abaixar a voz, os olhos, ou deixar cair o lenço num baile, meu par me telefonará todos os dias durante uma semana.
CECELIA: O que deve provocar em você uma tensão terrível.

ROSALIND: Uma infelicidade; os únicos homens que me interessam são aqueles totalmente inelegíveis. Ah, se eu fosse pobre seria atriz de teatro.

CECELIA: Sim, você vive interpretando e é mais vantajoso ser paga para isso.

ROSALIND: Algumas vezes, quando me sinto particularmente radiante, pergunto a mim mesma: por que desperdiçar tudo isso com apenas um único homem?

CECELIA: Muitas vezes, quando você está particularmente mal-humorada, imaginei por que você desperdiça tudo isso com apenas uma família. (*Levantando-se.*) Vou descer ao encontro do sr. Amory Blaine. Gosto de homens temperamentais.

ROSALIND: Eles não existem. Os homens não sabem ficar verdadeiramente zangados ou verdadeiramente felizes. Os que agem assim acabam fracassando.

CECELIA: Ainda bem que não tenho todas as suas preocupações. Sou noiva.

ROSALIND (*com um sorriso de desprezo*): Noiva? Sua lunática! Se mamãe a ouvisse falar deste jeito a trancaria num colégio interno, que é onde você deveria estar.

CECELIA: Mas você não lhe contará nada, porque sei de certas coisas que eu também posso contar. Além do mais, você é excessivamente egoísta!

ROSALIND (*um pouco aborrecida*): Não me venha com essa, garota! Está noiva de quem? Do entregador de gelo? Do balconista da confeitaria?

CECELIA: Sua espertinha... Até logo, meu bem, nos veremos mais tarde.

ROSALIND: Com toda certeza... você coopera tanto!

(CECELIA retira-se. ROSALIND acaba de pentear-se e levanta-se, cantarolando. Aproxima-se do grande espelho e começa a dançar, deslizando sobre o tapete macio. Não contempla seus pés, mas os olhos – jamais casualmente, mas sempre com a maior atenção, mesmo quando sorri. A porta se abre subitamente e é batida com força. Surge AMORY, elegante e belo como sempre. No mesmo instante, sente-se confuso.)

ELE: Oh, desculpe, achei que...
ELA (*sorrindo radiosamente*): Você é Amory Blaine, não é mesmo?
ELE (*contemplando-a atentamente*): E você é Rosalind?
ELA: Vou chamá-lo de Amory. Oh, entre. Não se preocupe. Mamãe chegará daqui a pouco, (*sussurra*) infelizmente.
ELE (*olhando em torno de si*): Para mim isto aqui é território desconhecido.
ELA: Aqui é terra de ninguém.
ELE: É aqui que você... você... (*Pausa.*)
ELA: Sim... veja só meu arsenal. (*Aproxima-se da penteadeira.*) Aqui está meu *rouge*, o lápis para os olhos...
ELE: Não imaginava que você fosse assim.
ELA: E o que esperava?
ELE: Achei que você fosse uma criatura que não se ligava em vaidade, que gostava de nadar e jogar golfe.
ELA: Gosto, sim, mas não no horário comercial.
ELE: Comercial?
ELA: Rigorosamente das seis às duas.

ELE: Gostaria do possuir algumas ações de sua empresa.

ELA: Não se trata de uma empresa. É apenas "Rosalind, Ilimitada". 51% de participação, nome, boa vontade. Tudo isso chega a 25 000 dólares anuais.

ELE (*com ar de reprovação*): A proposta não é nada atraente.

ELA: Bem, Amory, você não se incomoda, não é mesmo? Quando conhecer um homem que não provoque em mim um tédio mortal, após duas semanas de convívio, talvez serei diferente.

ELE: Que estranho... Você tem o mesmo ponto de vista sobre os homens que eu sobre as mulheres.

ELA: Sabe, não sou realmente feminina... em minha mente.

ELE (*interessado*): Prossiga.

ELA: Não. Quem deve prosseguir é você. Obrigou-me a falar de mim, o que é contra as regras.

ELE: Regras?

ELA: Minhas próprias regras, mas você... Oh, Amory, ouvi dizer que você é brilhante. Minha família espera *tanto* de você!

ELE: Sinto-me encorajado!

ELA: Alec disse que você o ensinou a pensar. É mesmo? Eu achava que ninguém conseguiria.

ELE: Não. Na realidade sou muito obtuso.

(Ele, evidentemente, não pretende ser levado a sério.)

ELA: Mentiroso.

ELE: Sou religioso, chegado à literatura. Cheguei até mesmo a escrever poemas.

ELA: *Vers libre* – esplêndido! (*Declama.*)

As árvores são verdes
Os pássaros nelas cantam,
A jovem suga seu veneno
O pássaro foge, a jovem morre.

ELE (*rindo*): Não, não é este tipo de poema.

ELA (*subitamente*): Gosto de você.

ELE: Não diga isso.

ELA: Além do mais, é modesto...

ELE: Sinto medo de você. Sempre sentirei medo de uma garota, enquanto não a beijar.

ELA (*com ênfase*): Meu caro, a guerra terminou.

ELE: E assim sempre sentirei medo de você.

ELA (*com certa tristeza*): Penso que sim.

(Ambos hesitam durante um breve momento.)

ELE (*após refletir*): Ouça. O que tenho a pedir é assustador.

ELA (*sabendo o que está por vir*): Daqui a cinco minutos.

ELE: Mas você... me beijará? Ou tem medo?

ELA: Nunca tenho medo, mas seus argumentos são tão precários...

ELE: Rosalind, *quero* realmente beijá-la.

ELA: Eu também.

(Beijam-se – um beijo profundo e demorado.)

ELE (*após respirar fundo*): Bem, sua curiosidade está satisfeita?

ELA: E a sua?

ELE: Não, apenas despertou.

(Sua aparência não o desmente.)

ELA: Já beijei dezenas de homens. Suponho que beijarei mais algumas dezenas.

ELE (*com ar distraído*): É, imagino que sim.

ELA: A maior parte deles gosta do meu jeito de beijar.

ELE (*lembrando-se do beijo*): Sem dúvida. Beije-me mais uma vez, Rosalind.

ELA: Não. Em geral minha curiosidade se satisfaz com um único beijo.

ELE (*desencorajado*): Isso é uma regra?

ELA: Eu crio regras que estejam de acordo com as circunstâncias.

ELE: De certo modo você e eu nos parecemos, só que tenho muito mais anos de experiência.

ELA: Qual é sua idade?

ELE: Quase 23 anos. E você?

ELA: Acabo de fazer dezenove.

ELE: Imagino que seja o produto de uma escola elegante.

ELA: Não. Até que sou matéria bruta. Fui expulsa da escola Spence, mas já esqueci o motivo.

ELE: Quais são suas tendências, de modo geral?

ELA: Oh, sou brilhante, bastante egoísta, emotiva quando provocada, gosto que me admirem...

ELE (*subitamente*): Não quero me apaixonar por você...

ELA (*franzindo o cenho*): Ninguém lhe pediu.

ELE (*prosseguindo, com frieza*): Mas provavelmente me apaixonarei. Amo sua boca.

ELA: Psiu! Por favor, não se apaixone por minha boca – meus cabelos, olhos, ombros, chinelas, sim –, minha boca, jamais. Todo mundo se apaixona por minha boca.

ELE: É muito bela.

ELA: É pequena demais.

ELE: De modo algum. Vejamos. (*Volta a beijá-la com o mesmo ímpeto.*)

ELA (*um pouco perturbada*): Diga algo terno.

ELE (*assustado*): Que Deus me ajude.

ELA (*afastando-se*): Pois então não diga nada, já que é tão difícil.

ELE: Então devemos fingir? Tão cedo?

ELA: Não seguimos os mesmos padrões das outras pessoas, no que se refere ao tempo.

ELE: Quer dizer que as outras pessoas já existem?

ELA: Vamos fingir.

ELE: Não. Não consigo. Trata-se de sentimento.

ELA: Você é sentimental?

ELE: Não, sou romântico. Uma pessoa sentimental acha que as coisas irão durar. Uma pessoa romântica não tem esperanças, acha que não durarão. O sentimento é emotivo.

ELA: E você não é (*com os olhos semicerrados*). Você provavelmente se lisonjeia, acreditando que sua atitude é superior.

ELE: Bem... Rosalind, Rosalind, não discuta. Beije-me novamente.

ELA (*com bastante frieza*): Não. Não sinto o menor desejo de beijá-lo.

ELE (*declaradamente surpreendido*): Mas ainda há pouco você quis me beijar.
ELA: Mas estamos falando de agora.
ELE: Acho melhor eu me retirar.
ELA: Creio que sim.

(Ele caminha em direção à porta.)

ELA: Oh!

(Ele se volta.)

ELA (*rindo*): Pontos marcados... O time da casa: cem. O Adversário: zero.

(Ele faz menção de se aproximar.)

ELA (*rapidamente*): Chove... a partida foi adiada.

(Ele retira-se. Ela se aproxima calmamente da cômoda, pega uma cigarreira e a esconde numa gaveta. Sua mãe entra, com uma caderneta na mão.)

SRA. CONNAGE: Rosalind, preciso muito ter uma conversa com você antes que desça.
ROSALIND: Meu Deus, mamãe! Deste jeito você me assusta.
SRA. CONNAGE: Nossas despesas com você têm sido excessivas.
ROSALIND (*resignada*): Sim.

SRA. CONNAGE: E você bem sabe que a situação financeira de seu pai já não é mais a mesma.

ROSALIND (*afetando contrariedade*): Oh, por favor, não me fale de dinheiro.

SRA. CONNAGE: Sem ele nada se pode fazer. É o último ano que passamos nesta casa e, a menos que as coisas mudem, Cecelia não contará com as vantagens que você teve.

ROSALIND (*impaciente*): Bem... De que se trata?

SRA. CONNAGE: Peço que preste atenção a várias coisas que anotei em minha caderneta. A primeira delas é: não desapareça com rapazes. Poderá surgir uma ocasião em que isso seja até recomendável, mas no presente quero-a no salão de baile, onde posso localizá-la. Desejo que conheça certos homens e não gostaria de surpreendê-la num canto da estufa fazendo tolices com alguém ou dando ouvidos a essa pessoa.

ROSALIND (*sarcástica*): Sem dúvida, *emprestando os ouvidos* é melhor.

SRA. CONNAGE: E não perca muito tempo com universitários, esses garotos de dezenove e vinte anos. Não me incomodo se for a um baile de formatura ou assistir a uma partida de futebol, mas ausentar-se de festas, que só podem proporcionar vantagens, para frequentar cafés no centro da cidade com Tom, Dick ou Harry...

ROSALIND (*revelando seu código de conduta que, à sua moda, é tão elevado quanto o de sua mãe*): Mamãe, esse tempo já passou. Hoje não se pode mais regular tudo, como se fazia no começo deste século.

SRA. CONNAGE (*sem prestar a menor atenção*): Quero que conheça muitos amigos solteiros de seu pai esta noite. São homens ainda moços.

ROSALIND (*procurando aparentar sensatez*): Homens de 45 anos?

SRA. CONNAGE (*bruscamente*): E por que não?

ROSALIND: Oh, está muito bem. Eles conhecem a vida e sua aparência de cansaço é tão adorável (*sacode a cabeça*), mas ainda são capazes de dançar.

SRA. CONNAGE: Ainda não me apresentaram o sr. Blaine, mas creio que você não lhe dará atenção. Pelo que ouvi, não parece ser alguém que saiba ganhar dinheiro.

ROSALIND: Mamãe, jamais penso em dinheiro.

SRA. CONNAGE: Você jamais o guarda o tempo necessário para pensar nele.

ROSALIND (*suspira*): Sim, imagino que um dia eu me casarei com uma tonelada de dinheiro, de puro tédio.

SRA. CONNAGE: Recebi um telegrama de Hartford. Dawson Ryler está para chegar. Aí está um rapaz de quem eu gosto, e ele nada em dinheiro. Parece-me que já que você está cansada de Howard Gillespie, poderia encorajar um pouco o sr. Ryler. É a terceira vez que ele aparece num mês.

ROSALIND: Como é que você sabia que estou cansada de Howard Gillespie?

SRA. CONNAGE: O pobre coitado parece estar tão infeliz, toda vez que vem aqui em casa.

ROSALIND: Ele foi apenas um desses casos românticos. Todos me aborrecem.

SRA. CONNAGE (*em tom peremptório*): De qualquer modo, deixe--nos sentir orgulho de você esta noite.

ROSALIND: Não me acha linda?

SRA. CONNAGE: Você bem sabe que é.

(Ouve-se, no andar térreo, o gemido de um violino que está sendo afinado e o toque de um tambor. A SRA. CONNAGE volta--se rapidamente para sua filha.)

SRA. CONNAGE: Venha!

ROSALIND: Daqui a um minuto!

(Sua mãe retira-se. ROSALIND aproxima-se do espelho e contempla-se com grande satisfação. Beija sua mão e, com ela, toca o reflexo de sua boca. Em seguida apaga a luz e sai do quarto. Silêncio durante breves instantes. Alguns acordes do piano, a batida discreta de uma bateria, o roçar de vestidos de seda, tudo isso se mistura lá fora, na escadaria que leva ao salão, e penetra pela porta entreaberta. Grupos de pessoas passam pelo vestíbulo. As risadas que se ouvem no salão duplicam-se e multiplicam-se. Então alguém entra no quarto, fecha a porta e acende a luz. É CECELIA. Vai até a cômoda, inspeciona as gavetas e hesita. Aproxima-se da escrivaninha, de onde tira a cigarreira e acende um cigarro. Acende-o e, expelindo a fumaça, vai até o espelho.)

CECELIA (*com inflexões tremendamente sofisticadas*): Oh, sim, debutar é uma farsa enorme nos dias de hoje. A gente comete cada loucura antes dos dezessete anos, que o momento de debutar é positivamente um anticlímax. (*Troca um aperto de mão com um nobre imaginário, de meia-idade.*) Sim, Alteza – creio ter ouvido minha irmã falar a seu respeito. Dê uma tragada. Estes cigarros são ótimos, marca Corona. Não fuma? Que pena! Suponho que o rei não permita. Dançarei, como não!

(Ela dança ao som da música que vem do salão, com o braço apoiado no ombro do par imaginário e segurando o cigarro.)

ALGUMAS HORAS MAIS TARDE

O canto de uma estufa, no andar térreo, mobiliado com um confortável sofá de couro, acima do qual se veem duas luminárias, uma de cada lado. No meio delas está o retrato de um cavalheiro muito idoso, que aparenta grande dignidade, da década de 1860. Vem do salão o som de um *fox-trot*.

(ROSALIND está sentada no sofá e à sua esquerda encontra-se HOWARD GILLESPIE, rapaz insípido, de uns 24 anos. Ele está obviamente infeliz e ela, bastante entediada.)

GILLESPIE (*timidamente*): Não entendo quando você diz que eu mudei. Continuo a sentir a mesma coisa por você.
ROSALIND: Mas, para mim, você não parece ser a mesma pessoa.
GILLESPIE: Há três semanas você vivia dizendo que gostava de mim pelo fato de eu ser tão *blasé*, tão indiferente – pois ainda sou.

ROSALIND: Mas não em relação a mim. Eu gostava de você por causa de seus olhos castanhos e de suas pernas finas.

GILLESPIE (*desarvorado*): Meus olhos continuam castanhos e minhas pernas ainda são finas. Você não passa de uma vampira.

ROSALIND: A única coisa que sei sobre vampirismo é a letra de uma canção. O que deixa os homens confusos é o fato de eu ser perfeitamente natural. Eu achava que você jamais sentiria ciúmes. Agora você me segue com o olhar onde quer que eu vá.

GILLESPIE: Amo-a.

ROSALIND (*com frieza*): Eu sei.

GILLESPIE: Não me beija há duas semanas. Eu imaginava que depois de uma garota ser beijada ela estava... conquistada.

ROSALIND: Esses dias acabaram. Tenho de ser conquistada novamente, toda vez que você estiver comigo.

GILLESPIE: Está falando sério?

ROSALIND: Mais ou menos, como sempre. Existiam dois tipos de beijos. O primeiro, quando as garotas eram beijadas e abandonadas; o segundo, quando ficavam noivas. Se um homem, na década de 1890, se vangloriasse de ter beijado uma jovem, todo mundo sabia que ele havia terminado com ela. Se um homem, na época atual, se vangloria pelo mesmo motivo, é porque ele não consegue mais beijá-la. Supondo que haja uma certa oportunidade, qualquer garota pode se sair melhor do que um rapaz nos dias de hoje.

GILLESPIE: Mas então por que você vive brincando com os homens?

ROSALIND (*em tom confidencial*): Excitam-me aqueles primeiros instantes, quando um rapaz se mostra interessado. Existe um

determinado momento, pouco antes do primeiro beijo... palavras sussurradas... algo que indica que vale a pena ir em frente.
GILLESPIE: E em seguida?
ROSALIND: Em seguida você faz o rapaz falar a respeito de si mesmo. Não demora muito ele não pensará em nada além de ficar sozinho com você. Fica emburrado, não luta, não quer divertir-se... Vitória!

(Entra DAWSON RYDER, 26 anos, bonito, rico, fiel a si mesmo, talvez um chato, mas equilibrado e seguro quanto ao sucesso que costuma alcançar.)

RYDER: Creio que você me prometeu esta dança, Rosalind.
ROSALIND: Com que então, Dawson, você me reconheceu... Agora sei que não estou excessivamente maquiada. Sr. Ryder, apresento-lhe o sr. Gillespie.

(Eles trocam um aperto de mãos e GILLESPIE retira-se, tremendamente abatido.)

RYDER: Não há a menor dúvida de que sua festa está sendo um sucesso.
ROSALIND: É mesmo? Não andei espiando. Estou preocupada. Incomoda-se de sentar por alguns instantes?
RYDER: Se eu me incomodo? Mas é um prazer! Você sabe que eu desprezo esta ideia de cercar uma garota, vê-la ontem, hoje, amanhã...
ROSALIND: Dawson!

RYDER: Sim?

ROSALIND: Será que você sabe que me ama?

RYDER (*surpreso*): O quê... Oh... você é notável, sabia?

ROSALIND: Você não ignora que sou um péssimo partido. Quem casar comigo vai ter muito trabalho pela frente. Sou mesquinha, muito mesquinha mesmo.

RYDER: Não diria isso.

ROSALIND: Sou, sim, sobretudo em relação às pessoas mais próximas a mim. (*Levanta-se.*) Venha. Mudei de ideia e quero dançar. Mamãe provavelmente está tendo um chilique.

(Saem. Entram ALEC e CECELIA.)

CECELIA: Que sorte poder contar com meu irmão como companhia entre uma dança e outra.

ALEC (*aborrecido*): Eu me retiro, se você preferir.

CECELIA: Não, por favor. Com quem eu dançaria da próxima vez? (*Suspira.*) O baile perdeu a graça depois que os oficiais franceses foram embora.

ALEC (*pensativo*): Não quero que Amory se apaixone por Rosalind.

CECELIA: Ora essa! Imaginava que era exatamente isso que você queria.

ALEC: Queria, sim, mas depois que vi todas essas garotas... sei lá. Sou muito ligado a Amory. É sensível e não quero vê-lo de coração partido por causa de alguém que não se importa com ele.

CECELIA: Amory é muito bonito.

ALEC (*ainda pensativo*): Rosalind não se casará com ele, mas uma mulher não precisa casar para partir o coração de um homem.

CECELIA: E o que é preciso para que isso aconteça? Quem me dera saber o segredo...

ALEC: Você é mesmo uma gatinha muito premeditada... Ainda bem que Deus lhe deu um nariz arrebitado, o que, para alguns homens, é uma tentação.

(Entra a SRA. CONNAGE.)

SRA. CONNAGE: Por onde andará Rosalind?

ALEC (*animado*): Mamãe, você não poderia achar melhores informantes. Ela, naturalmente, deveria estar conosco.

SRA. CONNAGE: Seu pai convocou oito milionários solteiros para lhe serem apresentados.

ALEC: Você poderia formar um esquadrão e mandá-lo marchar nas salas.

SRA. CONNAGE: Estou falando sério. Pelo que sei, ela poderia muito bem estar no Cocoanut Grove, com algum jogador de futebol, na noite de sua apresentação à sociedade. Vocês dois procurem deste lado e eu...

ALEC (*irreverente*): Não acha melhor mandar o mordomo dar uma espiada lá na adega?

SRA. CONNAGE (*muito séria*): Oh, por acaso você acha que ela se encontraria lá?

CECELIA: Alec está brincando, mamãe.

ALEC: Mamãe imaginou Rosalind bebendo um canecão de cerveja na companhia de um atleta.

SRA. CONNAGE: Vamos procurá-la e já.

(Eles se retiram. ROSALIND entra na companhia de Gillespie.)

GILLESPIE: Rosalind... pergunto mais uma vez. Será que você não liga nem um pouquinho para mim?

(Surge AMORY com ímpeto.)

AMORY: A próxima dança é minha.
ROSALIND: Sr. Gillespie, apresento-lho o sr. Blaine.
GILLESPIE: Já conheço o sr. Blaine. É de Lake Geneva, não?
AMORY: Sim.
GILLESPIE (*sem disfarçar o desespero*): Já estive lá. É no Meio--Oeste, não?
AMORY (*com uma ponta de ironia*): Aproximadamente, mas sempre achei que é melhor ser um caldo grosso, bem temperado, do que uma sopa rala, sem nenhum sabor.
GILLESPIE: O quê?
AMORY: Oh, não é minha intenção ofendê-lo.

(GILLESPIE inclina-se e sai.)

ROSALIND: Ele é excessivamente prosaico.
AMORY: Certa vez eu me apaixonei por uma criatura prosaica.
ROSALIND: E daí?
AMORY: Ela chamava Isabelle. Não havia nada de excepcional em sua pessoa, exceto aquilo que eu enxergava.
ROSALIND: E o que aconteceu?

AMORY: Finalmente consegui convencê-la de que era mais esperta do que eu e então me rechaçou. Disse que eu era muito crítico e nada prático.

ROSALIND: O que ela quis dizer com nada prático?

AMORY: Bem, sei guiar um carro, mas não consigo trocar um pneu.

ROSALIND: E o que pretende fazer?

AMORY: Sei lá... candidatar-me à presidência, escrever...

ROSALIND: Greenwich Village?

AMORY: Nem pensar. Eu disse escrever, não beber.

ROSALIND: Gosto de homens de negócio. Os homens espertos costumam ser tão caseiros...

AMORY: Tenho a sensação de que a conheço há séculos.

ROSALIND: Oh, será que você vai dizer que nos conhecemos no tempo das pirâmides?

AMORY: Não, vou situar nosso encontro na França. Eu fui Luís XIV e você foi uma de minhas... de minhas... (*Muda de tom.*) Suponha que tenhamos nos apaixonado.

ROSALIND: Acho melhor continuarmos a fingir.

AMORY: Se nos apaixonássemos, seria algo grandioso.

ROSALIND: Por quê?

AMORY: Porque as pessoas egoístas, de certo modo, são incrivelmente capazes de grandes amores.

ROSALIND (*oferecendo os lábios*): Continue fingindo.

(Beijam-se com grande determinação.)

AMORY: Não sei dizer coisas delicadas, mas você é linda.

ROSALIND: Isso não serve.

AMORY: Então o que direi?

ROSALIND (*com tristeza*): Oh, nada. A única coisa que quero é sentimento, um sentimento verdadeiro, e jamais o encontro.

AMORY: Quanto a mim, não encontro outra coisa nesta vida e desprezo o sentimento.

ROSALIND: É tão difícil encontrar um homem que gratifique nosso gosto artístico...

(Alguém abriu a porta e o som de uma valsa invade a estufa. ROSALIND levanta-se.)

ROSALIND: Ouça! Estão tocando "Beije-me de novo".

(Amory olha para ela.)

AMORY: E então?

ROSALIND: E então?

AMORY (*com ternura – perdeu a batalha*): Amo-a.

ROSALIND: Eu te amo... agora.

(Beijam-se.)

AMORY: Meu Deus, o que foi que eu fiz?

ROSALIND: Nada. Não fale. Beije-me mais uma vez.

AMORY: Não sei por que nem como, mas eu a amei a partir do momento em que a vi pela primeira vez.

ROSALIND: Eu também. Eu... eu... o que conta é esta noite.

(O irmão dela entra, surpreende-se e diz baixinho: *"Oh, desculpem"*, retirando-se em seguida.)

ROSALIND (*mal movendo os lábios*): Não me solte. Pouco me importa que saibam o que estou fazendo.
AMORY: Repita!
ROSALIND: Eu te amo... agora. (*Separam-se.*) Oh, sou muito jovem, graças a Deus... sou bela, graças a Deus, e feliz, graças a Deus, graças a Deus... (*Faz uma pausa e em seguida diz algo que soa como uma profecia.*) Pobre Amory!

(Voltam a se beijar.)

KISMET

Decorridas duas semanas, Amory e Rosalind estavam profundamente apaixonados. O aspecto crítico de suas personalidades, que havia estragado, para ambos, dezenas de romances, foi amortecido pela grande onda de emoção que deles se apoderou.

"Talvez seja uma relação amorosa insana", disse Rosalind a sua ansiosa mãe, "mas fútil é que não é."

A tal onda de emoção impeliu Amory a uma agência de publicidade, no início de março, onde ele alternou momentos de surpreendentes explosões de um trabalho excepcionalmente bem realizado e sonhos desvairados de tornar-se rico subitamente e fazer turismo na Itália em companhia de Rosalind.

Estavam juntos constantemente, ao almoço, ao jantar e

quase todas as noites, sempre apressados, ofegantes, como se temessem que, a qualquer minuto, aquele encantamento terminasse, expulsando-os de um paraíso de rosas e chamas. O encantamento, porém, tornou-se um transe e parecia aumentar a cada dia que passava. Em junho começaram a falar do casamento, em julho. Toda a vida era vivida em termos de seu amor; a experiência, todos os desejos, todas as ambições eram anuladas. Seu senso de humor dormitava e seus precedentes casos amorosos pareciam ligeiramente risíveis, frutos de um ímpeto juvenil do qual sentiam poucas saudades.

Pela segunda vez na vida Amory sentia uma total perturbação e uma grande pressa em alinhar-se aos jovens de sua geração.

PEQUENO INTERLÚDIO

Amory subia lentamente a avenida e pensava que o entardecer lhe pertencia inevitavelmente – a pompa e o carnaval de cores do crepúsculo, as ruas ainda pouco iluminadas... parecia que finalmente fechara o livro das harmonias evanescentes e se pusera a percorrer os caminhos da vida, vibrantes, sensuais. Em todos os lugares havia luzes incontáveis, promessas de uma noite de muito movimento, de canções... andava imerso em sonhos, em meio à multidão, como se esperasse que Rosalind viesse apressada a seu encontro, com passos rápidos, em cada esquina por onde passava. Como aquelas inesquecíveis nuances do pôr do sol se mesclariam com ela... miríades de passos se harmonizariam com seus passos. Haveria mais embriaguez do que vinho na suavidade de seu olhar, pousado sobre ele. Agora até mesmo seus sonhos eram violinos distantes transmitindo seus sons estivais através do ar do verão.

O quarto estava escuro, a não ser pelo brilho fugaz do cigarro de Tom, sentado perto da janela aberta. Após fechar a porta, Amory permaneceu durante alguns momentos encostado nela.

"Alô, Benvenuto Blaine. Como foram os negócios publicitários hoje?"

Amory estendeu-se no sofá.

"Desprezíveis, como sempre." A visão momentânea da movimentada agência foi deslocada rapidamente por outra imagem. "Meu Deus! Ela é maravilhosa."

Tom suspirou.

"Não consigo dizer", repetiu Amory, "o quanto ela é maravilhosa. Não quero que você saiba. Não quero que ninguém saiba."

Outro suspiro veio do lado da janela e desta vez denotava resignação.

"Ela é vida, esperança, felicidade e, agora, todo o meu mundo." Sentiu que seus olhos ficavam marejados de lágrimas. "Oh, meu Deus, Tom!"

AGRIDOCE

"Sentemo-nos como de costume", ela murmurou.

Amory sentou-se na espaçosa cadeira e estendeu os braços para que Rosalind pudesse aninhar-se neles.

"Sabia que você viria esta noite", ela disse baixinho, "como o verão, no momento em que eu mais precisava de você... querido... querido..."

Os lábios de Amory roçaram preguiçosamente seu rosto.

"Você tem um gostinho tão bom", ele disse, suspirando.

"O que você quer dizer com isso, meu amor?"

"Oh, é um gosto doce, muito doce..." Ele abraçou-a com mais força.

"Amory", ela sussurrou, "quando você estiver pronto para mim, eu o desposarei."

"No início levaremos uma vida modesta."

"Não diga isso!", ela protestou. "Fico magoada quando você se censura por aquilo que não pode me proporcionar. Tenho sua pessoa, que me é tão preciosa, e isso me basta."

"Confesse..."

"Você bem sabe, não é mesmo? Oh, você sabe."

"Sim, mas quero ouvir de sua própria boca."

"Amo-o, Amory, do fundo do coração."

"E para sempre, não é mesmo?"

"A minha vida inteira. Oh, Amory..."

"O quê?"

"Quero lhe pertencer. Quero que sua família seja minha família. Quero ser mãe de seus filhos."

"Mas não tenho família."

"Não caçoe de mim, Amory, apenas beije-me."

"Farei o que você quiser".

"Não, sou eu quem fará o que *você* quiser. Oh, você faz parte de meu ser..."

Ele fechou os olhos.

"Sinto-me tão feliz que chego a ficar assustado. Não seria terrível se tudo o que está acontecendo entre nós fosse o ponto mais elevado de nosso relacionamento?"

Ela o encarou com ar sonhador.

"Sei que a beleza e o amor passam... E a tristeza também existe. Imagino que em toda grande felicidade exista um pouco de tristeza. A beleza significa o perfume das rosas e em seguida a morte delas..."

"A beleza significa a agonia do sacrifício e o fim da agonia..."

"Amory, sei que somos belos. Tenho certeza de que Deus nos ama..."

"Ele ama você, que é o que Ele tem de mais precioso."

"Não pertenço a Ele, pertenço a você, Amory. Pela primeira vez na vida arrependo-me dos outros beijos que dei. Agora sei o quanto um beijo pode significar."

Então fumavam, ele narrava suas atividades diárias no escritório e ambos cogitavam sobre onde iriam morar. Algumas vezes, quando ele se mostrava particularmente loquaz, ela adormecia em seus braços, mas Amory amava Rosalind como jamais amara quem quer que fosse neste mundo. Horas intangivelmente fugidias, que a memória não conseguiria registrar...

INCIDENTE AQUÁTICO

Certo dia Amory e Howard Gillespie encontraram-se por acaso na cidade e almoçaram juntos. Amory ouviu uma história que o encantou. Após vários coquetéis, Gillespie soltou a língua e confessou a Amory ter certeza de que Rosalind era ligeiramente excêntrica.

Certa vez, acompanhara-a em uma festa em torno de uma piscina, no condado de W... Alguém mencionou que Anette Kellerman havia estado lá em visita e mergulhara do telhado de uma casa de campo, a nove metros de altura. Imediatamente Rosalind insistiu com Howard para que ele subisse até o telhado da casa só para ver como era.

Daí a pouco, enquanto ele estava sentado na beira do telhado, balançando os pés, uma forma passou por ele. Rosalind, com os braços estendidos, atravessou os ares e mergulhou nas águas claras da piscina.

"É claro que, depois disso, eu também tinha de mergulhar, e quase morri. Achei que estava em boa forma e deveria tentar. Mais ninguém teve essa ousadia. Daí a pouco Rosalind teve a audácia de me perguntar por que me encolhi, ao mergulhar. 'Isso não facilitou em nada seu mergulho', ela comentou, 'apenas fez com que você perdesse a coragem.' Agora eu pergunto: o que um homem pode fazer com uma garota como ela? Perderá seu tempo..."

Gillespie não conseguiu entender por que Amory sorria, encantado, durante todo o almoço. Achou que talvez ele fosse um desses otimistas irremediáveis...

CINCO SEMANAS MAIS TARDE

A cena passa-se na biblioteca da residência dos Connage.

(Rosalind está sozinha, sentada no sofá, contemplando o vazio, com ar infeliz. Sua mudança é perceptível. Está um pouco mais magra, o brilho de seu olhar não é mais o mesmo e sem dúvida parece ser um ano mais velha.

Entra sua mãe, vestida para ir ao teatro. Contempla ROSALIND e mal disfarça o nervosismo.)

SRA. CONNAGE: Quem vem hoje à noite?

(ROSALIND não ouve ou pelo menos não presta atenção.)

SRA. CONNAGE.: Alec virá me buscar para assistirmos *Et tu, Brutus,* aquela peça de Barrie. (*Percebe que está falando sozinha.*) Rosalind! Perguntei quem virá hoje à noite.

ROSALIND (*estremece*): Oh... o quê... oh... Amory...

SRA. CONNAGE (*sarcástica*): Você tem tantos admiradores ultimamente que eu não consigo imaginar qual deles virá. (ROSALIND *não responde.*) Dawson Ryder é mais paciente do que eu pensava. Você não lhe concedeu uma única noite esta semana.

ROSALIND (*com ar de preocupação, o que nela é inusitado*): Mamãe... por favor...

SRA. CONNAGE: Oh, não interferirei. Você já gastou mais de dois meses com um gênio teórico que não tem um centavo em seu nome, mas vá em frente. Desperdice sua vida com ele. Não me meterei.

ROSALIND (*como se estivesse repetindo uma lição cansativa*): Você bem sabe que ele tem uma renda pequena e que ganha trinta e cinco dólares por semana trabalhando em publicidade...

SRA. CONNAGE: O que não é o suficiente para comprar seus alfinetes... (*Faz uma pausa, porém* ROSALIND *não diz nada.*) Tenho em vista seus interesses quando digo para não dar um passo do qual se arrependerá até o fim de seus dias. Seu pai não terá condição de ajudá-la. As coisas têm sido muito difíceis para ele ultimamente, e está velho. Você dependerá totalmente de um sonhador, um bom rapaz, bem-nascido, mas um sonhador, que é apenas inteligente (*ela insinua que essa qualidade, em si, é um tanto equívoca*).

ROSALIND: Pelo amor de Deus, mamãe...

(Entra a criada e anuncia a presença do sr. Blaine, que aparece logo em seguida. Há dez dias os amigos de AMORY vivem dizendo que ele "se assemelha à ira de Deus", o que é verdade. No decorrer das últimas 36 horas não conseguiu comer absolutamente nada.)

AMORY: Boa noite, sra. Connage.

SRA. CONNAGE (*com certa cordialidade*): Boa noite, AMORY.

(AMORY e ROSALIND trocam olhares. Entra ALEC. Durante o tempo todo manteve uma atitude neutra. Acredita, no fundo do coração, que o casamento tornaria AMORY medíocre e ROSALIND infeliz, mas sente grande simpatia por ambos.)

ALEC: Olá, Amory!

AMORY: Olá, Alec! Tom disse que se encontrará com você no teatro.

ALEC: Sim, acabo de vê-lo. Como foi seu trabalho hoje? Redigiu algum anúncio brilhante?

AMORY: Está quase tudo no mesmo. Consegui um aumento (*Todos o encaram com certa expectativa.*) de dois dólares por semana (*decepção geral*).

SRA. CONNAGE: Vamos, Alec, estou ouvindo o barulho do carro.

(Todos se dão boa-noite, embora com certa frieza. Depois que a SRA. CONNAGE e ALEC se retiram, faz-se uma pausa, ROSALIND continua a olhar para a lareira, ainda entristecida. AMORY se aproxima e toma-a em seus braços.)

AMORY: Minha querida...

(Beijam-se. Mais uma pausa e em seguida ela pega a mão dele, a cobre de beijos e leva-a a seu coração.)

ROSALIND (*com tristeza*): Amo suas mãos acima de tudo. Vejo-as constantemente, quando você está longe de mim. Parecem-me tão cansadas... Conheço cada linha delas. Queridas mãos!

(Seus olhos se cruzam durante um segundo e ela começa a chorar e a soluçar, mas sem derramar lágrimas.)

AMORY: Rosalind!

ROSALIND: Oh, somos tão dignos de pena!

AMORY: Rosalind!

ROSALIND: Oh, quero morrer!

AMORY: Rosalind, mais uma noite como esta e eu perco a cabeça. Você está assim há quatro dias. Precisa ser mais encorajadora, caso contrário não conseguirei trabalhar, comer ou dormir. (*Olha em torno de si, desarvorado, como se estivesse à procura de novas palavras que servissem para substituir frases velhas e desgastadas.*) O que está acontecendo? (*Levanta-se de repente e começa a andar de um lado para outro.*) A resposta é Dawson Ryder. Ele está afetando seus nervos. Durante a semana inteira você esteve com ele todas as tardes. As pessoas vêm me contar que a viram na companhia dele. Tenho de sorrir e fingir que isso não significa nada para mim. E você, por sua vez, não me conta nada, enquanto a coisa progride.

ROSALIND: Amory, se você não sentar, eu grito.

AMORY (*senta-se subitamente ao lado dela*): Oh, meu Deus.

ROSALIND (*pegando em suas mãos com ternura*): Você bem sabe que sempre o amarei...

AMORY: Não fale comigo deste jeito. Você me assusta. Fica parecendo que vamos nos separar. (*Ela chora um pouco, levanta-se e senta-se numa cadeira.*) Durante toda a tarde senti que tudo piorou. Quase enlouqueci lá no escritório. Não fui capaz de escrever sequer uma linha. Conte-me tudo.

ROSALIND: Não há nada para contar, apenas estou nervosa.

AMORY: Rosalind, você está cogitando a possibilidade de casar com Dawson Ryder.

ROSALIND (*após uma pausa*): É o que ele me pede todos os dias.

AMORY: É de uma audácia!

ROSALIND (*após outra pausa*): Gosto dele.

AMORY: Não diga isso, pois me magoa.

ROSALIND: Não seja bobo. Você sabe que é o único homem a quem amei e amarei para sempre.

AMORY (*rapidamente*): Rosalind, vamos casar na semana que vem.

ROSALIND: Não podemos.

AMORY: Por quê?

ROSALIND: Porque não. Eu seria sua faxineira... trancada numa casa horrorosa.

AMORY: Juntando tudo, teremos duzentos e setenta e cinco dólares por mês.

ROSALIND: Querido, costumo ter uma criada para, entre outras coisas, pentear meus cabelos.

AMORY: Pentearei para você.

ROSALIND (*entre um soluço e uma risada*): Obrigada.

AMORY: Rosalind, você *não pode* pensar em casar com outro homem. Conte-me tudo! Você me deixa sem saber o que está havendo. Poderei ajudá-la se você me contar.

ROSALIND: Trata-se apenas de nós dois. Somos dignos de pena, eis tudo. As próprias qualidades que amo em você são as mesmas que sempre farão de sua pessoa um fracasso.

AMORY (*soturno*): Prossiga.

ROSALIND: Oh, trata-se, sim, de Dawson Ryder. É tão confiável, quase chego a sentir que ele seria um apoio para mim.

AMORY: Você não o ama.

ROSALIND: Eu sei, mas eu o respeito e ele é um homem bom e forte.

AMORY (*relutante*): É, sim.

ROSALIND: E tem mais uma coisa. Na tarde de terça-feira vimos um garotinho pobre lá em Rye. Dawson o pôs no colo, conversou muito com ele e prometeu comprar-lhe uma roupa nova. No dia seguinte, lembrou-se da promessa e cumpriu-a. Foi de uma ternura tão grande e eu não pude deixar de pensar que seria tão bom para nossos filhos, cuidaria deles e eu não teria com o que me preocupar.

AMORY (*desesperado*): Rosalind! Rosalind!

ROSALIND (*com uma ponta de insolência*): Não precisa assumir este ar de sofrimento.

AMORY: Que poder temos de nos magoar!

ROSALIND (*recomeça a soluçar*): Até agora foi tudo tão perfeito... você e eu. Tudo tão parecido com um sonho, pelo qual eu ansiava e jamais acreditava que poderia transformar-se em realidade. Foi a primeira vez na vida que me deparei com uma total ausência de egoísmo. E agora não suporto ver este sonho se desvanecer, numa atmosfera chocha, sem graça...

AMORY: Isto não acontecerá... não acontecerá!

ROSALIND: Prefiro manter tudo o que houve entre nós como uma linda lembrança, guardada bem no fundo de meu coração.

AMORY: As mulheres são capazes disso, os homens, não. Recordarei para sempre não a beleza de nosso amor, enquanto durou, mas somente a amargura, a longa amargura.

ROSALIND: Não!

AMORY: De agora em diante nunca mais vê-la, nunca mais beijá-la, ver-me diante de uma porta trancada, proibida... Você não tem coragem de ser minha mulher.

ROSALIND: Não... não... Estou seguindo o caminho mais difícil, mais penoso. Casar com você seria um fracasso e eu jamais fracasso. Se não parar de andar para cima e para baixo eu grito!

(Ele volta a sentar-se no sofá, desesperado.)

AMORY: Venha para perto de mim e beije-me.
ROSALIND: Não.
AMORY: Não quer me beijar?
ROSALIND: Esta noite quero que você me ame com calma, com serenidade.
AMORY: É o começo do fim.
ROSALIND (*num momento de tomada de consciência*): Amory, você é jovem. Sou jovem. As pessoas relevarão nossas poses e vaidades, além do fato de tratarmos os outros com um certo desprezo e ainda assim nos sairmos bem. Agora elas nos desculpam, mas você ainda terá de enfrentar situações muito penosas...
AMORY: E você tem medo de enfrentá-las comigo.
ROSALIND: Não é bem assim. Li certa vez um poema – você dirá que é de Ella Wheeler Wilcox e caçoará. Ouça:

Pois isto é sabedoria – amar e viver,
Aceitar o que o destino ou os deuses nos possam dar,
Não fazer perguntas nem pedidos
Beijar lábios, acariciar cabelos,
Apressar a maré da paixão, festejando seu fluxo
Possuir, manter e, no devido tempo, deixar partir.

AMORY: Mas não tivemos nada disso.

ROSALIND: Amory, sou sua, você bem sabe. Houve momentos, no mês passado, em que eu lhe pertenceria inteiramente, se você me pedisse. Não posso, entretanto, casar-me com você e arruinar nossas vidas.

AMORY: Temos de aproveitar a oportunidade de ser felizes.

ROSALIND: Dawson diz que eu aprenderei a amá-lo.

(AMORY, com a cabeça enterrada nas mãos, não se move. De repente parece que toda a vida o abandonou.)

ROSALIND: Meu amor! Meu amor! Não posso viver com você e não consigo imaginar a vida sem você.

AMORY: Rosalind, estamos nos atormentando. É porque estamos muito tensos e esta semana...

(O tom com que ele se exprime é curiosamente antigo. Ela se aproxima e, segurando seu rosto, beija-o.)

ROSALIND: Amory, não consigo. Não poderei ficar longe das árvores e das flores, trancada num apartamento acanhado, à sua espera. Você não suportaria me ver morando em um ambiente tão confinado. Eu acabaria fazendo com que você me odiasse.

(Mais uma vez as lágrimas descontroladas cegam-na.)

AMORY: Rosalind...

ROSALIND: Oh, querido, vá embora... Não dificulte as coisas ainda mais! Não aguento...

AMORY (o *rosto contraído, a voz tensa*): Você sabe o que está dizendo? Quer que eu vá embora para sempre?

(De certo modo existe uma diferença no modo como ambos sofrem.)

ROSALIND: Não percebe...

AMORY: Não, se você me ama. Você receia passar dois anos de dificuldades a meu lado...

ROSALIND: Eu não seria a Rosalind a quem você ama.

AMORY (*com certa histeria*): Não posso desistir de você! Simplesmente não posso! Você tem de ser minha!

ROSALIND (*ríspida*): Você está sendo infantil.

AMORY (*descontrolado*): Pouco me importa! Você está estragando nossas vidas!

ROSALIND: Estou fazendo a única coisa sensata e possível.

AMORY: Vai casar com Dawson Ryder?

ROSALIND: Oh, não me pergunte. Você bem sabe que, em relação a certas coisas, sou madura e em outras... ajo como uma adolescente. Gosto de ver o sol brilhar, das coisas belas, da alegria e receio assumir responsabilidades. Não quero pensar em panelas, cozinhas e vassouras. Quero me preocupar em saber se minhas pernas ficarão rijas e bronzeadas quando eu nadar durante o verão.

AMORY: E você diz que me ama.

ROSALIND: É exatamente por isso que precisamos terminar. Prolongar esta situação magoa demais. Não podemos mais enfrentar cenas como esta.

(Tira do dedo o anel que ele lhe deu e entrega-o. As lágrimas invadem novamente seus olhos.)

AMORY (*os lábios colados ao rosto úmido de Rosalind*): Não faça isto! Guarde o anel, por favor – não me deixe de coração partido.

(Ela aperta delicadamente a mão com que ele segura o anel.)

ROSALIND (*com a voz embargada*): É melhor você se retirar.
AMORY: Adeus...

(Ela o contempla mais uma vez, com infinita ânsia, infinita tristeza.)

ROSALIND: Jamais se esqueça de mim, Amory...
AMORY: Adeus...

(Ele vai até a porta, atrapalha-se, procura o trinco, encontra-o. Ela o vê aprumar a cabeça e ele se retira. Ela faz menção de levantar-se do sofá, mas em seguida enterra o rosto nas almofadas.)

ROSALIND: Oh, meu Deus, quero morrer!

(Levanta-se, após um momento, e com os olhos fechados encaminha-se até a porta. Volta-se e contempla mais uma vez a sala. Nela sentaram-se e sonharam. Ali estava aquela bandeja com as caixas de fósforos, que acendia para ele; lá estava a persiana, que abaixaram discretamente, numa comprida tarde de domingo. Recorda-se de tudo, com os olhos úmidos, e fala.)

Oh, Amory, o que foi que eu fiz com você?

(No seu íntimo, sob a camada de dor que passará com o tempo, Rosalind sente que perdeu algo. Não sabe o que, não sabe por quê...)

2. EXPERIMENTOS COM A CONVALESCENÇA

O Bar Knickerbocker, a que Maxfield Parrish se refere em seu jovial e animado *Old King Cole*, estava apinhado. Amory parou na entrada e consultou o relógio. Queria saber as horas, pois algo em sua mente, que catalogava e classificava, gostava de pôr tudo em seu devido lugar. Mais tarde e de modo vago iria sentir-se satisfeito em ser capaz de pensar que "aquilo terminou exatamente às oito e vinte, na quinta-feira, 10 de junho de 1919". Isso tinha tudo a ver com a caminhada desde a casa de Rosalind, da qual, posteriormente, ele não tinha a menor lembrança.

Encontrava-se numa condição um tanto grotesca: dois dias de preocupação e nervosismo, de noites sem dormir, de refeições intocadas, culminando numa crise emocional e na decisão abrupta de Rosalind. A tensão resultante entorpeceu-lhe a mente, levando-a a um estado de misericordioso coma. Enquanto fisgava desajeitadamente algumas azeitonas no balcão, um homem aproximou-se o dirigiu-lhe a palavra. As azeitonas caíram de suas mãos trêmulas.

"Olá, Amory..."

Era alguém a quem conhecera em Princeton, mas não tinha a menor ideia de como se chamava.

"Olá, meu velho...", disse automaticamente.

"Meu nome é Jim Wilson. Você deve ter esquecido."

"Claro que não, Jim. Lembro-me, sim."

"Vai à reunião?"

"Sem dúvida!" No mesmo instante Amory se deu conta de que não compareceria à reunião.

"Vai para a Europa?"

Amory acenou com a cabeça, com um brilho esquisito no olhar. Recuou para deixar alguém passar e esbarrou no prato com as azeitonas, que se espatifou no chão.

"Que mau", murmurou. "Toma um drinque?"

Wilson, com muito tato, inclinou-se e bateu em suas costas.

"Você já bebeu demais, rapaz."

Amory encarou-o, sem dizer nada, até Wilson sentir-se constrangido.

"Demais coisa nenhuma!", disse Amory finalmente. "Ainda não bebi nada hoje."

Wilson pareceu não acreditar.

"Aceita um drinque ou não?", perguntou Amory em tom rude. Ambos se aproximaram do bar.

"Um uísque duplo."

"Para mim, uma cerveja."

Wilson repetiu a cerveja e Amory tomou várias doses de uísque. Resolveram sentar e às dez horas Wilson foi substituído por Carling, da turma que se formara em 1915. A cabeça de Amory girava sem parar. Camada após camada de um suave contentamento se acumulava sobre as zonas machucadas de sua alma e ele começou a discorrer com volubilidade sobre a guerra.

"Mas que desperdício mental", insistiu, pondo-se a filosofar com voz pastosa. "Desperdicei dois anos de minha vida num vácuo espantoso. Tive de perder o idealismo, transformei-me num animal, precisei ser prussiano em relação a tudo, principalmente às mulheres. Costumava ser correto em relação às mulheres, quando estudava na universidade. Agora estou pouco me importando." Amory expressou sua falta de princípios lançando, com um largo gesto, o jato de um sifão no chão, o que provocou um grande barulho, mas que não interrompeu sua fala. "Buscar o prazer onde puder encontrá-lo, pois amanhã estaremos mortos. De agora em diante essa é minha filosofia."

Carling bocejou, mas Amory prosseguiu, ainda pastoso, porém com muita animação:

"Costumava refletir sobre várias coisas – como as pessoas se acomodavam, como a atitude delas era dúbia diante da vida. Agora não, desisti de pensar, desisti de uma vez." Tornou-se tão enfático na tentativa de convencer Carling que perdeu o fio do discurso e concluiu, anunciando a todos os frequentadores do bar que era um animal.

"O que você está comemorando, Amory?"

Amory inclinou-se e disse em tom confidencial:

"A falência de minha vida. Agora não posso contar..."

Ouviu Carling fazer um pedido ao garçom:

"Arranje uma água com gás."

Amory sacudiu a cabeça, indignado.

"Não me venha com essa!"

"Ouça, Amory, você vai acabar passando mal. Está pálido como um fantasma."

Amory refletiu sobre o assunto. Tentou se olhar no espelho, mas mesmo fechando um olho não conseguiu enxergar um palmo adiante da fileira de garrafas por detrás do balcão.

"Gostaria de comer algo sólido. Vamos sair e procurar uma salada."

Vestiu o casaco tentando exibir desenvoltura, mas o simples esforço de andar foi demasiado e ele tropeçou numa cadeira.

"Iremos ao Shanley", sugeriu Carling, oferecendo-lhe o braço.

Graças a esse apoio Amory conseguiu fazer com que suas pernas o levassem pela 42nd Street.

O Shanley estava mergulhado na penumbra. Amory tinha plena consciência de que falava em voz alta, sucintamente e com muita persuasão, segundo lhe pareceu, sobre seu desejo de esmagar com os pés as pessoas que atravessassem seu caminho. Consumiu três enormes sanduíches, devorando cada um deles como se fossem do tamanho de uma bala de chocolate. Então Rosalind começou a surgir novamente em seus pensamentos e, quando se deu conta, seus lábios formavam o nome dela sem parar. Em seguida sentiu muito sono e teve uma vaga e distante sensação de que em torno da mesa juntavam-se pessoas uniformizadas, provavelmente garçons...

... Estava num quarto e Carling dizia algo a propósito de nós nos cordões dos sapatos.

"Não tem importância", conseguiu resmungar, entorpecido. "Dormirei com eles..."

AINDA ALCOOLIZADO

Acordou rindo e seus olhos percorreram com preguiça o ambiente, sem dúvida um quarto com banheiro num hotel de categoria. Sua cabeça zumbia. Imagem após imagem se formava, perdia a nitidez e dissolvia-se diante de seus olhos, mas, fora a vontade de rir, ele não tinha nenhuma reação inteiramente consciente. Alcançou o telefone ao lado da cama.

"Alô? Qual é o nome deste hotel? Knickerbocker? Muito bem, traga-me dois uísques com soda."

Ficou deitado durante alguns instantes, imaginando se trariam uma garrafa ou apenas um copo grande com duas doses. Então, com esforço, levantou-se e, cambaleando, foi até o banheiro.

Ao sair, enxugando-se preguiçosamente com uma toalha, deparou com o garçom e a bebida. Sentiu uma súbita vontade de brincar com ele, mas após breve reflexão achou que não seria apropriado e despachou-o.

À medida que o uísque lhe caía no estômago e o aquecia, cenas isoladas começaram a formar-se lentamente, como numa tela de cinema, levando-o a recordar o que acontecera no dia anterior. Voltou a ver Rosalind encurvada, chorando no sofá, sentiu novamente as lágrimas dela molhando seu rosto, suas palavras ressoando em seus ouvidos: "Nunca se esqueça de mim, Amory... nunca se esqueça de mim...".

"Que inferno!", praguejou. Engasgou e desabou na cama, sacudido por um espasmo de tristeza. Daí a um minuto abriu os olhos e contemplou o teto.

"Seu idiota!", exclamou, desgostoso. Dando um suspiro fundo, levantou-se e pegou a garrafa de uísque. Após tomar mais um copo, entregou-se à volúpia das lágrimas. Evocou de propósito pequenos incidentes ocorridos na derradeira primavera, ressuscitou emoções que o fariam reagir ainda mais fortemente à tristeza.

"Éramos tão felizes", entoou dramaticamente, "tão felizes...". Sucumbiu de novo e ajoelhou-se ao lado da cama, com a cabeça semienterrada no travesseiro.

"Minha garota... minha amada... Oh..."

Cerrou os dentes e as lágrimas jorraram aos borbotões. Repetiu mais uma vez:

"Éramos tão felizes, mas tão felizes..."

Levantou e se jogou na cama, em pleno êxtase sentimental, e ficou deitado, exausto, enquanto se dava conta lentamente de que ficara muito bêbedo na noite anterior. Sua cabeça voltava a girar descontroladamente. Riu, levantou-se e voltou a cruzar o Lete...*

Ao entardecer, deparou com uma multidão no bar Biltmore, e tudo recomeçou. Mais tarde teve uma vaga lembrança de discutir poesia francesa com um oficial inglês que lhe foi apresentado como "capitão Corn, da infantaria de Sua Majestade" e recordou ter tentado declamar "Clair de Lune" na hora do almoço. Em seguida adormeceu num enorme e macio sofá até quase as cinco horas, quando outra multidão invadiu o bar e despertou-o.

* Na mitologia grega, fonte ou curso d'água situado no limiar do inferno, onde os mortos bebiam para se livrar das recordações terrenas. [N. T.]

Seguiu-se outra rodada das mais variadas bebidas, que atendiam a todos os gostos, à espera daquela verdadeira provação que seria o jantar. Compraram entradas no Tyson para um espetáculo teatral – uma peça com dois atores monótonos, cenas lúgubres e efeitos de luz difíceis de seguir, já que os olhos de Amory se comportavam de modo incontrolável e surpreendente. Mais tarde imaginou que o título da peça devia ser *O bobo*...

E, mais uma vez, no Cocoanut Grove. Amory dormiu numa pequena varanda. Depois o bar Shanley, em Yonkers, onde ficou quase lógico e equilibrado. Ao exercer um controle cuidadoso sobre a quantidade de uísque que tomava, tornou-se bastante lúcido e comunicativo. Percebeu que estava na companhia de cinco homens, dois dos quais conhecia superficialmente. Fez questão absoluta de pagar sua parte da despesa e, em altos brados, insistiu em verificar se a conta estava certa, para diversão de seus vizinhos de mesa...

Alguém mencionou que uma famosa estrela de cabaré estava na mesa ao lado. Amory levantou e, chegando perto, apresentou-se galantemente... Essa atitude o envolveu numa discussão, primeiro com o acompanhante da estrela e em seguida com o *maître*. A atitude de Amory foi considerada um ato de cortesia exagerado e arrogante. Após enfrentar uma argumentação tão lógica e irrefutável, ele consentiu em ser levado de volta à sua mesa.

"Decidi suicidar-me", anunciou subitamente.

"Quando? No ano que vem?"

"Agora. Amanhã de manhã. Ocuparei um quarto no hotel Commodore, entrarei na banheira repleta de água quente e cortarei os pulsos."

"Ele está ficando mórbido!"

"Você precisa de mais uma dose de uísque, meu velho!"

"Amanhã discutiremos novamente este assunto."

Amory, entretanto, não estava disposto a se deixar convencer e a desistir de sua argumentação.

"Você já sentiu algo parecido?", perguntou confidencialmente.

"Com certeza!"

"Com que frequência?"

"É meu estado crônico."

Isso provocou uma discussão. Um dos presentes declarou que, algumas vezes, ficava de tal modo deprimido que chegava a encarar seriamente a possibilidade de suicídio. Outro concordou que não existia nada pelo qual valesse a pena viver. O tal capitão Corn, que se juntara ao grupo, declarou que, em sua opinião, era quando a saúde de uma pessoa se deteriorava que ela mais contemplava a hipótese de suicídio. Amory sugeriu que todos deveriam pedir mais uma dose de uísque, misturar nela vidro moído e bebê-la. Para seu grande alívio ninguém aplaudiu a ideia. Acabando de tomar seu uísque, ele apoiou o queixo na mão e o cotovelo na mesa, achando, com plena convicção, que era a posição mais delicada e que menos chamava a atenção para tirar uma soneca, mergulhando em seguida em profundo estupor...

Despertou com uma mulher agarrada nele. Era bonita, tinha cabelos castanhos em desalinho e olhos azuis.

"Leve-me para casa!", gritava.

"Olá!", disse Amory, pestanejando.

"Gosto de você", ela declarou com ternura.

"Eu também gosto de você."

Notou um homem espalhafatoso em segundo plano, discutindo com uma das pessoas do grupo.

"O sujeito com quem eu estava não passa de um cretino", confidenciou a mulher de olhos azuis. "Eu o odeio. Quero ir para casa com você."

"Você bebeu?", indagou Amory com profunda sensatez. Tímida, ela fez que sim.

"Pois vá para casa com ele", aconselhou Amory em tom grave. "Foi ele quem a trouxe aqui."

Àquela altura o homem espalhafatoso desvencilhou-se da pessoa com quem discutia e se aproximou.

"Escute!", disse com arrogância.

"Essa garota está comigo e você meteu o nariz onde não foi chamado!"

Amory encarou-o com frieza e a mulher achegou-se ainda mais a ele.

"Largue esta garota", gritou o homem espalhafatoso.

Amory tentou transmitir uma expressão ameaçadora no olhar.

"Vá para o inferno!", disse finalmente, voltando sua atenção para a mulher. "Amor à primeira vista", sugeriu.

"Eu te amo", ela declarou, suspirando, aconchegando-se ainda mais. Tinha, com efeito, lindos olhos.

Alguém se inclinou e falou baixinho no ouvido de Amory.

"É Margaret Diamond. Está bêbeda e na companhia deste sujeito. Acho melhor dispensá-la."

"Pois então ele que cuide dela!", gritou Amory, enfurecido. "Estão me achando com cara de voluntário da Associação Cristã de Moços? Hein? Hein?"

"Solte-a!"

"É ela quem está agarrada em mim! Pois que continue me agarrando!"

Os frequentadores do bar se aproximaram da mesa. Durante alguns momentos parecia que ia se armar uma grande confusão, mas um garçom prestativo conseguiu dobrar os dedos de Margaret Diamond até ela se ver obrigada a largar Amory. No mesmo instante ela deu uma bofetada no garçom e abraçou-se a seu espalhafatoso acompanhante.

"Oh, meu Deus", exclamou Amory.

"Vamos embora!"

"Vamos, a esta hora quase não se encontram mais táxis."

"Peça a conta ao garçom."

"Vamos, Amory. Seu romance acabou."

Amory riu.

"Você não sabe o tamanho da verdade que acaba de dizer. Não tem a menor ideia. Este é que é o problema."

AMORY ENFRENTA A QUESTÃO TRABALHISTA

Daí a duas manhãs ele bateu na porta da sala do presidente da Bascome & Barlow, agência de publicidade na qual trabalhava.

"Entre!"

"Bom dia, sr. Barlow", disse Amory, inseguro.

O sr. Barlow pôs os óculos e abriu ligeiramente a boca para ouvir melhor.

"Muito bem, sr. Blaine. Há vários dias não o vemos por aqui."

"Não", disse Amory. "Estou me demitindo."

"Bem... bem... isto é..."

"Não gosto daqui."

"Lamento. Julguei que nosso relacionamento fosse bastante... hum... bastante agradável. Você parecia ser muito trabalhador... Talvez ligeiramente inclinado a escrever textos fantasiosos..."

"É que eu me cansei de tudo isso", interrompeu-o Amory com grosseria. "A mim pouco me importava que a farinha de trigo marca Harebell fosse superior a qualquer outra. Para falar a verdade, jamais a provei. Não aguentava mais falar dela para potenciais consumidores. Oh, sim, sei que ando bebendo ultimamente..."

A fisionomia do sr. Barlow adquiriu uma expressão gélida.

"Foi o senhor quem pediu este emprego..."

Amory, com um gesto, o impediu de prosseguir.

"E acho que era muitíssimo mal pago. Trinta e cinco dólares por semana... menos do que um bom carpinteiro ganha."

"Mas o senhor era um iniciante. Nunca havia trabalhado", observou o sr. Barlow com frieza.

"Só que foram gastos 10 mil dólares com a minha formação para que eu me capacitasse a escrever esses textos idiotas. De qualquer modo, no que se refere a anos de serviço, aqui o senhor tem estenógrafas a quem paga quinze dólares por semana, após cinco anos de trabalho."

"Não vou discutir com o senhor", disse o sr. Barlow, levantando-se.

"E eu muito menos. Apenas queria comunicar-lhe que estou me demitindo."

Ambos ficaram se encarando, impassíveis, durante um momento. Em seguida Amory deu-lhe as costas e saiu.

UMA PEQUENA TRÉGUA

Finalmente, daí a quatro dias, ele voltou ao apartamento. Tom estava ocupado em escrever a resenha de um livro para o *New Democracy*, onde tinha começado a trabalhar. Os dois se olharam durante um momento, em silêncio.

"E então?"

"E então?"

"Meu Deus, Amory, como foi que você arranjou este olho roxo... e o queixo?"

Amory riu.

"Não foi nada, não."

Tirou o casaco, desabotoou a camisa e mostrou os ombros.

Tom assobiou baixinho. "Bateram em você?"

Amory voltou a rir.

"Sim, muita gente. Levei uma surra para valer." Trocou lentamente de camisa. "Tinha de acontecer mais cedo ou mais tarde, e eu por nada deste mundo perderia uma experiência como esta."

"Mas quem foi?"

"Bem, alguns garçons, dois marinheiros e mais uns transeuntes, imagino eu. É uma sensação muito estranha. Um dia você precisa apanhar, só para sentir como é. Passados alguns momentos, a gente cai e todo mundo te agride pouco antes de você se esborrachar no chão. Em seguida te cobrem de pontapés."

Tom acendeu um cigarro.

"Passei o dia inteiro procurando-o pela cidade afora, Amory, mas você sempre estava um pouco adiante de mim. Acho que deve ter ido a alguma festa."

Amory sentou-se pesadamente numa cadeira e pediu um cigarro.

"Passou a bebedeira?", perguntou Tom, com ar gozador.

"Completamente. Por quê?"

"Alec foi embora. A família dele vinha insistindo para que voltasse para casa e fosse morar com eles. Portanto..."

Um espasmo de dor fez Amory estremecer.

"Que pena."

"Sim, é muita pena. Se quisermos ficar aqui teremos de conseguir outra pessoa, caso contrário o aluguel irá aumentar."

"Claro. Consiga alguém. Deixo isso a seu encargo, Tom."

Amory foi para o quarto. A primeira coisa com que seus olhos se depararam foi um retrato de Rosalind, que pretendia emoldurar, encostado num espelho, sobre a cômoda. Contemplou-o sem se emocionar. Após as vívidas imagens mentais de Rosalind, que tanto o mobilizaram, agora o retrato era curiosamente irreal. Voltou para a sala.

"Por acaso tem uma caixa de papelão?"

"Não", respondeu Tom, intrigado. "E por que haveria de ter? Ah, sim... parece que tem uma no quarto de Alec."

Finalmente Amory achou o que procurava e, voltando ao quarto, abriu a gaveta da cômoda, repleta de cartas, bilhetes, uma corrente quebrada, dois lencinhos e algumas fotografias. Ao colocá-los cuidadosamente na caixa seus pensamentos se voltaram para o trecho de um livro no qual o herói, após guardar durante um ano um pedaço do sabonete de seu amor perdido, finalmente lavava as mãos com ele. Riu, começou a cantarolar "Depois que você partiu" e interrompeu-se abruptamente.

O barbante arrebentou duas vezes, mas finalmente conseguiu dar um jeito nele. Guardou a caixa na mala. Após trancá-la, voltou para a sala.

"Vai sair?" Tom mal disfarçava a ansiedade.

"Sim..."

"E onde vai?"

"Sei lá, meu velho."

"Vamos jantar juntos."

"Sinto muito. Combinei com Sukey Brett de jantar com ele."

"Oh..."

"Até logo."

Amory atravessou a rua, entrou num bar e tomou um uísque. Em seguida caminhou até a Washington Square e sentou-se no segundo andar de um ônibus. Desembarcou na 43rd Street e de lá foi andando até o bar Biltmore.

"Olá, Amory!"

"O que vai tomar?"

"Ei, garçom!"

TEMPERATURA NORMAL

O advento da Lei Seca impediu subitamente que Amory continuasse a submergir num mar de tristezas. Ao despertar certa manhã, descobriu que aqueles tempos em que perambulava de um bar a outro tinham chegado ao fim, mas não sentiu remorso pelo que fizera nas três últimas semanas e não lamentou que sua repetição se tornasse impossível. Adotara o método mais violento, se não o mais fraco, de se proteger dos golpes desfechados pela memória. Embora não fosse uma trajetória que recomendasse aos outros, chegou à conclusão, após percorrê-la, de que tudo acabara dando certo. Havia superado o primeiro assédio da dor.

Que não haja mal-entendidos! Amory amou Rosalind como jamais voltaria a amar qualquer outra pessoa. Ela havia sido alvo dos impulsos mais intensos de sua juventude e, das profundezas insondáveis de seu ser, extraiu uma ternura que o surpreendeu, uma gentileza e uma ausência de egoísmo que jamais dedicara a outra criatura. Teve outros casos amorosos posteriormente, mas de uma qualidade diferente. Neles se entregava, talvez, a uma disposição mental mais típica, na qual a mulher tornava-se um espelho que refletia seus estados de espírito. Rosalind despertara algo que era mais do que uma admiração apaixonada. Sentiu por ela um afeto profundo e imorredouro.

No entanto, perto do fim, houve tanto drama, culminando naquele pesadelo de três semanas de bebedeira, que Amory ficou emocionalmente desgastado. As pessoas e os ambientes, que em suas recordações eram tranquilos ou delicadamente artificiais, pareciam acenar com a promessa de um refúgio. Escreveu um conto cínico, que tinha por tema o enterro de seu pai, enviou-o a uma revista e recebeu um cheque de sessenta dólares, além do pedido de outros contos no mesmo tom. Isso lisonjeou sua vaidade, mas não inspirou maiores esforços.

Lia intensamente. Sentiu-se intrigado e deprimido pela leitura de *Retrato do artista quando jovem;* profundamente interessado em *Joan e Peter* e *O fogo imorredouro* e um tanto surpreso, ao descobrir através de um crítico de nome Mencken, vários romances americanos excelentes: *Vandover e o bruto, A danação de Theron Ware* e *Jennie Gerhardt.* Mackenzie, Chesterton, Galsworthy, Bennet, em seu novo modo de ver, passaram de gênios sagazes, saturados de vida, a contemporâneos que apenas proporcionavam entretenimento. A clareza e a lucidez de Shaw, a brilhante consistência e os esforços gloriosamente inebriados de H. G. Wells, no sentido de introduzir a chave da simetria romântica na fechadura ardilosa da verdade, conquistaram sua atenção embevecida.

Queria estar com monsenhor Darcy, a quem escreveu ao desembarcar, porém não tinha notícias dele. Além do mais, sabia que uma visita a monsenhor implicaria a história de Rosalind e o mero pensamento de repeti-la deixava-o gelado de horror.

Em sua busca por pessoas tranquilas lembrou-se da sra. Lawrence, criatura muito inteligente e séria, convertida à Igreja e grande devota de monsenhor.

Telefonou-lhe certo dia. Sim, lembrava-se perfeitamente dele. Não, monsenhor não se encontrava na cidade, estava em Boston, segundo lhe pareceu. Havia prometido um jantar, quando voltasse. Será que Amory não queria almoçar com ela?

"Achei melhor ficar a par do que está acontecendo, sra. Lawrence", ele declarou com certa ambiguidade ao chegar.

"Monsenhor esteve aqui a semana passada", disse a sra. Lawrence em tom pesaroso. "Mostrou-se ansioso por vê-lo, mas esqueceu seu endereço em casa."

"Acaso imaginou que eu me entreguei ao bolchevismo?", perguntou Amory, interessado.

"Oh, ele está passando por momentos difíceis."

"Por quê?"

"Trata-se da República Irlandesa. Em sua opinião, falta-lhe dignidade."

"E o que mais?"

"Foi a Boston, quando chegou o presidente da Irlanda, e sentiu-se extremamente confrangido porque membros do Comitê de Recepção, ao desfilarem de carro pela cidade, passaram o braço em torno dos ombros do presidente."

"Compreendo muito bem os sentimentos de monsenhor."

"Bem, o que mais o impressionou, enquanto esteve no exército? Agora parece bem mais velho."

"Isso se deve a uma outra batalha, mais desastrosa", ele respondeu, a despeito de si mesmo. "Quanto ao exército... deixe-me ver... bem, descobri que a coragem física depende, em grande parte, da forma em que um homem se encontra. Descobri que era tão corajoso quanto qualquer outro homem. Antigamente isso me preocupava."

"O que mais lhe causou impressão?"

"A ideia de que os homens conseguem suportar tudo, desde que se habituem, e o fato de ter obtido uma nota excelente no exame psicológico."

A sra. Lawrence riu. Amory sentia grande alívio por estar naquela residência tão tranquila em Riverside Drive, longe de Nova York, apinhada de gente, onde as pessoas expeliam grandes quantidades de ar em espaços exíguos. A sra. Lawrence recordava-lhe vagamente Beatrice, não quanto ao temperamento, mas em sua perfeita distinção e dignidade. A casa, o mobiliário e o modo como o jantar foi servido faziam imenso contraste com aquilo que presenciara em casas elegantes de Long Island, onde os criados eram de tal modo subservientes que era preciso literalmente arredá-los do caminho. Esse contraste também se referia a residências de famílias mais tradicionais e conservadoras. Ficou a imaginar se aquela atmosfera de contenção simétrica, aquela elegância, que sentia ser europeia, se devia à ancestralidade da sra. Lawrence, cujas raízes se fincavam na Nova Inglaterra, ou tinha sido adquirida através de uma prolongada residência na Itália e na Espanha.

Duas taças de vinho *sauterne*, ao almoço, bastaram para desatar sua língua. Recorrendo ao que lhe parecia ser seu antigo charme, Amory dissertou sobre religião, literatura e os fenômenos ameaçadores que intervinham na ordem social. A sra. Lawrence mostrava-se visivelmente contente com ele e seu interesse voltava-se sobretudo para a sua mente. Amory queria que as pessoas apreciassem-na novamente, pois sua mente poderia ser um bom lugar para se viver...

"Monsenhor Darcy ainda acha que você é a reencarnação dele e que sua fé acabará por se definir."

"Talvez. No momento sou mais pagão do que qualquer outra coisa. Na minha idade, a religião não parece exercer a menor influência sobre a vida."

Ao deixar a residência da sra. Lawrence, ele caminhou pela Riverside Drive com um sentimento de satisfação. Era divertido voltar a discutir determinados temas, tais como a República Irlandesa ou o jovem poeta Stephen Vincent Benét. Diante das rançosas acusações de Edward Carson e do juiz Cohalan, sentia-se absolutamente farto da questão irlandesa. Houve, no entanto, uma época em que seus próprios traços celtas constituíam pilares de sua filosofia pessoal.

Pareceu subitamente que restava muita coisa na vida, caso essa revitalização de antigos interesses não significasse que ele estava fugindo de novo – fugindo da própria vida.

INQUIETAÇÃO

"Estou muito velho e muito entediado, Tom", declarou Amory certo dia, estirando-se confortavelmente no sofá junto à janela. Sentia-se quase natural, em atitude de repouso.

"Você costumava ser divertido antes de começar a escrever", prosseguiu. "Agora guarda para si qualquer ideia que julga valer a pena imprimir."

A existência voltava a uma normalidade desprovida de ambições. Resolveram que, fazendo economia, ainda poderiam manter o apartamento, ao qual Tom, com a domesticidade de um velho gato, se habituara. As antigas gravuras inglesas de caça pertenciam a Tom, bem como a grande tapeçaria, relíquia dos dias decadentes da faculdade, além da grande profusão de castiçais desemparelhados e a cadeira Luís XV, toda entalhada, e na qual ninguém conseguia se acomodar por mais de um minuto sem sentir dores agudas na coluna. Tom alegava que isso acontecia porque a pessoa sentava no colo de Mme. de Montespan. De qualquer modo, foi o mobiliário de Tom que os decidiu a ficar no apartamento.

Saíam muito pouco. De vez em quando iam ao teatro ou jantavam no Ritz ou no Clube Princeton. Devido à Lei Seca, os grandes pontos de encontro sofreram ferimentos mortais. Não era mais possível aparecer no bar Biltmore à meia-noite ou às cinco da manhã e ali encontrar gente agradável. Tom e Amory haviam superado a paixão de dançar com debutantes do Meio-Oeste ou de Nova Jersey no Clube-de-Vingt ou no salão rosa do Plaza, além de isso exigir vários coquetéis "para que pudessem descer ao nível intelectual das garotas presentes", conforme Amory confidenciou certa vez a uma horrorizada matrona.

Vinha recebendo ultimamente cartas alarmantes do advogado Barton. A casa de Lake Geneva era grande demais para poder ser alugada com facilidade. No momento a renda obtida serviria para pagar os impostos e os melhoramentos necessários; o que sobraria era muito pouco. O advogado chegou mesmo a sugerir que a propriedade era um elefante branco nas mãos de Amory. Ainda assim, mesmo que a propriedade não rendesse sequer um centavo nos próximos três anos, ele, tomado por um vago sentimentalismo, decidiu que no momento não a venderia.

O dia em que confidenciou a Tom seus aborrecimentos foi bem típico. Levantou-se ao meio-dia, almoçou com a sra. Lawrence e voltou para casa distraído, sentado no segundo andar de um daqueles ônibus que tanto apreciava.

"E por que você não haveria de estar entediado?", perguntou Tom, bocejando. "Não é a atitude apropriada para um rapaz de sua idade e condição?"

"Sim", respondeu Amory, pensativo, "porém estou mais do que entediado. Sinto-me inquieto."

"O amor e a guerra provocaram este estado."

"Bom", refletiu Amory, "não tenho certeza de que a guerra tenha causado qualquer efeito sobre mim ou você, mas ela, com toda certeza, destruiu antigos alicerces, de certo modo aniquilou o individualismo de nossa geração."

Tom encarou-o com surpresa.

"Aniquilou, sim", insistiu Amory. "Não tenho certeza de que não tenha aniquilado o mundo. Meu Deus, que prazer imenso era sonhar que eu poderia vir a ser um grande ditador, um escritor, um líder político ou religioso. Agora até mesmo um Leonardo da Vinci ou Lorenzo de Medici não seriam algo além de personagens fora de moda. A vida é por demais pesada e complexa. O mundo agigantou-se tanto que não pode sequer levantar os próprios dedos, e eu planejava ser um dedo tão importante..."

"Não concordo", interrompeu Tom. "Nunca houve homens situados em posições tão privilegiadas desde... oh, desde a Revolução Francesa."

Amory discordou violentamente.

"Você está confundindo esta época, em que cada idiota é um individualista, com uma época de individualismo. Wilson só foi poderoso quando simbolizou algo; foi obrigado a transigir repetidas vezes. Assim que Trótski e Lênin assumirem uma posição definida e consistente, acabarão se tornando figuras apenas passageiras, como Kerenski. Até mesmo Foch não possui a metade do significado de Stonewall Jackson. A guerra costumava ser o objetivo mais individualista do homem, e no entanto os heróis populares da guerra não possuíam nem autoridade nem responsabilidade. Refiro-me a Guynemer e ao sargento York. Como é que um colegial pode fazer de Pershing um herói? Um grande homem só tem tempo para não fazer nada além de ficar sentado e ser grande."

"Então você é de opinião que não haverá mais heróis mundiais permanentes?"

"Na história, sim, mas não na vida. Carlyle teria dificuldade em encontrar material para um novo capítulo sobre *O herói enquanto grande homem.*"

"Prossiga. Hoje estou um ouvinte atento."

"As pessoas, atualmente, se empenham tanto em acreditar em líderes, mas assim que dispomos de um reformador popular, um político, soldado, escritor ou filósofo – um Roosevelt, um Tolstói, um Wood, um Shaw, um Nietzsche –, a contracorrente da crítica procura destruí-lo. Meu Deus, nos dias de hoje nenhum homem pode manter-se numa situação de destaque. É o caminho mais seguro para a obscuridade. As pessoas enjoam de ouvir o mesmo nome repetidas vezes."

"Então você põe a culpa de tudo na imprensa?"

"Sem a menor dúvida! Tome você como exemplo. Trabalha na *New Democracy,* considerada a publicação semanal mais brilhante do país, lida por homens empreendedores e tudo o mais. Qual é sua tarefa? Ser tão esperto, interessante, cínico e brilhante quanto possível em relação a tudo que diga respeito a cada homem, doutrina, livro ou política sobre os quais esteja incumbido de escrever. Quanto mais apimentado for seu enfoque, quanto mais escândalo espiritual puder criar em torno de suas matérias, maior será seu salário, maior o número de pessoas que comprarão cada número da publicação. Você, Tom d'Invilliers, um Shelley malogrado, mutável, que muda de opinião a toda hora, esperto, inescrupuloso, representa a consciência crítica da raça. Oh, não proteste, não, sei muito bem do que estou falando. Costumava escrever resenhas de livros na faculdade. Considerava um esporte raro referir-me a um esforço honesto, consciente de propor uma teoria ou um remédio como 'um acréscimo bem-vindo a nossas leituras ligeiras de verão'. Vamos, admita que é assim mesmo!"

Tom riu e Amory prosseguiu, triunfante.

"*Queremos* acreditar. Os jovens estudantes tentam acreditar em autores mais velhos, os eleitores tentam acreditar em seus representantes no Congresso, os países tentam acreditar em seus estadistas, mas *não podem*. Existe um excesso de vozes, de uma crítica por demais difusa, ilógica, inadequada. É pior no caso dos jornais. Qualquer fulano rico, nada progressista, que tenha aquela forma de mentalidade particularmente predadora, voltada para a aquisição, mais conhecida como gênio financeiro, pode ser dono de um jornal, que é o repasto e a bebida intelectual de milhares de homens fatigados, apressados, por demais envolvidos com a vertigem da vida moderna, sem tempo para engolir qualquer coisa que não seja comida pré-digerida. Por dois centavos o eleitor compra sua política, preconceitos e filosofia. Passado um ano, o jornal adota nova orientação política ou muda de proprietário. Consequência: mais confusão, mais contradições, um súbito influxo de novas ideias, que precisarão ser destiladas, reavaliadas e contra elas surgirá uma reação..."

Amory fez uma pausa para recuperar o fôlego.

"E é por isso que jurei não escrever mais nada enquanto minhas ideias não se esclarecerem ou se modificarem inteiramente. Já tenho suficientes pecados sem enfiar epigramas perigosos e vazios nas cabeças das pessoas. Poderia levar um pobre e inofensivo capitalista a ter uma ligação vulgar com uma bomba ou fazer de um pequeno e inocente bolchevique o alvo das balas de uma metralhadora..."

Tom já estava ficando inquieto diante daquele verdadeiro libelo, que pretendia estabelecer sua conexão com a *New Democracy*.

"Mas o que é que tudo isso tem a ver com o fato de você estar entediado?"

Amory era de opinião que tinha muitíssimo a ver.

"Como é que eu me encaixo nisso tudo?", perguntou. "Para que eu sirvo? Para propagar a raça? De acordo com os romances americanos, somos levados a acreditar que o 'rapaz americano saudável', dos dezenove aos vinte e cinco anos, é um animal inteiramente assexuado. Na realidade, quanto mais saudável ele for, menos isso será verdadeiro. A única alternativa para que a mentira não nos atinja é desenvolvermos algum interesse violento. Bem, a guerra terminou. Acredito demais nas responsabilidades de um autor para poder escrever agora. Os negócios falam por si mesmos, não têm conexão alguma com tudo aquilo que sempre me interessou neste mundo, a não ser por uma ligação tênue e utilitária com a economia. O que eu veria do mundo dos negócios, prisioneiro de um empreguinho burocrático, durante os dez melhores anos de minha vida, teria o mesmo conteúdo intelectual de um filme de segunda categoria."

"Tente a ficção", sugeriu Tom.

"O problema é que divago quando começo a escrever... receio que, no lugar de viver a vida, vivo a ficção... Começo a pensar que talvez a vida esteja à minha espera nos jardins japoneses do Ritz ou em Atlantic City ou no baixo East Side. De qualquer modo, não tenho o impulso vital. Gostaria de ser uma criatura comum, mas minha garota não conseguiu enxergar a coisa desta maneira."

"Você encontrará outra."

"Meu Deus! Nem pense em semelhante coisa. Por que não me diz algo como 'se aquela garota valesse a pena ela teria esperado por você?'. Não, senhor, uma garota que valha a pena não esperará quem quer que seja. Se eu achasse que haveria outra garota, perderia a fé que me resta na natureza humana. Talvez ainda me envolva com alguém, mas Rosalind era a única criatura, neste vasto mundo, que poderia me prender."

"Bem", disse Tom, bocejando, "segundo o relógio, banquei o confidente durante uma hora. Ainda assim, fico contente em saber que você recomeça a ter opiniões extremadas sobre determinados assuntos."

"De fato", concordou Amory com relutância, "mas quando vejo uma família feliz, sinto enjoo..."

"As famílias felizes tentam fazer com que as pessoas se sintam assim...", observou Tom com cinismo.

Havia dias em que Amory escutava. Eram aqueles dias em que Tom, envolvido em nuvens de fumaça, se entregava ao extermínio da literatura americana. As palavras lhe faltavam.

"Cinquenta mil dólares por ano", ele protestava em altos brados. "Meu Deus! Olhe só para esta gente – Edna Ferber, Gouverneur Morris, Fanny Hurst, Mary Roberts Rinehart –, não produzem um conto ou romance que dure dez anos. E este tal de Cobb? Não o acho inteligente ou divertido, e acredito que essa é a opinião de muita gente, embora os editores pensem o contrário. O homem está bêbado, tamanha a publicidade que fazem em torno dele. E o que dizer de Harold Bell Wright ou Zane Gray..."

"Eles bem que tentam..."

"Não, nem sequer tentam. Alguns deles sabem escrever, mas não se dispõem a sentar e criar um romance honesto. A verdade é que a maioria deles *não sabe* escrever. Creio que Rupert Hughes tenta transmitir uma descrição real e abrangente da vida americana, mas seu estilo e perspectiva são inqualificáveis. Ernest Poole e Dorothy Canfield tentam, mas são prejudicados por sua absoluta falta de qualquer senso de humor. Pelo menos condensam seu trabalho, em vez de o servir em doses ralas. Todo autor deveria escrever seus livros como se fosse ser decapitado no dia em que o terminasse."

"Isso por acaso é *double entente*?"*

* Duplo sentido. Em francês no original. [N. T.]

“Não me faça perder o fio da meada! Alguns deles parecem ter alguma base cultural, certa inteligência e uma boa porção de capacidade literária, mas simplesmente não escrevem com honestidade. Todos alegarão que não existe público para textos de qualidade. Mas então por que será que Wells, Conrad, Galsworthy, Shaw, Bennet e o resto dependem do leitor americano para vender metade da edição de seus livros?”

“E qual é a opinião do pequeno Tommy sobre os poetas?”

Tom ficou visivelmente desanimado. Deixou pender os braços e emitiu grunhidos.

“Estou escrevendo uma sátira sobre eles, cujo nome é ‘Os bardos de Boston e as resenhas publicadas por Hearst’.”

“Pois quero ouvir”, disse Amory, interessado.

“Só escrevi as últimas estrofes.”

“O que, aliás, é muito moderno. Vamos ouvi-las, podem ser engraçadas.”

Tom tirou do bolso uma folha de papel dobrada e leu em voz alta, fazendo pausas para que Amory percebesse que se tratava de versos livres:

Portanto
Walter Arensberg,
Alfred Kreymborg,
Carl Sandburg,
Louis Untermeyer,
Eunice Tietjens,
Clara Shanafelt,
James Oppenheim,

Maxwell Bodenheim,
Richard Glaenzer,
Scharmel Iris,
Conrad Aiken,
Registro aqui seus nomes
Para que possam viver
Ao menos como nomes.
Nomes cor de malva, sinuosos,
Na Juvenália
De minhas edições completas.

Amory riu às gargalhadas.

"Você merece um prêmio. Convido-o para o almoço, só por causa da arrogância dos dois últimos versos."

Amory não concordava inteiramente com Tom quanto àquela arrebatada condenação dos romancistas e poetas americanos. Apreciava Vachel Lindsay e Booth Tarkington e admirava a maestria conscienciosa, embora limitada, de Edgard Lee Masters.

"O que eu odeio são bobagens do tipo 'Sou Deus – Sou homem – Cavalgo os ventos – Olho através da fumaça – Sou os sentidos da vida'."

"É horripilante!"

"Gostaria que os romancistas americanos desistissem de tentar fazer do mundo dos negócios algo romanticamente interessante. Ninguém quer ler a respeito disso, a menos que se trate de negócios suspeitos. Se fosse um tema envolvente, o público procuraria ler a vida de James J. Hill, e não uma dessas intermináveis tragédias que se passam em escritórios e que se detêm, de maneira enfadonha, sobre o significado do tabaco..."

"E da melancolia", observou Tom. "É outro tema preferido, embora eu reconheça que os russos exercem o monopólio sobre ele. Nossa especialidade é histórias sobre garotinhas que fraturam a coluna e são adotadas por velhos rabugentos só porque elas vivem sorrindo. Até poderíamos pensar que somos uma raça de alegres aleijados e que o fim usual do camponês russo era o suicídio..."

"Seis horas", disse Amory, consultando o relógio. "Eu o convidarei para um suntuoso jantar, em homenagem à juvenália de suas edições completas."

ENTREGANDO-SE ÀS RECORDAÇÕES

O mês de julho, sufocante, despediu-se com uma última onda de calor e Amory, em mais uma fase de inquietação, se deu conta de que fazia apenas cinco meses que ele e Rosalind se haviam conhecido. Mesmo assim já era difícil para ele visualizar aquele rapaz descompromissado que desembarcara do transporte militar com o desejo apaixonado de se entregar à aventura da vida. Certa noite, em que o calor excessivo e enervante entrava pela janela de seu quarto, ele se debateu durante várias horas num vago esforço de imortalizar aquele momento de sua vida.

> Em fevereiro, as ruas, varridas pelo vento noturno, são invadidas por uma neblina estranha, quase intermitente, e exibem,

nas calçadas maltratadas, montículos reluzentes de neve que se derretem, iluminados pelas lâmpadas dos postes, como um óleo dourado que escapa de alguma máquina divina, em uma hora de degelo e de estrelas.

Estranhos montículos, repletos de olhos de muitos homens, repletos de vida gerada em um momento de calmaria... Oh, eu era jovem e poderia voltar-me novamente para você, sumamente finita, extremamente bela, e provar o gosto de sonhos quase esquecidos, doces e frescos em sua boca.

... Havia um travo amargo no ar da meia-noite – o silêncio era completo, os sons ainda não haviam despertado, a Vida estalava como o gelo! Nos ares ouviu-se uma nota brilhante e, radiante e pálida, lá estava você... a primavera desabrochava (gotículas de gelo pendiam dos telhados e a cidade abandonada desfalecia).

Nossos pensamentos eram um gélido nevoeiro ao longo dos beirais; nossos dois fantasmas beijaram-se lá no alto, sobre os fios compridos e enredados. Uma risada abafada ecoa e deixa apenas um tolo suspiro por nossos desejos juvenis; o pesar partiu em busca das coisas que ela amava, deixando em seu lugar um invólucro vazio e seco.

OUTRO FINAL

Em meados de agosto chegou uma carta de monsenhor Darcy, que evidentemente acabava de tomar conhecimento do endereço de Amory:

MEU CARO;

Sua última carta foi o quanto bastou para deixar-me preocupado em relação a sua pessoa. Nem parecia que você mesmo a havia escrito. Lendo nas entrelinhas, fui levado a imaginar que seu compromisso com essa jovem o está deixando um tanto infeliz e constato que perdeu toda aquela disposição para o romance que tinha antes da guerra. Comete um grande erro se por acaso acha que pode ser romântico sem a religião. Algumas vezes penso que, para nós dois, o segredo do sucesso, quando o encontramos, está no elemento místico que existe em nós. Existe algo que flui para nós, que alarga nossas personalidades e que quando se vai faz essas mesmas personalidades se encolherem. Eu afirmaria que suas duas últimas cartas são bastante desanimadas. Cuide para não se perder na personalidade de outra criatura, homem ou mulher.

Sua Eminência o cardeal O'Neill e o bispo de Boston são meus hóspedes no momento e para mim é difícil dedicar alguns minutos para lhe escrever, mas gostaria que viesse para cá mais adiante, nem que fosse durante um fim de semana. Nos próximos dias viajarei a Washington.

O que farei no futuro é uma incógnita. Que isso fique absolutamente entre nós: não me surpreenderia que o barrete cardinalício fosse posto sobre minha indigna cabeça nos próximos oito meses. De qualquer modo, gostaria de ter uma casa em Nova York ou em Washington, aonde você pudesse aparecer.

Amory, contenta-me saber que ambos estamos vivos. Esta guerra poderia muito bem ter sido o fim de uma família distinta. No que se refere ao matrimônio, porém, você se encontra no perío-

do mais perigoso de sua vida. Poderia fazer um casamento apressado e arrepender-se muito, mas não me parece que será o caso. Pelo que me escreve sobre o estado calamitoso de suas finanças, o que você deseja é naturalmente impossível. No entanto, se eu o julgar segundo os meios que costumo escolher, diria que, no próximo ano, você passará por uma crise emocional.

Escreva-me, por favor. Sinto-me em falta com você, o que muito me aborrece.

Com grande afeto,

THAYER DARCY

Uma semana após a chegada desta carta, o pequeno lar de Amory e Tom dissolveu-se precipitadamente. O motivo imediato foi a séria doença, provavelmente crônica, da mãe de Tom. Assim sendo, guardaram os móveis num depósito, deram instruções para que o apartamento fosse sublocado e trocaram um melancólico aperto de mão na estação Pensilvânia. Pelo visto, Amory e Tom estavam sempre se despedindo.

Sentindo-se muito só, Amory cedeu a um impulso e embarcou para o Sul, com a intenção de visitar monsenhor em Washington. Desencontraram-se por uma questão de duas horas e Amory resolveu passar algum tempo na companhia de um velho tio, que há muito não via. Viajou através dos campos luxuriantes de Maryland até o condado de Ramilly, mas em vez de dois dias sua estada durou de meados de agosto até quase o final de setembro, pois foi lá que ele conheceu Eleanor.

3. IRONIA JUVENIL

Passados quatro anos, quando Amory pensava em Eleanor, ainda lhe parecia ouvir o vento soluçando a seu redor, provocando ondas de tremor em seu peito. Na noite em que subiram a colina e contemplaram a lua gélida flutuar através das nuvens, ele voltou a perder uma parte de si, que nada poderia repor, e, ao perdê-la, perdeu também o poder de lastimar esse fato. Digamos que, em relação a Eleanor, foi a última vez que o mal rastejou para perto de Amory sob a máscara da beleza, foi o último mistério que o subjugou com um fascínio selvagem e estilhaçou sua alma.

Com Eleanor sua imaginação se soltava desenfreadamente. Foi por isso que escalaram a mais alta colina e contemplaram a lua perversa em sua alta trajetória, pois então souberam que podiam ver o demônio em si próprios. Mas Eleanor... teria sido um sonho? Mais tarde seus fantasmas se divertiram, mas ambos esperaram, do fundo do coração, que nunca mais voltariam a se encontrar. Acaso teria sido a infinita tristeza dos olhos dela que o atraiu, ou foi o reflexo de sua própria imagem que ele encontrou na exuberante clareza da alma de Eleanor? Jamais ela viverá outra aventura como a que viveu com Amory e, se acaso ler estas linhas, dirá:

"Amory jamais viverá outra aventura como a que viveu comigo."

Também não haverá de suspirar, o mesmo acontecendo com ele. Certa vez Eleanor tentou passar para o papel esse sentimento:

As coisas evanescentes que apenas conhecemos
Nós as esqueceremos...
Nós as deixaremos de lado...
Desejos que derreteram com a neve,
E sonhos gerados
Este é o nosso presente:
As súbitas alvoradas que saudávamos com risos,
Que todos podiam ver, que ninguém compartilhava,
Serão apenas alvoradas... e se nos encontrarmos
Não mais nos importaremos.
Querido... mais nenhuma lágrima será derramada...
Em breve, a partir de agora
Nenhuma nostalgia
Ao evocarmos os beijos dados
Nem mesmo o silêncio,
Quando nos encontrarmos,
Dará a antigos fantasmas espaço para vaguear,
Ou agitará a superfície do mar...
Se formas cinzas forem arrastadas sob a espuma,
Não as veremos.

Eles travaram uma disputa feroz, pois Amory afirmava categoricamente que nem todos os termos usados por Eleanor se prestavam a rimas. Ela escreveu parte de outro verso, para o qual não conseguia encontrar um início:

... Mas a sabedoria passa... embora os anos
Nos alimentem com ela... Os anos retrocederão
A um tempo pretérito – Apesar de todas as nossas lágrimas
Nada saberemos.

Eleanor detestava Maryland com todas as forças de sua alma. Pertencia à mais antiga de todas as antigas famílias do condado de Ramilly e morava numa casa enorme, soturna, em companhia de seu avô. Nasceu e foi criada na França... mas vejo que estou me precipitando. Recomecemos.

Amory entediava-se, como sempre acontecia quando estava no campo. Costumava dar longas caminhadas sozinho, sem rumo, declamava “Ulalume” para os milharais e dava parabéns a Poe por ter-se embebedado até morrer naquela atmosfera de sorridente complacência. Certa tarde percorreu vários quilômetros de uma estrada que era nova para ele e entrou na mata, seguindo os maus conselhos de uma negra. Quando percebeu, estava completamente perdido. Um aguaceiro resolveu desabar, para sua grande impaciência, o céu ficou negro como piche e a chuva começou a precipitar-se através dos ramos das árvores, tornando-se furtiva e fantasmagórica. Os trovões reboavam, ameaçadores, lá no vale, e ecoavam na mata, em descargas intermitentes. Amory andava às cegas, tropeçando, à procura de uma saída, e finalmente, através do emaranhado dos galhos retorcidos, vislumbrou uma brecha na mata, onde os relâmpagos incessantes mostravam campo aberto. Correu até a borda da mata e hesitou, sem saber se atravessaria o campo e tentaria alcançar a casinha lá no outro extremo do vale, assinalada por uma luz acesa. Eram apenas cinco e meia da tarde, porém mal conseguia enxergar dez passos adiante, exceto quando os relâmpagos tornavam tudo vívido e grotesco em uma grande extensão.

De repente um som estranho lhe chegou aos ouvidos. Era uma declamação, entoada em voz abafada e rouca. Era a voz de uma jovem mulher e quem declamava estava muito próximo dele. Se aquilo tivesse acontecido um ano antes, Amory teria rido ou tremido, mas na aflição em que se encontrava, ficou parado, ouvindo, enquanto as palavras penetravam em sua consciência:

Les sanglots longs
Des violons
De l'automne
Blessent mon coeur
D'une langueur
Monotone.

Um relâmpago riscou o céu, mas a canção prosseguiu sem oscilações. Era evidente que a jovem estava no campo e sua voz parecia vir, de maneira vaga, de um monte de feno que se erguia a uns dez metros de distância.

De repente a canção foi interrompida, mas recomeçou, numa entonação bizarra, que se elevava, pairava e tornava a cair, mesclando-se com a chuva:

Tout suffocant
Et blême quand
Sonne l'heure
Je me souviens
Des jours anciens
*Et je pleure.**

"Com os diabos!", disse Amory em voz alta. "É possível que exista alguém no condado de Ramilly capaz de entoar versos de Verlaine para um monte de feno encharcado e nas circunstâncias mais extemporâneas?"

"Quem está aí?", gritou a jovem, imperturbável. "Quem é você? Manfredo, São Cristóvão ou a rainha Vitória?"

"Sou Don Juan!", gritou Amory, impulsivo, elevando a voz acima do barulho da chuva e do vento.

Uma risada divertida se fez ouvir do monte de feno.

"Sei quem você é: aquele rapaz louro que gosta de cantar 'Ulalume'. Reconheço sua voz."

"Como é que subo até aí?", indagou ele ao pé do monte de feno, do qual se aproximara, molhado da cabeça aos pés. Lá em cima despontou uma cabeça, mas estava tão escuro que Amory só conseguiu distinguir uma madeixa de cabelos molhados e um par de olhos que brilhavam como os de um gato.

* *Os longos soluços / Dos violinos / Do outono / Magoam meu coração / Com langor / Monótono. / Sufocando / E pálido / Quando a hora soa / Recordo / Os dias passados / E choro.* Estrofes do poema "Canção de outono". [N. T.]

"Recue", ouviu dizer "e em seguida venha correndo, salte e eu segurarei sua mão. Não, aí não, do outro lado."

Amory seguiu as instruções e ao subir no monte, enterrado até os joelhos no feno, uma mãozinha branca e pequenina foi estendida, segurou a sua e ajudou-o a chegar ao alto.

"Cá está você, Juan!", exclamou a jovem de madeixas molhadas. "Não se importa se eu deixar o *Don* de lado?"

"Seu polegar é parecido com o meu!", ele constatou.

"E você está segurando minha mão, o que é perigoso, sem ver meu rosto." Amory largou-a imediatamente.

Um relâmpago iluminou o céu, como se estivesse respondendo a suas preces, e ele se apressou em contemplar aquela que estava a seu lado no monte de feno empapado, a poucos metros do chão. Ela, porém, cobrira o rosto e ele não percebeu nada além de uma criatura esguia, com cabelos escuros, molhados e encaracolados, bem como as mãos pequeninas e alvas, cujos dedos polegares se dobravam para trás, como os dele.

"Sente-se", ela sugeriu com delicadeza, enquanto a escuridão os envolvia novamente. "Se sentar diante de mim poderá cobrir-se com metade da capa de chuva que eu estava usando como tenda à prova deste aguaceiro, até você me interromper com tanta indelicadeza."

"Fui convidado", disse Amory, com muita animação. "Você me convidou e não tem como negar."

"Don Juan sempre alcança seus objetivos", ela disse, rindo, "porém não vou mais chamá-lo assim, porque você tem cabelos arruivados. Em vez disso poderá declamar 'Ulalume' e serei Psiquê, sua alma."

Amory corou, mas felizmente estava invisível sob a cortina de vento e chuva. Estavam sentados de frente um para o outro em uma pequena concavidade do monte de feno, quase inteiramente cobertos pela capa, enquanto a chuva continuava a fazer seus estragos. Amory tentava desesperadamente ver Psiquê, mas os relâmpagos se recusavam a clarear de novo o céu e ele aguardou com impaciência. Meu Deus! E se acaso ela não fosse bela? Se fosse uma quarentona pedante – meu Deus! Suponhamos – mas seria apenas uma suposição –, suponhamos que ela fosse louca. Semelhante pensamento, porém, era uma indignidade. A Providência enviara uma garota para entretê-lo, exatamente como alguns homens a Benvenuto Cellini para que ele os assassinasse, e ele se perguntou se ela era mesmo louca, pelo simples fato de que correspondia a seu atual estado de espírito.

"Não sou, não", ela declarou.

"Não é o quê?"

"Louca. Não achei que você fosse louco, a primeira vez que o vi, portanto não é justo que você pense isso de mim."

"Mas como é possível..."

Enquanto se conheceram e estiveram juntos, podia acontecer que Eleanor e Amory abordassem determinado tema, o deixassem de lado, estando ele bem formulado em suas cabeças, e daí a dez minutos pensassem em voz alta, descobrindo que suas mentes haviam percorrido os mesmos meandros, levando cada um deles a uma ideia paralela, que outras pessoas achariam não ter a menor conexão com a primeira ideia.

"Conte-me uma coisa", ele pediu, inclinando-se ansiosamente para ela, "como ficou sabendo a respeito de 'Ulalume', como descobriu a cor de meu cabelo? Qual é sou nome? O que estava fazendo aqui? Diga imediatamente!"

De repente um relâmpago voltou a riscar o céu, com seu clarão vivíssimo, Amory enxergou Eleanor e, pela primeira vez, olhou em seus olhos. Oh, ela era magnífica – tez alva, da cor do mármore à luz das estrelas, sobrancelhas finas e arqueadas, olhos que reluziam como esmeraldas, sob aquele clarão ofuscante. Era uma feiticeira, talvez tivesse dezenove anos, segundo lhe pareceu, era esperta, sonhadora, com uma expressão zombeteira nos lábios que era ao mesmo tempo um encanto e uma fraqueza. Suspirando, ele encostou-se no monte de feno.

"Agora você me viu", ela disse com toda calma, "e imagino que está a ponto de dizer que meus olhos verdes incendeiam seu cérebro."

"De que cor é seu cabelo? É encaracolado, não?"

"É, sim. Ignoro a cor", ela declarou, pensativa. "Tantos homens já me fizeram esta pergunta... Imagino que seja castanho-claro. Nunca ninguém olha durante muito tempo para o meu cabelo. Tenho, porém, olhos bonitos, não é? Não me importa o que você diga, meus olhos são bonitos."

"Responda às minhas perguntas, Madeline."

"Não me lembro de todas – além disso, meu nome não é Madeline, mas Eleanor."

"Eu deveria ter adivinhado. Você se parece com Eleanor, tem jeito de Eleanor. Sabe a que me refiro."

Fez-se silêncio, enquanto eles ouviam o barulho da chuva.

"A resposta está entalada na minha garganta, amigo lunático", ela disse finalmente.

"Mas responda..."

"Bem... meu nome é Eleanor e o sobrenome é Savage. Moro numa casa grande e antiga, a meio quilômetro daqui. O parente mais próximo a ser notificado, caso me aconteça alguma coisa, é meu avô, Ramilly Savage. Altura: 1,65 m; número do estojo de meu relógio: 3 077; nariz: delicado, aquilino; temperamento: esquisito..."

"E quanto a mim, onde foi que me viu?"

"Oh, você é um destes homens que, numa conversa, sempre acabam falando de si próprios", ela declarou com altivez. "Bem, meu caro, num dia da semana passada eu estava por detrás de uma cerca, tomando sol, e do outro lado ouvi um homem, declamando com voz agradável e presunçosa:

E agora, quando a noite fenecia
(diz ele)
E os quadrantes das estrelas sinalizavam a manhã
(diz ele)
Nebuloso fulgor nascia.

Assim, espiei por cima da cerca, mas você tinha começado a correr, por alguma razão desconhecida, e só consegui enxergar sua bela nuca. 'Oh!', disse eu para mim mesma, 'aí está um homem por quem muitas de nós suspirariam' e continuei a fazer minhas reflexões, recorrendo a meu melhor sotaque irlandês..."

"Está bem", interrompeu Amory. "Voltemos a você."

"Sem dúvida. Bom, sou uma destas criaturas que vão pelo mundo provocando emoções nas pessoas, mas experimentando poucas, com exceção daquelas que percebo nos homens, em noites como esta. Possuo a coragem social de fazer teatro, mas não a energia necessária; não tenho paciência de escrever livros; jamais conheci um homem com quem me interessasse casar. No entanto, tenho apenas dezoito anos."

A tempestade amainava aos poucos e somente o vento prosseguia com suas lufadas fantasmagóricas, fazendo oscilar o monte de feno. Amory estava em verdadeiro estado de transe. Sentia que cada momento era precioso. Jamais conhecera uma garota como aquela e nunca mais voltaria a encontrar alguém como ela. Não se sentia de forma alguma como um personagem numa peça de teatro, o que seria o sentimento apropriado numa situação pouco convencional. Ao contrário, parecia-lhe que tudo aquilo lhe era muito familiar.

"Acabo de tomar uma grande decisão", anunciou Eleanor, após outra pausa, "e é por isso que estou aqui", respondendo assim a outra de suas perguntas. "Resolvi, neste exato momento, que não acredito na imortalidade!"

"Não me diga! Que coisa mais banal!"

"Terrivelmente banal, mas ainda assim deprimente, doentiamente deprimente. Vim até aqui para me molhar, como uma galinha molhada. As galinhas molhadas sempre têm grande clareza mental", ela concluiu.

"Continue", disse Amory, polido.

"Bem, não tenho medo da escuridão e assim vesti minha capa de chuva, pus minhas botas e saí de casa. Sabe, antes eu sempre receava dizer que não acreditava em Deus, pois um raio poderia me atingir, mas cá estou e nada aconteceu, é claro. O mais importante é que desta vez eu não sentia um medo maior do que experimentava quando era adepta da Ciência Cristã, que segui até o ano passado. Agora sei que sou materialista. Confraternizava com o monte de feno quando você apareceu na borda da mata, apavorado."

"Sua engraçadinha! Apavorado com o quê?"

"Com você mesmo!", ela gritou, e Amory estremeceu. Eleanor juntou as mãos e riu. "Está vendo? Está vendo só? A consciência – mate-a como eu fiz! Eleanor Savage, materialista – sem sobressaltos, sem inquietações, decidida..."

"Mas eu *tenho* uma alma", ele objetou. "Não consigo ser racional, mas ao mesmo tempo não sou apenas uma molécula."

Ela inclinou-se na direção dele e seus olhos flamejantes não se desprendiam dos seus. Disse baixinho, com uma espécie de objetividade romântica:

"Eu sabia e temia, Juan... você é um sentimental. Não é como eu. Sou uma materialistazinha romântica."

"Não sou sentimental. Sou tão romântico quanto você. Sabe, existe um conceito segundo o qual a pessoa sentimental acredita que as coisas durarão. A pessoa romântica tem a desesperada confiança no contrário" (essa era uma antiga distinção elaborada por Amory).

"Tudo isso não passa de epigramas. Vou para casa", ela disse com tristeza.

"Vamos sair daqui e caminhar até a encruzilhada."

Desceram lentamente de seu poleiro. Eleanor não permitiu que ele a ajudasse e, fazendo um gesto para que Amory se afastasse, deu um salto gracioso e aterrissou no lamaçal, onde ficou sentada durante alguns instantes, rindo de si mesma. Então levantou-se, segurou a mão de Amory e eles atravessaram o campo na ponta dos pés, pulando de um lugar seco a outro. Uma luz transcendental parecia brilhar em cada poça d'água, pois a lua nascera e a tempestade se dissipara na direção do oeste de Maryland. Quando o braço dela roçava no de Amory, ele sentia suas mãos gelarem, receoso de perder aquele pincel fino com que sua imaginação pintava o que havia de maravilhoso em Eleanor. Observava-a de soslaio, como sempre faria toda vez que caminhasse ao lado dela. Ela era uma festa, uma loucura, e ele desejou que seu destino fosse abrigar-se para sempre num monte de feno e ver a vida através daqueles olhos verdes. Naquela noite seu paganismo pairava nas alturas e quando Amory a perdeu de vista, como um fantasma cinza que se afastava estrada afora e se dissolvia, um cântico profundo ecoou no campo e acompanhou-o até chegar em casa. A noite inteira as mariposas esvoaçaram em torno da janela de seu quarto; a noite toda sons profundos, misteriosos, se elevaram, em devaneios místicos, sob o luar de prata, e ele permaneceu acordado na clara escuridão.

SETEMBRO

Amory pegou um talo de grama e mordiscou-o cientificamente.

"Jamais me apaixono em agosto ou setembro", declarou.

"Quando, então?"

"No Natal ou na Páscoa. Sou litúrgico."

"Na Páscoa!", exclamou Eleanor, torcendo o nariz. "Hum... Quando a primavera ainda está para nascer..."

"A Páscoa gera a primavera, não é mesmo? A primavera tem os cabelos trançados, usa roupas feitas sob medida."

> Calça tuas sandálias, oh, tu, que andas tão ligeira.
> Supera o esplendor e a velocidade de teus pés...

citou Eleanor, baixinho, acrescentando: "Imagino que o dia das bruxas, no outono, seja preferível ao dia de Ação de Graças".

"Muito preferível. A véspera do Natal combina muito bem com o inverno, mas o verão..."

"O verão não tem dia que o caracterize", ela observou. "Não é possível termos um amor estival. Tanta gente tentou que essa imagem acabou se tornando proverbial. O verão é somente a promessa não cumprida da primavera, é um charlatão que ocupa o lugar das noites mornas e perfumadas com que sonho em abril. É uma triste estação da vida, sem crescimento... Não tem dia que o caracterize."

"Dia quatro de julho",* sugeriu Amory, brincalhão.

"Não seja engraçado!", ela disse, fuzilando-o com o olhar.

"Bem, mas o que pode cumprir as promessas da primavera?"

Ela refletiu durante alguns instantes.

"Suponho que o céu, se acaso ele existisse", disse finalmente, "uma espécie de céu pagão. Você deveria ser materialista", prosseguiu, distraída.

* Data em que se comemora a independência dos Estados Unidos. [N. T.]

"Por quê?"

"Porque se parece muito com os retratos de Rupert Brooke."

Enquanto se relacionou com Eleanor, Amory, dentro de certos limites, tentou interpretar o personagem de Rupert Brooke. Tudo o que ele dizia, sua atitude em relação à vida, em relação a ela e a si mesmo, eram reflexos dos humores literários do falecido homem de letras inglês. Com frequência ela sentava no gramado e um vento preguiçoso brincava com seus cabelos curtos. Sua voz rouca percorria toda a escala que ia de Grantchester até as praias de Waikiki. Havia algo de extremamente apaixonado quando Eleanor lia em voz alta. Quando se entregavam à leitura, os dois pareciam estar mais próximos, não apenas mentalmente, mas fisicamente, do que quando ela estava nos braços de Amory, o que acontecia repetidas vezes, pois ambos se apaixonaram quase desde o início. No entanto Amory seria capaz de amar agora? Como sempre, conseguia percorrer toda a gama de emoções em meia hora, mas até mesmo quando ambos embarcavam em suas fantasias, ele sabia que nenhum dos dois se entregaria como havia se entregado um dia. Imagino que era por isso que se voltavam para Brooke, Swinburne e Shelley. Para que tudo desse certo, precisavam tornar tudo belo, bem acabado, fértil, criativo. Precisavam ligar suas imaginações por meio de pequeninos tentáculos dourados, os quais ocupariam o lugar daquele grande e profundo amor, que nunca estivera tão próximo, mas que nunca passara de um sonho.

Havia um poema que não se cansavam de ler: o "Triunfo do amor", de Swinburne, do qual quatro versos perduraram nas recordações de Amory, naquelas noites cálidas em que os vaga-

-lumes esvoaçavam em torno dos troncos das árvores, logo após o crepúsculo, e ele ouvia o coaxar retumbante dos sapos. Então Eleanor parecia surgir do meio da noite e ficar a seu lado. Ouvia sua voz gutural, com suas entonações melodiosas, repetir:

> Valerá a pena uma lágrima, valerá uma hora,
> Pensar em coisas há muito gastas;
> No joio estéril, na flor fugidia,
> Nos sonhos já sonhados, nos atos consumados?

Amory e Eleanor foram apresentados formalmente daí a dois dias, e sua tia relatou a história dela. Os Ramilly eram dois: o sr. Ramilly e a neta. Esta havia morado na França com sua mãe, que não tinha paradeiro, o que levou Amory a imaginar que se parecia muito com sua própria mãe. Por ocasião da morte dela, Eleanor veio residir nos Estados Unidos, em Maryland. Foi viver em Baltimore com um tio solteiro e lá insistiu em ser debutante, aos dezessete anos. Passou um inverno aventuroso e chegou ao condado de Ramilly em março, após uma ruptura dramática com todos os seus parentes de Baltimore, escandalizando-os o deixando-os entregues aos mais furiosos protestos. Ela tinha começado a frequentar um grupo um tanto livre, que tomava coquetéis em limusines, era promiscuamente condescendente e adotava uma atitude de superioridade em relação às pessoas mais velhas. Eleanor, com atitudes que lembravam bastante o espírito dos bulevares de Paris, conduziu muitos inocentes, que mal tinham acabado de alisar os bancos escolares de St. Timothy e Farmington, a caminhos que desembocavam em uma boêmia nada comportada. Quando aquelas histórias chegaram ao ouvido de seu tio, um cavalheiro alienado, fruto de uma era mais hipócrita, houve uma cena, da qual Eleanor saiu vencida, mas ainda assim rebelde e indignada. Foi procurar abrigo com seu avô, que vegetava no campo e já se aproximava da senilidade. Era o que se sabia a seu respeito e, mais tarde, ela contou o resto a Amory.

Nadavam com frequência, enquanto Amory flutuava preguiçosamente na água, fechando sua mente a todos os pensamentos, exceto aqueles que giravam em torno de paisagens enevoadas, que tinham a consistência de uma bolha de sabão e onde o vento assobiava por entre o arvoredo. Como era possível alguém pensar, preocupar-se ou fazer o que quer que fosse, a não ser chapinhar na água, mergulhar e entregar-se à indolência, nas bordas do tempo, enquanto a primavera se esvaía?... Que os dias se fossem... a tristeza, as recordações e a dor se repetiriam lá fora, mas aqui, antes de ir ao encontro de tudo isso, Amory queria ser jovem, deixar-se levar...

Havia dias em que se ressentia do fato de que a vida mudara. De um progresso contínuo ao longo de uma estrada que se estendia até onde a vista alcançava, em meio a paisagens que emergiam e se mesclavam, a vida passava a ser um sucessão de cenas rápidas, sem relação umas com as outras – dois anos de sangue e suor, aquele súbito e absurdo instinto de paternidade que Rosalind despertara nele; o aspecto em parte sensual, em parte neurótico, passado na companhia de Eleanor. Sentia que levaria muito tempo, mais do que ele poderia gastar, para colar aqueles imagens estranhas e incômodas no álbum de sua vida. Tudo aquilo se assemelhava a um banquete, do qual havia sido conviva durante meia hora de sua juventude e onde tentara gozar de pratos saborosos e epicuristas.

Prometeu, sem grande convicção, que viveria momentos em que tudo se entrelaçaria. Parecia-lhe que, durante meses, sua existência se alternou entre deslizar por uma corrente de amor e fascinação ou ser tragado por um redemoinho. Estando no centro de um redemoinho, ele não desejava pensar, mas queria ser impelido à superfície e carregado por uma onda.

"Este outono exasperante, moribundo, e nosso amor – como se harmonizam bem!", disse Eleanor com tristeza, certo dia em que sentavam-se à beira do rio, molhados da cabeça aos pés.

"É o verão tardio de nossos corações...", declarou Amory.

"Conte-me uma coisa", disse Eleanor finalmente. "Ela era loira ou morena?"

"Loira."

"Era mais bonita do que eu?"

"Não sei", ele disse, encerrando o assunto.

Certa noite caminhavam, enquanto a lua nascia e estendia sobre os jardins um amplo manto de beleza, até os transformarem num território de fadas, no qual Amory e Eleanor, formas diáfanas e fantasmagóricas, expressavam a beleza eterna como se fossem curiosos elfos apaixonados. Então trocaram o luar pela escuridão de um pavilhão meio oculto por trepadeiras, onde a fragrância era tão pungente que quase chegava a ser musical.

"Acenda um fósforo", ela murmurou, "quero vê-lo."

Ele obedeceu e tudo se iluminou.

A noite e as árvores, com seus troncos cobertos de cicatrizes, pareciam o cenário de uma peça. Estar ali com Eleanor, vaga e irreal, de certo modo lhe parecia algo estranhamente familiar. Ocorreu a Amory que somente o passado lhe parecia estranho e inacreditável. O fósforo apagou.

"Está escuro como breu."

"Agora somos apenas vozes", murmurou Eleanor, "pequeninas vozes solitárias. Acenda outro fósforo."

"Foi o último."

De repente ele a tomou nos braços.

"Você *é* minha - você sabe que é", ele gritou, sem controlar seus impulsos... o luar infiltrou-se através das trepadeiras e ouviu seus murmúrios... os vaga-lumes pairavam em torno deles, como se quisessem desviar o olhar de Amory do esplendor que havia no olhar de ambos.

O FIM DO VERÃO

"Nenhum vento sopra nas moitas; vento algum sopra... a água, nas lagunas escondidas, reflete, como se fosse um espelho, a lua cheia e enterra o testemunho dourado em sua massa gélida", declamava Eleanor para as árvores que se erguiam como esqueletos em meio à noite. "Que lugar sinistro, não acha? Se conseguir controlar seu cavalo, vamos cortar através da mata e descobrir as lagunas escondidas."

"Já passa de uma hora e estamos procurando confusão", objetou Amory. "Não conheço suficientemente cavalos para guiar o meu através desta escuridão."

"Cale-se, seu tolo", ela disse baixinho e, inclinando-se, deu-lhe, de leve, uma pancada com seu chicotinho. "Você pode deixar seu cavalo estropiado em nosso estábulo e eu o mandarei entregar amanhã."

"Acontece que meu tio precisa me levar até a estação às sete da manhã, usando os serviços deste cavalo estropiado."

"Não seja desmancha-prazeres. Lembre-se de que tem uma tendência a hesitar que o impede de ser a luz de minha vida."

Amory impeliu o cavalo para junto do dela o, inclinando-se, pegou em sua mão.

"Diga que sou decidido, caso contrário eu a derrubarei da sela e a obrigarei a montar em minha garupa."

Ela levantou os olhos, sorriu e abanou a cabeça, animada.

"Faça isso, ou melhor, não faça! Por que será que todas as coisas excitantes são tão desconfortáveis, como por exemplo lutar, brigar, esquiar no Canadá? Por falar nisso, vamos cavalgar até o topo da colina Harper. Está em nosso programa e chegaremos lá por volta das cinco horas da manhã."

"Sua diabinha!", resmungou Amory. "Vai me obrigar a ficar acordado a noite inteira e a dormir no trem o dia todo, como se eu fosse um imigrante, em meu regresso a Nova York."

"Silêncio! Vem vindo alguém pela estrada. Vamos embora! Upa!" Com um grito que provavelmente provocou calafrios no viajante perdido na noite, ela dirigiu o cavalo para a floresta e Amory seguiu-a lentamente, conforme fizera todos os dias, durante três semanas.

O verão chegava ao fim, mas ele passara os dias a contemplar Eleanor, graciosa, afável, construindo para si mesma pirâmides intelectuais, imaginativas, ao mesmo tempo que se entregava à artificialidade própria das adolescentes temperamentais. Na hora do jantar escreviam poesias.

> Quando a Vaidade beijou a Vaidade, há milhares de junhos felizes, ele se inclinou sobre ela, sem fôlego, e, para que todos os homens ficassem sabendo para sempre, rimou seus olhos com a vida e a morte:
>
> "Salvarei meu amor através da eternidade", disse ele... no entanto a Beleza pereceu com seu hálito e ela, com seus amantes, morreu...
>
> Sempre o espírito do poeta e não os olhos da criatura amada, sempre sua arte e não os cabelos da mulher:
>
> "Quem aprendeu a dominar as rimas, seja sensato e faça uma pausa, antes de escrever um soneto"... Portanto, que minhas palavras, por mais verdadeiras que sejam, possam celebrar sua pessoa durante milhares de junhos e ninguém ficará sabendo que você foi a Beleza durante apenas uma tarde.

Foi o que ele escreveu certo dia, quando refletia sobre a frieza com que pensamos na "Dama Negra dos sonetos" e quão pouco nos lembramos dela como o grande homem queria que nos lembrássemos.* O que Shakespeare deve ter desejado, para ter sido capaz de escrever com tão divino desespero, era que a dama vivesse... e agora não sentimos por ela um verdadeiro interesse... A ironia é que se ele tivesse se preocupado mais com o poema do

* Referência a Shakespeare e seus controvertidos sonetos, que celebram a criatura amada. [N. T.]

que com a senhora, o soneto não passaria de uma retórica óbvia, imitativa e ninguém o teria lido depois de vinte anos...

Aquela noite ele viu Eleanor pela última vez. Partiria de manhã e haviam concordado em fazer uma longa caminhada a cavalo, sob a luz do luar. Ela queria conversar, segundo declarou. Talvez fosse a última vez na vida que pudesse ser racional (talvez quisesse dizer com isso que não queria perder a pose). Assim, entraram na floresta e cavalgaram durante meia hora sem pronunciar uma palavra, exceto quando Eleanor, irritada ao esbarrar no galho de uma árvore, murmurou uma praga, como nenhuma outra garota seria capaz de fazer. Então começaram a subir a colina de Harper, na andadura lenta dos cavalos, que estavam cansados.

"Meu Deus, mas quanta tranquilidade!", comentou Eleanor, baixinho. "Aqui é muito mais solitário do que na floresta."

"Detesto florestas", declarou Amory, dando de ombros. "Detesto qualquer tipo de folhagem ou arbustos à noite. Aqui tudo é tão amplo... faz bem à alma."

"As longas encostas de uma longa colina."

"E a lua fria espalhando o luar sobre ela."

"E você e eu, o que é o mais importante de tudo."

O silêncio reinava na noite. A estrada, sem curvas, que seguiam até a borda da colina, não tinha marcas de patas de cavalos ou de pegadas. Apenas uma choupana, sem dúvida moradia de algum negro, de um cinza prateado à luz da lua, interrompia a comprida extensão do terreno despido de tudo. Lá atrás estava a linha sombria da floresta, como uma cobertura negra sobre um bolo branco, e, adiante, o horizonte amplo e acidentado. Fazia muito mais frio, tamanho frio que penetrou em seus ossos e expulsou de seus pensamentos todas aquelas noites cálidas.

"É o fim do verão", murmurou Eleanor. "Ouça o ruído dos cascos de nossos cavalos – 'ploque-ploque-ploque'. Algumas vezes já teve febre e sentiu que todos os ruídos pareciam resumir-se a um 'ploque-ploque', a ponto de jurar que a eternidade era divisível em muitos 'ploques-ploques'? É como me sinto – velhos cavalos a fazer 'ploque-ploque'... Creio que é a única coisa a separar os cavalos e os relógios de nós. Os seres humanos não podem suportar esse 'ploque-ploque' sem enlouquecer."

Soprou uma brisa gélida, Eleanor embrulhou-se em seu manto e estremeceu.

"Está sentindo muito frio?", perguntou Amory.

"Não, estou pensando em mim, no meu velho interior soturno, o verdadeiro, dotado de uma honestidade fundamental que me impede de ser absolutamente má, levando-me a perceber meus próprios pecados."

Agora cavalgavam bem próximo à borda da colina e Amory olhou para baixo. Uma cascata despencava de uma altura de trinta metros, após o que prosseguia sob a forma de uma torrente negra, que formava uma linha nítida, interrompida apenas por pequeninos lampejos na água que deslizava rapidamente.

"Que mundo mais podre e antigo", declarou Eleanor subitamente, "e o que nele existe de mais desgraçado sou eu... oh, porque nasci mulher? Por que não sou uma tola? Olhe para você. É mais tolo do que eu, nem tanto, porém um pouquinho mais, e pode andar por aí, sem rumo, enfadar-se, ir para outros lugares, namorar as garotas sem se deixar envolver por arroubos sentimentais, enfim, pode fazer o que bem entender e justificar-se; enquanto eu, com miolos suficientes para fazer o que me der na telha, estou acorrentada ao navio naufragado de um futuro casamento. Se tivesse nascido daqui a um século, tudo seria formidável, mas agora o que me aguarda? Tenho de me casar e quanto a isso não existe a menor dúvida. Com quem? Sou brilhante demais para a maioria dos homens e, no entanto, tenho de descer ao nível deles e deixá-los tratar meu intelecto com atitudes de condescendência, se quiser chamar atenção. A cada ano que deixo de me casar diminuem as oportunidades de conhecer um homem de categoria. Na melhor das hipóteses, minha escolha pode se exercer sobre uma ou duas cidades e, é claro, terei de casar com um homem vestido a rigor.

"Ouça", ela prosseguiu, aproximando-se de Amory, "gosto de homens inteligentes, bonitos, é claro, e ninguém se importa mais com a personalidade do que eu. Oh, apenas uma pessoa em cinquenta tem aquele fascínio que é a essência do sexo. Sou ligada em Freud e tudo o mais, mas é uma desgraça que cada fração do verdadeiro amor, neste mundo, seja composta por noventa por cento de paixão e uma pequenina suspeita de ciúme." Eleanor interrompeu-se tão subitamente como havia começado.

"Sem dúvida você tem razão", concordou Amory. "Existe uma força desagradável, predominante, que faz parte do maquinismo que move tudo isso. É como um ator que nos deixa ver a técnica com que ele constrói seu personagem! Deixe-me pensar um minuto para poder formular isso melhor..."

Ele fez uma pausa, à procura de uma metáfora. Tinham se afastado da borda da colina e percorriam a estrada, à esquerda.

"Sabe, todo mundo precisa de um biombo para se esconder atrás dele. Os intelectos medíocres, os Platões de segunda categoria, recorrem ao que sobrou do cavalheirismo romântico, diluído com o sentimento vitoriano. Nós, que nos consideramos intelectuais, ocultamos essa realidade, fingindo que se trata de outro lado nosso, que nada tem a ver com nossos cérebros brilhantes. Fingimos que por entendermos esse fato isso nos livrará de sermos vítima dele. A verdade, porém, é que o sexo está bem no meio de nossas mais puras abstrações, tão próximo que chega a obscurecer nossa visão... Posso beijá-la agora e é o que farei..." Amory inclinou-se em direção a ela, mas Eleanor recuou.

"Não posso... Não posso beijá-lo agora... Estou mais sensível..."

"Ou mais tola", ele declarou, impaciente. "O intelecto não constitui maior proteção contra o sexo do que a convenção..."

"A que você está se referindo?", ela retrucou. "À Igreja Católica ou às máximas de Confúcio?"

Amory encarou-a, um tanto surpreso.

"É sua panaceia, não é mesmo?", ela gritou. "Oh, você também não passa de um hipócrita. Milhares de padres carrancudos mantêm os italianos degenerados e os irlandeses analfabetos numa situação de arrependimento com sua conversa fiada sobre o sexto e o nono mandamentos. Tudo não passa de dissimulação, sentimentalismo, panaceia e maquiagem espiritual. Digo-lhe uma coisa: Deus não existe, como também não existe um bem abstrato, definido. Assim sendo, tudo tem de ser feito em favor do indivíduo por outro indivíduo e por cabeças de raciocínio claro, como a minha. Você é por demais pedante para admitir esse fato." Eleanor soltou as rédeas e ergueu os pequenos punhos para as estrelas.

"Se existe um Deus, que ele me fulmine – que ele me fulmine!"

"Você volta a falar de Deus à maneira dos ateus", observou Amory com firmeza. Seu materialismo, sempre uma camada tênue, havia sido reduzido a frangalhos pela blasfêmia de Eleanor... Ela tinha plena consciência desse fato, o que o deixava ainda mais indignado.

"A exemplo da maioria dos intelectuais que não acham a fé algo conveniente", ele prosseguiu friamente, "como Napoleão, Wilde e o resto, você convocará um padre em altos brados no seu leito de morte."

Eleanor deteve bruscamente o cavalo e Amory parou a seu lado.

"Você acha, é?", ela disse, num tom estranho que o assustou. "Você acha? Pois olhe só! *Vou pular do alto desta colina!"* Antes que ele pudesse interferir, ela lhe deu as costas e cavalgou a toda em direção ao ponto mais elevado.

Ele esporeou o cavalo e seguiu em seu encalço, gelado da cabeça aos pés e com os nervos retesados. Não havia a menor possibilidade de detê-la. Então, a uns três metros da borda da colina, ela soltou repentinamente um grito e saltou do cavalo. Rolando sobre si mesma, foi parar junto a alguns arbustos, a curta distância do abismo. O cavalo relinchou, frenético, e com um salto precipitou-se no vazio. Em menos de um minuto Amory estava ao lado de Eleanor e viu que seus olhos estavam abertos.

"Eleanor!", gritou.

Ela não respondeu, mas seus lábios se mexeram e seus olhos se encheram de lágrimas.

"Eleanor, você se machucou?"

"Não, creio que não", ela disse com um fio de voz, começando a chorar. "Meu cavalo morreu?"

"Meu Deus... Sim!"

"Oh", ela gemeu. "Achei que iria junto com ele. Não sabia..."

Ele ajudou-a com toda delicadeza a levantar-se, ajudou-a a montar e seguiram o rumo de casa. Amory andava e ela, debruçada sobre o arção da sela, soluçava amargamente.

"Acho que tenho tendência à loucura", ela gaguejou. "Por duas vezes já tomei atitudes como esta. Quando eu tinha onze anos minha mãe... enlouqueceu... ficou completamente louca... estávamos em Viena..."

Durante o caminho de volta Eleanor falou sobre si mesma, de maneira hesitante, e o amor de Amory desvaneceu-se lentamente ao luar. Ao chegarem à porta da casa dela, iam começar a despedir-se com um beijo, como de costume, mas ela não conseguiu refugiar-se em seus braços e eles não estavam estendidos para acolhê-la, como sucedera nas semanas precedentes. Durante um minuto ficaram parados, odiando-se mutuamente, tomados por uma tristeza amarga. Mas, assim como Amory havia amado a si próprio em Eleanor, agora aquilo que ele odiava não passava de um espelho. Seus corpos se recortavam contra a pálida alvorada como se fossem vidro partido. As estrelas há muito haviam desaparecido e o que sobrou foi apenas uma leve aragem e o silêncio... almas desnudadas são sempre precárias, e logo Amory tomou o caminho de casa, deixando que novas luzes surgissem com o sol.

POEMA QUE ELEANOR ENVIOU A AMORY DEPOIS DE ALGUNS ANOS

Aqui, nascida da Terra, sobre o rumorejar das águas,
Entoando sua música e carregando o fardo da luz,
Abrigando o dia em meu seio, como uma filha sorridente e
radiosa...
Aqui podemos falar baixinho, sem que nos ouçam, sem
temer a noite.
Caminhar sozinhos... acaso era esplendor aquilo que
nos ligou,
Imersos no tempo, quando o verão solta suas madeixas?
Amamos as sombras e os desenhos com que elas juncavam
o chão
Místicas tapeçarias, desfazendo-se no ar abafado.
Foi naquele dia... e a noite revelava outra história,
pontilhada de árvores esguias.
Surgiam fantasmas das estrelas e haviam ambicionado a
glória,
Sussurravam para nós, falavam de paz, na brisa lamentosa,
Diziam de uma fé antiga, morta, que o dia abalara,
A juventude era a pequena moeda que comprava os
deleites da lua;
Aquela era a urgência que conhecíamos e a língua que
importava
Aquela era a dívida que pagávamos para junho, o usurário.

Aqui, no mais fundo dos sonhos, junto às águas que não
trazem do passado nada do que não precisamos conhecer.
E se a luz não passasse de um sol e se os regatos não cantassem?
Estamos juntos, ao que parece... Amei-te tanto...
O que continha a noite que passou, tendo o verão chegado
ao fim,
Levando-nos de volta para casa, através das veredas
enganosas?
O que era aquilo que espiava na escuridão, por entre as
trevas fantasmagóricas?

Meu Deus!... até tu te agitares, em teu sono... e sentíamos
tão grande medo...
Bem...pertencemos ao passado... agora somos o registro de
fantasmagorias.
Curioso metal, fragmentos de meteoros que despencaram
do céu;
Nascida da terra, a incansável se estira junto às águas,
exausta
Próxima daquele espírito que retorna ao mundo dos vivos,
incompreensível e que sou eu...
O medo é um eco que julgamos nascer da filha da Segurança;
Agora somos semblantes, vozes... e ainda menos, dentro em
breve
Murmurando poucas palavras de amor sobre o rumorejar
das águas...
A juventude é a pequenina moeda que comprou os deleites
da lua.

POEMA ENVIADO POR AMORY A ELEANOR E QUE ELE INTITULOU "TEMPESTADE DE VERÃO"

Suaves brisas, uma canção esmaece, folhas caem...
Suaves brisas e, ao longe, uma risada fenece...
A chuva e, atravessando os campos, uma voz se oferece...

Nossa nuvem cinza, soprada, sai em correria, avoluma-se,
Esbarra no sol, ali flutua e convoca suas irmãs.
A sombra de uma colomba
Projeta-se no pombal, as árvores estão repletas de asas;
Lá embaixo, no vale, através das árvores chorosas
Avoluma-se a sombria tempestade;
Carrega novos ares, a maresia de mares
E o ribombar dos trovões...
Mas eu aguardo...
Aguardo o nevoeiro e a chuva mais negra –
Ventos mais velozes que agitam o véu dos fados,
Ventos mais felizes que emaranham seus cabelos;
De novo
Eles me dilaceram, me ensinam, espargem o ar pesado
Sobre mim, ventos que conheço, tempestades.
Existiu um verão quando toda chuva era rara;
Existiu uma estação quando cada vento era cálido...
E agora tu passas por mim na neblina... teus cabelos
Pejados de chuva, teus lábios molhados mais uma vez se
contraem
Com aquela ironia selvagem, com aquele alegre desespero

Que te envelhecia, quando nos encontramos certa vez;
Como um espectro, tu estás à deriva, antes da chuva,
Cruzando os campos, soprada pelo vento, com as flores sem caules,
Com tuas antigas esperanças, folhas mortas, novos amores...
Tênue como um sonho, tu te desvaneces nas horas tardias da noite
(Murmúrios vão se insinuar na escuridão nascente...
O tumulto se extinguirá sobre as árvores)
Agora a noite
Dilacera, em seu peito encharcado, a blusa maculada

Do dia, escorrega pelas colinas sonhadoras, lágrimas reluzentes
Cobrem com seus cabelos o verde espectral...
Amor ao crepúsculo... Amor ao fulgor que se sucede;
Aquietam-se as árvores em suas copas... serenas...

Suaves brisas e ao longe uma risada fenece...

4. O DESDENHOSO SACRIFÍCIO

ATLANTIC CITY. Amory caminhava ao entardecer pelo deque, na orla da praia, embalado pelo movimento incessante das ondas, e aspirava o odor pungente da maresia. O mar, pensava, recebia suas lembranças com maior profundidade do que a terra incrédula. Ele parecia fazer confidências, bem baixinho, sobre as galeras nórdicas que singravam o universo aquático, desfraldando suas bandeiras negras, recordava os encouraçados ingleses, grandes massas cinzas da civilização, navegando através do nevoeiro, em certo dia sombrio de julho, no Mar do Norte.

"Vejam só quem está aí! Amory Blaine!"

Amory olhou para a rua, mais abaixo. Um carro de corridas parou e um rosto familiar, transbordando alegria, se fez visível.

"Desça daí, seu boa-vida!", gritou Alec.

Amory acenou para ele, desceu um lance da escada de madeira e aproximou-se do carro. Ele e Alec encontravam-se intermitentemente, mas a barreira que era Rosalind se interpunha entre eles. Deplorava que as coisas fossem assim, pois detestaria perder a amizade de Alec.

"Sr. Blaine, apresento-lhe a srta. Waterson, a srta. Wayne e o sr. Tully."

"Como estão?"

"Amory", disse Alec com exuberância, "se você se juntar a nós, o levaremos para algum lugar bem discreto e lhe serviremos uma bela dose de uísque."

Amory refletiu sobre o convite.

"Não deixa de ser uma ideia."

"Pois então entre. Afaste-se um pouco, Jill, e Amory irá lhe oferecer um sorriso bem simpático."

"Olá, Douglas Fairbanks", ela disse, com certo atrevimento. "Está caminhando para se exercitar ou procura companhia?"

"Contava as ondas", replicou Amory, em tom sério. "É um exercício de estatística..."

"Você não me engana, Doug."

Ao chegarem a uma rua pouco frequentada, Alec parou o carro num local bem pouco iluminado.

"O que anda fazendo por aqui nestes dias tão frios, Amory?", perguntou, tirando um pequeno frasco de uísque escondido debaixo do tapete do carro.

Amory evitou responder. Na verdade não tinha um motivo específico para estar no litoral.

"Lembra-se daquela vez que fomos à praia, no segundo ano da faculdade?", perguntou.

"Se me lembro! Dormimos nas cabines, lá no Parque Asbury..."

"Meu Deus, Alec! É duro pensar que Jesse, Dick e Kerry morreram."

Alec estremeceu.

"Vamos mudar de assunto. Estes dias sombrios de outono já me deprimem suficientemente."

Jill pareceu concordar.

"Este seu amigo Doug tem um ar de tristeza...", comentou. "Diga a ele para aproveitar e tomar um bom gole. Faz bem e é tão raro nos dias de hoje..."

"Na verdade o que quero saber, Amory, é onde você está morando..."

"Em Nova York, tanto quanto eu saiba..."

"Estou me referindo a esta noite, porque, se você ainda não tem um quarto, acho que poderá me ajudar."

"Com prazer."

"Sabe, Tully e eu ocupamos dois quartos com um banheiro comum no hotel Ranier, mas ele precisa voltar a Nova York. Não sinto a menor disposição para mudar de hotel. A pergunta é: aceita ficar num dos quartos?"

Amory bem que se dispunha, desde que fosse imediatamente.

"A chave encontra-se na recepção e o quarto está em meu nome."

Amory dispensou outros passeios e mais estímulos, saiu do carro e percorreu às pressas o deque, em direção ao hotel.

Encontrava-se de novo no centro de um redemoinho, num abismo profundo e letárgico, sem o menor desejo de trabalhar ou escrever, amar ou entregar-se à dissipação. Pela primeira vez na vida desejava que a morte se abatesse sobre sua geração, aniquilando seus anseios febris e insignificantes, suas lutas e exaltações. Nunca sua juventude lhe parecera tão esmaecida como naquele momento, contrastando com a completa solidão de sua vinda à praia e com aquele grupo de amigos alegres, tão animados, quando ali estivera há quatro anos. Coisas que, na época, lhe pareciam absolutamente banais; o sono profundo, o senso da beleza existente em torno dele, todo desejo, todas se dissiparam e o vazio que deixaram era preenchido unicamente pela grande apatia provocada por sua desilusão.

"Para prender um homem, a mulher tem de apelar para o que existe nele de pior." Esta frase constituía a tese da maior parte de suas noites de insônia e sentia que aquela noite seria assim. Sua mente já começava a elaborar variações sobre o tema. Paixão incansável, ciúme exacerbado, o desejo de possuir e aniquilar; era o que sobrou de seu amor por Rosalind. Para ele, o que restava como pagamento pela perda de sua juventude era um xarope amargo, sob a tênue camada do mel da exaltação amorosa.

Entrando no quarto, despiu-se, enrolou-se num cobertor para se proteger do ar frio de outubro e adormeceu numa poltrona, junto à janela aberta.

Recordou-se de um poema lido havia alguns meses:

> Oh, leal coração solitário, que tanto se empenhou por mim.
> Desperdiço minha vida singrando os mares...

Ele, entretanto, não tinha a sensação do desperdício e muito menos da esperança que o desperdício às vezes provoca. Sentia que a vida o rejeitara.

"Rosalind! Rosalind!" Murmurava seu nome baixinho na semipenumbra, até ter a sensação de que ela estava presente. A maresia umedeceu-lhe o cabelo, a borda da lua reluzia no céu e dava às cortinas um aspecto fantasmagórico. Amory adormeceu.

Quando despertou já era bem tarde e o silêncio reinava. O cobertor havia escorregado de seus ombros e, tocando sua pele, sentiu-a úmida e fria. Então ouviu um murmúrio, que vinha de muito perto. Ficou tenso.

"Não faça o menor barulho!" Era a voz de Alec. *"Você está me ouvindo, Jill?"*

"Sim..."

Quem falava demonstrava temor e os dois estavam no banheiro.

Então Amory ouviu um som ainda mais alto, que vinha do corredor. Era uma mistura de vozes masculinas e de passos abafados. Amory pôs o cobertor de lado e aproximou-se da porta do banheiro.

"Meu Deus!", ouviu-se novamente a voz feminina. "Você terá de deixá-los entrar."

"Psiu!"

De repente batidas firmes e insistentes soaram na porta do vestíbulo e, ao mesmo tempo, Alec saiu do banheiro, seguido da garota de lábios pintados. Ambos estavam de pijama.

"Amory!" Alec demonstrava ansiedade.

"Qual é o problema?"

"São os seguranças do hotel. Meu Deus, Amory... eles estão querendo armar um flagrante..."

"Acho melhor deixá-los entrar."

"Você não compreende. Eles podem me indiciar na justiça."

Jill o seguiu lentamente. Na penumbra, era uma figura patética e desolada. Amory tentou traçar rapidamente um plano.

"Faça um estardalhaço e abra a porta de seu quarto", sugeriu, ansioso. "Enquanto isto, Jill sairá pela porta do meu quarto."

"Mas sua porta também está sendo vigiada."

"Você não pode dar um nome falso?"

"Não há a menor chance. Registrei-me na recepção com meu nome verdadeiro, além do que, já devem ter tomado nota da chapa de meu carro."

"Diga que você é casado."

"Jill disse que um dos seguranças a conhece."

A garota aproximou-se da cama e sentou-se pesadamente nela. Com ar de infelicidade, ficou ouvindo as batidas, que aos poucos se transformavam em murros. Ouviu-se a voz de um homem, irada e autoritária:

"Abra ou arrombaremos a porta!"

Tão logo o silêncio se fez, Amory se deu conta de que, no quarto, havia outras coisas além de pessoas... acima e em torno daquela figura encolhida na cama, pairava uma aura, diáfana como o luar, cuja textura era da cor de um vinho aguado. Uma sensação difusa de horror se apoderava dos três... e perto da janela, entre as cortinas que balançavam, encontrava-se algo sem traços, que não se podia distinguir e ainda assim era estranhamente familiar... Ao mesmo tempo, duas situações distintas se apresentavam a Amory. Tudo aquilo se passava em sua mente, em um tempo real que durou menos de dez segundos.

O primeiro fato que se impôs a seu entendimento foi a enorme impessoalidade do sacrifício. Percebeu que aquilo a que denominamos amor e ódio, castigo e recompensa, tinha tanto a ver com isso quanto o dia do mês. Recapitulou rapidamente a história de um sacrifício que lhe foi contada na faculdade. Um aluno colou num exame. Seu companheiro de quarto, num gesto de solidariedade, assumiu toda a culpa. Devido àquele procedimento vergonhoso, todo o futuro de um inocente ficou comprometido pelo arrependimento e pelo fracasso, culminando com a ingratidão demonstrada pelo verdadeiro culpado. O rapaz acabou suicidando-se, anos após a história vir à tona. Àquela época, o fato intrigou Amory e ao mesmo tempo o deixou preocupado. Agora percebia a verdade, isto é, o sacrifício não comprava a liberdade. Era como um importante cargo eletivo, um poder que se herda e é para algumas pessoas, em certos momentos, um luxo essencial, que incorporava uma responsabilidade, mas não significava uma garantia, não oferecia segurança, mas sim um risco infinito. O ímpeto desse poder poderia acarretar a ruína de Amory. A passagem da onda emocional que tudo possibilitava seria capaz de deixar quem a provocou ficar confinado para todo o sempre em uma ilha de desespero.

... Sabia que, mais tarde, Alec o odiaria secretamente por ter feito tanto por ele...

... Tudo isso se apresentou a Amory como um pergaminho que é desenrolado, enquanto anteriores a ele e especulando sobre ele havia aquelas duas energias ofegantes e atentas: a aura diáfana que pairava em torno da garota e aquela coisa familiar perto da janela.

O sacrifício, em virtude de sua própria natureza, era arrogante e impessoal; ele deveria ser eternamente desdenhoso.

Não chores por mim, mas por teus filhos.

Este, de certo modo – pensou Amory –, é o modo como Deus falaria comigo.

Ele sentiu uma súbita onda de alegria e então, como um rosto em um filme, a aura dissipou-se. A sombra dinâmica, próxima da janela, permaneceu durante uma fração de segundos e em seguida a brisa pareceu carregá-la para fora do quarto. Amory cerrou os punhos, excitado, em êxtase... os dez segundos haviam se escoado...

"Faça o que eu disser, Alec. Faça o que eu disser. Entendeu?"

Alec o encarou sem abrir a boca e era a própria imagem da angústia.

"Você tem uma família", prosseguiu Amory lentamente. "Você tem uma família e é importante que se livre desta situação. Está me ouvindo?" Repetiu claramente o que acabava de dizer. "Está me ouvindo?"

"Estou, sim." Havia uma enorme tensão na voz de Alec e nem sequer por um segundo ele tirava os olhos de Amory.

"Alec, você vai entrar na banheira. Se alguém aparecer, aja como se estivesse bêbado. Faça o que eu disser, caso contrário é provável que eu te mate."

Fez-se mais uma pausa, enquanto eles se encaravam. Em seguida Amory dirigiu-se rapidamente à mesa de cabeceira, tirou a carteira da gaveta e fez um gesto de comando para Jill. Ouviu Alec dizer qualquer coisa que soava como "penitenciária" e em seguida ele e a garota entraram no banheiro, trancando a porta.

"Você está aqui comigo", disse-lhe com firmeza. "Esteve comigo a noite inteira."

Ela fez que sim e gemeu baixinho. Amory levou um segundo para abrir a porta do outro quarto e três homens entraram. As luzes foram acesas e ele ficou parado, piscando.

"Rapaz, você se meteu numa brincadeira muito perigosa!"

Amory riu.

"E daí?"

O líder do trio, com um gesto autoritário, apontou para um homem corpulento, que usava paletó xadrez.

"Muito bem, Olson."

"Entendido, sr. O'May", disse Olson. Os outros dois olharam com curiosidade para o objeto de sua investigação e retiraram-se, fechando a porta com evidente raiva.

O homem corpulento encarou Amory com desprezo.

"Nunca ouviu falar da Lei Mann?" Apontou para a garota. "Vir até aqui com ela, a um hotel desta categoria e com uma carteira de motorista de Nova York..." Ele balançou a cabeça, num gesto que indicava ter querido inocentar Amory, desistindo em seguida.

"Bem", disse Amory, um tanto impaciente, "o que o senhor quer que a gente faça?"

"Vistam-se rapidamente e diga para sua amiga não fazer tanto escarcéu." Jill soluçava alto na cama, mas ao ouvir tais palavras parou na mesma hora, emburrada e, juntando suas roupas, foi para o banheiro. Ao vestir-se com as roupas de Alec, Amory constatou que sua atitude, diante daquela situação, era agradavelmente bem-humorada. A postura virtuosa do homem de paletó xadrez lhe dava vontade de rir.

"Tem mais alguém aqui?", perguntou Olson, tentando aparentar argúcia e eficiência.

"Sim, o sujeito que reservou os quartos", disse Amory com displicência, "mas está bêbado que nem um gambá. Caiu no sono desde as seis horas."

"Quero dar uma olhada nele."

"Como foi que o senhor descobriu?"

"O recepcionista da noite o viu subir com esta mulher."

Jill saiu do banheiro inteiramente vestida, embora com certo descuido.

"Muito bom", disse Olson, tirando uma caderneta do bolso, "digam-me seus verdadeiros nomes."

"Um momento", disse Amory calmamente. "Vamos deixar de lado esta sua atitude de chefão? Nós apenas fomos surpreendidos."

Olson encarou-o.

"Nomes?", retrucou.

Amory deu seu nome e seu endereço em Nova York.

"E a moça?"

"Srta. Jill..."

"Um momento!", disse Olson, furibundo. "Não queira bancar a engraçadinha! Qual é seu nome? Sarah Murphy? Minnie Jackson?"

"Oh, meu Deus!", disse Jill, cobrindo o rosto manchado de lágrimas, voltando a chorar. "Não quero que minha mãe saiba."

"Vamos parar com isso!"

"Cale a boca!", gritou Amory para Olson.

Fez-se uma pausa.

"Stella Robbins", ela disse, gaguejando. "Posta-restante, Rugway, New Hampshire."

Olson fechou bruscamente a caderneta e encarou-os.

"Pela lei o hotel poderia entregar as provas à polícia e você iria para a cadeia pelo fato de trazer uma garota de um estado para outro com objetivos imorais." Olson fez uma pausa para deixar que a majestade de suas palavras causasse efeito. "O hotel, no entanto, vai deixar vocês irem embora."

"É que a gerência não quer ver o nome do hotel nos jornais", disse Jill com atrevimento. "Deixar a gente ir embora... essa é boa!"

Uma grande clareza apoderou-se de Amory. Compreendeu que o pior havia passado e só então se deu conta da enormidade do que poderia ter acontecido.

"Existe, entre os hotéis, uma associação que oferece proteção a todos. Histórias como esta têm acontecido muito ultimamente, e fizemos um acordo com os jornais, de modo que vocês terão um pouco de publicidade gratuita. O nome do hotel não é publicado, apenas uma linha, dizendo que vocês tiveram um probleminha em Atlantic City. Percebe?"

"Percebo, sim."

"Vocês estão se safando muito bem, mas..."

"Está bem, chega", disse Amory com rispidez. "Vamos embora. Não precisamos de sermão."

Olson entrou no banheiro e contemplou atentamente a forma imóvel de Alec. Em seguida apagou as luzes e fez um sinal para que o seguissem. Enquanto caminhavam em direção ao elevador, Amory cogitou em dar uma demonstração de atrevimento. Bateu no ombro de Olson.

"Não se incomoda de tirar o chapéu? Há uma senhorita no elevador."

Olson atendeu ao pedido, mas com lentidão. Passaram-se dois minutos um tanto constrangedores na recepção, onde o recepcionista da noite e alguns hóspedes notívagos encararam o casal com curiosidade: a garota, vestida com certo espalhafato, o belo rapaz, de queixo empinado, arrogante. A conclusão a que chegavam era por demais óbvia. Lá fora fazia frio. O odor de maresia era ainda mais fresco e pungente, o dia começava a nascer.

"Peguem um táxi e caiam fora", disse Olson, apontando para o vulto impreciso de dois carros, cujos motoristas presumivelmente dormiam. "Até logo." Enfiou a mão no bolso, num gesto sugestivo, mas Amory simplesmente o ignorou e, tomando o braço de Jill, afastou-se.

"Para onde é que o motorista está nos levando?", perguntou, enquanto o táxi percorria as ruas ainda iluminadas.

"Para a estação."

"Se aquele sujeito escrever para minha mãe..."

"Não escreverá. Ninguém ficará sabendo o que aconteceu, exceto nossos amigos e inimigos."

A aurora despontava.

"Tudo está ficando azulado", reparou Jill.

"Ótimo. Está quase na hora do café. Não quer comer alguma coisa?"

"Comida...". Ela riu, subitamente alegre. "Foi a comida que estragou a festa. Eram duas da manhã quando pedimos que levassem o jantar ao quarto. Alec não deu gorjeta ao garçom e acho que o sujeitinho acabou nos delatando."

A depressão de Jill, pelo visto, tinha se dissipado mais rapidamente do que as últimas sombras da noite.

"Vou lhe dizer uma coisa", ela se manifestou com muita ênfase, "quando quiser participar daquele tipo de festa, fique longe da bebida e, se quiser se embriagar, evite os quartos..."

"Não esquecerei."

De repente ele bateu na janela, indicando onde queriam ficar, e o táxi parou na porta de um restaurante que ficava aberto a noite inteira.

"Alec é muito amigo seu?", perguntou Jill, enquanto se empoleiravam em bancos bem altos e apoiavam os cotovelos no balcão.

"Costumava ser, mas provavelmente não vai mais querer minha amizade e jamais entenderá o motivo."

"Foi uma loucura você assumir toda a culpa. Por acaso ele é muito importante? Mais importante do que você?"

Amory riu.

"É uma coisa a ser vista", respondeu. "Boa pergunta..."

VÁRIOS PILARES DESMORONAM

Daí a dois dias, ao regressar a Nova York, Amory encontrou num jornal aquilo que procurava – umas poucas linhas que noticiavam, a quem interessasse, que o sr. Amory Blaine, que *deu seu endereço etc.*, havia sido convidado a retirar-se de seu hotel, em Atlantic City, por ter recebido em seu quarto uma dama que *não* era sua esposa.

Ele sentiu um arrepio e suas mãos tremeram, pois logo abaixo leu outra notícia, esta mais detalhada, cujas primeiras palavras eram:

O sr. e a sra. Leland R. Connage participam do noivado de sua filha, Rosalind, com o sr. J. Dawson Ryder, de Hartford, Connecticut...

Pôs o jornal de lado e deitou na cama com uma sensação assustadora na boca do estômago. Ela, em definitivo, não lhe pertencia mais. Até aquele momento, meio inconscientemente e no fundo do coração, acariciava a esperança de que um dia Rosalind precisaria dele, o chamaria e, chorando, diria que tudo não passara de um erro, que seu coração doía só de pensar na mágoa que lhe causara. Nunca mais poderia se dar ao luxo de a desejar – não esta Rosalind, mais rígida, mais velha, nem outra mulher alquebrada, maltratada, que sua imaginação transportava para o momento de sua vida em que fosse um homem de quarenta anos. O que Amory queria, na verdade, era a juventude dela, o frescor de sua mente e de seu corpo, aquilo que ela possuíra um dia. No que dizia respeito a ele, Amory, a jovem Rosalind estava morta.

Daí a um dia recebeu uma carta repleta de tensão do advogado Barton, de Chicago, informando-o que, como mais três companhias de transporte urbano tinham ido parar na mão de seus credores, Amory, no momento, não poderia mais contar com remessas financeiras. Para agravar a situação, numa bela noite de domingo um telegrama comunicou a morte súbita de monsenhor Darcy, na Filadélfia, ocorrida havia cinco dias.

Então ele se deu conta do que era aquilo que havia percebido entre as cortinas, no quarto do hotel de Atlantic City.

5. O EGOCÊNTRICO TORNA-SE PERSONAGEM

Mergulhando profundamente no sono aqui estou
Tomado por antigos desejos, antes refreados,
Lançando para a vida o meu brado,
Enquanto a escuridão sai pela porta acinzentada;
E assim, em busca de credos para compartilhar,
Volto a procurar dias afirmativos...
Mas a antiga monotonia está presente:
Infindáveis veredas de chuva.

Oh, pudesse eu voltar a erguer-me! Pudesse eu
Livrar-me do gosto daquele vinho que azedou,
Ver a nova manhã espraiar-se pelo céu
De torres encantadas, alinhadas:
Encontrar em cada miragem da vastidão do espaço
Um símbolo, não mais um sonho...
Mas a antiga monotonia está presente:
Infindáveis veredas de chuva.

Abrigado sob a marquise da entrada de um cinema, Amory contemplava as primeiras gotas de chuva respingarem no chão e transformarem-se em manchas escuras, espalhando-se pela calçada. O ar tornava-se cinza e opalescente. De repente, uma luz solitária realçava uma janela, do outro lado da rua, seguida por outra luz e, logo após, centenas delas bailavam e impunham-se à visão. Sob seus pés uma claraboia de vidro espesso, emoldurada em ferro, ficava amarela. Nas ruas, os faróis dos táxis projetavam cintilantes fachos luminosos sob o asfalto negro. A indesejada chuva de novembro furtou perversamente a última hora do dia, empenhando-a àquela antiga receptadora, a noite.

O silêncio reinante no cinema terminou com um estalo curioso, seguido do rugido da plateia que se retirava e das vozes que se entrelaçavam. A sessão havia terminado.

Ele se afastou, expondo-se um pouco à chuva, a fim de dar passagem aos que saíam. Um rapazinho apressado espirrou ao respirar o ar úmido e levantou a gola do casaco; atrás dele vieram três ou quatro casais, igualmente apressados; logo após surgiu um grande grupo de pessoas, que fitavam invariavelmente a rua molhada, a chuva que caía e, finalmente, o céu lúgubre. Afinal saiu uma massa compacta, que deixou Amory deprimido, devido a seus fortes odores compostos do cheiro dos cigarros dos homens e da fétida sensualidade do rançoso pó de arroz das mulheres. Após a multidão vieram mais alguns espectadores esparsos e um homem com muletas. Finalmente o barulho dos assentos das poltronas indicava que os faxineiros do cinema estavam trabalhando.

Nova York não parecia estar despertando, mas revirando-se na cama. Homens pálidos passavam apressados, segurando as golas dos casacos; um grande enxame de balconistas fatigadas e tagarelas, de uma loja de departamentos, rindo com estridência, se abrigava sob os guarda-chuvas, na proporção de três para cada guarda-chuva; surgiu um grupo de policiais a pé, milagrosamente protegidos por impermeáveis.

A chuva proporcionou a Amory uma sensação de estranhamento e os inúmeros e desagradáveis aspectos da vida citadina, carente de dinheiro, surgiram diante dele sob a forma de uma processão ameaçadora. Ali estava a multidão malcheirosa e desagradável que tomava o metrô sempre apinhado: gente que se espremia, lançando olhares atravessados e até mesmo indignados, rabugentos, preocupados em não permitir que ninguém sequer esbarrasse neles, um homem que resolvia não dar seu lugar a uma mulher e a odiava por isso; a mulher que o odiava pela falta de consideração. O pior de tudo era a esquálida fantasmagoria dos corpos, a roupa gasta que os cobria e o cheiro dos alimentos que todos consumiam. Na melhor das hipóteses, era apenas gente, com muito calor, com muito frio, cansada, preocupada.

Amory tentou imaginar os aposentos onde aquelas pessoas se alojavam, revestidos de papel de parede desbotado, que já descolava, no qual se via uma repetição de desgraciosos girassóis sobre um fundo amarelo ou verde; banheiras estreitas, corredores lúgubres e espaços desprovidos de verde, inomináveis, no fundo dos prédios. Nesses lugares até mesmo o amor se travestia de sedução... um assassinato sórdido nas esquinas, a maternidade ilegítima no apartamento de cima. E, sempre presente, o desconforto e o frio nas casas sem calefação adequada, durante o inverno, e os longos dias de verão, pesadelos de transpiração entre paredes pegajosas, sufocantes... restaurantes imundos, onde gente fatigada, descuidada, servia-se de açúcar com suas colherinhas usadas, deixando no açucareiro um rastro marrom...

A situação não era tão deplorável onde havia somente ou homens ou mulheres. Era quando eles se juntavam, como um rebanho desprezível, que tudo parecia desanimador. Era uma vergonha que as mulheres não se importassem mais com que os homens as vissem cansadas e pobres; os homens, por sua vez, sentiam certo nojo de mulheres cansadas e pobres. Tudo era muito mais sujo do que qualquer batalha de que ele tivesse participado, mais difícil de encarar do que qualquer provação feita de suor, perigo e lama, era uma atmosfera na qual o nascimento, o casamento e a morte não passavam de coisas desprezíveis, secretas.

Lembrou-se de certo dia, no metrô, quando entrou no vagão um garoto de entregas carregando uma grande coroa funerária, repleta de flores recém-colhidas. Como seu cheiro purificou subitamente o ar e proporcionou a cada uma das pessoas ali presentes um alívio momentâneo!

"Detesto gente pobre", pensou Amory. "Detesto-as por serem pobres. A pobreza pode ter sido bela, um dia, mas hoje é um horror. É a coisa mais feia que existe neste mundo. Ser corrupto e rico é essencialmente mais higiênico do que ser inocente e pobre." Parecia-lhe ver novamente uma figura cujo significado o impressionara certa vez – um rapaz bem-vestido, que olhava por uma janela, na 5th Avenue, e dizia algo a seu companheiro, com uma expressão de profundo nojo. Provavelmente, pensou Amory, o que ele dissera foi: “Meu Deus! Como o povo é horrendo!”.

Nunca, em toda a sua vida, Amory havia refletido sobre as pessoas pobres. Pensava, com cinismo, que era totalmente desprovido de qualquer resquício de simpatia por aquela fração da humanidade. O. Henry vira naquelas pessoas romance, amor, ódio, drama – Amory detectara apenas grosseria, sujeira física e estupidez. Jamais se censurou por isso e nunca se acusou por manifestar sentimentos que eram naturais e sinceros. Aceitava todas as suas reações como parte de seu ser, imutáveis, amorais. O problema da pobreza, transformado, ampliado, ligado a uma atitude mais generosa, mais digna, talvez viesse a ser, no futuro, um problema também para ele. No momento apenas suscitava uma profunda aversão.

Caminhou em direção à 5th Avenue, esquivando-se da ameaça negra e cega dos guarda-chuvas, e, parado na frente do Delmonico's, fez sinal para um ônibus. Abotoou o casaco e subiu para o segundo andar, onde, solitário, contemplou a chuva rala, persistente, sentindo as gotículas de suor se acumularem em seu rosto. Em algum lugar de sua mente surgiu um diálogo, ou melhor, este retomou o espaço que já ocupava. Esse diálogo se compunha não de duas vozes, mas de uma só, que atuava como o interrogador e o interrogado:

PERGUNTA: Muito bem... qual é a situação?
RESPOSTA: Disponho de vinte e quatro dólares em meu nome.
P.: Mas você tem a propriedade de Lake Geneva.

R.: Pretendo conservá-la.

P.: Tem como se sustentar?

R.: Só posso imaginar que sim. As pessoas ganham dinheiro escrevendo livros e descobri que sempre poderei fazer aquilo que elas fazem ao publicar seus livros. Realmente, são as únicas coisas que sei fazer.

P.: Seja mais objetivo.

R.: Não sei o que farei e não sinto muita curiosidade a esse respeito. Amanhã irei embora para sempre de Nova York. A menos que você esteja por cima, não é um bom lugar para se viver.

P.: Quer ter muito dinheiro?

R.: Não, simplesmente tenho medo de ser pobre.

P.: Muito medo?

R.: Não, sinto um medo passivo.

P.: E para onde pretende ir?

R.: Não me pergunte!

P.: Não se importa?

R.: Importo-me, sim. Não quero cometer suicídio moral.

P.: Não lhe restou nenhum interesse?

R.: Nenhum. Já não tenho mais virtudes a perder. Assim como o calor se desprende de uma chaleira no fogo, através da infância e da adolescência desprendemos calorias de virtude. Isso se chama inocência.

P.: Que ideia interessante...

R.: É por isso que um homem virtuoso que não dá certo atrai as pessoas. Elas o rodeiam e, literalmente, aquecem-se com as calorias da virtude que dele emanam. Sarah faz um comentário pouco sofisticado e as pessoas sorriem timidamente, deliciadas.

"Oh, como a coitadinha é inocente." Elas se aquecem com sua virtude. Sarah, no entanto, observa a atitude delas e nunca mais fará semelhante observação, mas depois disso sentirá um pouco mais de frio.

P.: E você perdeu todas as suas calorias?

R.: Todas. Estou começando a me aquecer com a virtude dos outros.

P.: Você é corrupto?

R.: Creio que sim. Não tenho certeza. Já não me sinto mais seguro em relação a tudo o que diga respeito ao bem e ao mal.

P.: E isso, em si, é um mau sinal?

R.: Não necessariamente.

P.: Qual seria o teste da corrupção?

R.: Tornar-me verdadeiramente insincero, definir-me com um sujeito "não tão mau assim", pensar que lamentei minha juventude perdida, quando apenas invejava o prazer de perdê-la. A juventude é como comer uma guloseima. Os sentimentais acham que querem permanecer naquele estado de pureza e simplicidade em que se encontravam antes de comer a guloseima. A mulher de meia-idade não quer repetir seus tempos de jovem, mas sua lua de mel. Não quero repetir minha inocência. Quero ter o prazer de voltar a perdê-la.

P.: Para onde você está se deixando levar?

Esse diálogo mesclava-se de modo grotesco com o estado com que sua mente estava mais familiarizada: uma grotesca mistura de desejos, preocupações, impressões exteriores e reações físicas.

127th Street – ou 137th Street... Dois e três se assemelham – não, nem tanto. Um assento molhado... as roupas absorvem a umidade do assento ou é o assento que absorve a secura das roupas? Sentar-se em cima de uma substância molhada dava apendicite, era o que dizia a mãe de Froggy Parker. Bem, ele a teve. "Vou processar a companhia de navegação", declarou Beatrice, e meu tio detém um quarto de ações da companhia. Será que Beatrice foi para o céu? Provavelmente não... Ele representava a imortalidade de Beatrice e também os casos amorosos de inúmeros homens mortos que, com certeza, jamais haviam pensado nele... e se não fosse a apendicite, quem sabe teria sido gripe. O quê? 120th Street? Devo ter deixado para trás a 112th. Um Zero Dois em vez de Um Dois Sete. Rosalind não se assemelhava a Beatrice, Eleanor se parecia com Beatrice, só que mais impetuosa e cerebral. Os apartamentos, nesta região, são caros, provavelmente o aluguel custa 150 dólares mensais, talvez duzentos. Meu tio pagava apenas cem por uma casa enorme em Mineápolis. Pergunta: a escada estava à esquerda ou à direita, quando você entrou? De qualquer modo, lá na casa onde morava, na universidade, a escada era no fundo e à esquerda. Mas que rio tão sujo... quero chegar perto e ver se é sujo mesmo. Os rios da França são todos marrons ou pretos, como também os rios do sul. 24 dólares significava 480 roscas. Ele poderia viver com isso durante três meses e dormir no parque. Por onde andaria Jill – Jill Bayne, Fayne, Sayne, sei lá... Meu pescoço dói, mas que banco mais desconfortável. Nenhum desejo de dormir com Jill... O que será que Alec enxergava nela? Alec tinha um gosto muito duvidoso em relação às mulheres. Seu gosto era mais requintado: Isabella, Clara, Rosalind, Eleanor, americanas puras. Eleanor, no beisebol, seria uma arremessadora, provavelmente canhota. Rosalind era fora de série, uma atacante maravilhosa, e Clara, quem sabe, marcaria pontos. Como estaria o corpo de Humbird agora? Se ele próprio não tivesse sido instrutor de baioneta, teria seguido para a linha de combate três meses antes e provavelmente estaria morto. Mas onde está a maldita campainha...

Os números das ruas, em Riverside Drive, não estavam visíveis, escondidos pela neblina e pelas árvores gotejantes, e para decifrá-los era preciso olhar atentamente, mas por fim Amory conseguiu perceber o que procurava – 127th Street. Desceu do ônibus e andando a esmo seguiu uma ladeira tortuosa e foi dar no rio, num cais comprido, onde se alinhavam muitas embarcações de pequeno porte: lanchas, canoas, barcos a remo. Seguiu em direção norte, andando rente ao cais, pulou uma pequena cerca de arame e chegou a um pátio onde reinava a maior desordem, vizinho a uma doca. Os cascos de muitos barcos, em vários estágios de conserto, ocupavam o espaço. Ele sentiu o cheiro de serragem e de tinta e o odor quase imperceptível do rio Hudson. Um homem aproximou-se, em meio ao denso nevoeiro.

"Olá", disse Amory.

"Tem uma credencial?"

"Não. Isto aqui é particular?"

"É o Clube de Iate e Esportes do Rio Hudson."

"Oh, não sabia. Estava apenas passeando."

"Bem...", começou o homem, em tom dúbio.

"Se o senhor quiser, eu me retiro."

O homem resmungou qualquer coisa, pigarreou e foi em frente. Amory sentou-se no casco emborcado de um barco e inclinou-se, apoiando o queixo na mão.

"O infortúnio será capaz de me transformar num sujeito tremendamente mau", disse lentamente.

MOMENTOS DE DESÂNIMO

Enquanto a chuva fina continuava a cair, Amory contemplou futilmente a trajetória de sua vida, com todos os seus momentos de brilho e vacuidade. Para início de conversa, sentia medo. Já não se tratava mais de um medo físico, mas medo das pessoas, do preconceito, da infelicidade e da monotonia. Sim, bem lá no fundo de seu coração amargurado, ele refletia se não seria pior do que qualquer outro homem. Sabia que poderia adotar uma atitude sofisticada e concluir que sua própria fraqueza era apenas o resultado das circunstâncias e do meio ambiente; que muitas vezes, quando sentia raiva de si mesmo por ser um egoísta, algo murmurava palavras gratificantes: "Não. Você é um gênio!". Aquela era uma manifestação de medo. A voz que murmurava que ele não poderia ser ao mesmo tempo grande e bom, que a genialidade era a combinação exata das ranhuras e distorções de sua mente, reduzida à mediocridade por qualquer gota de disciplina. Provavelmente mais do que vícios ou fracassos concretos, Amory desprezava sua própria personalidade. Não suportava saber que amanhã e nos milhares de dias que se desdobrariam ficaria todo pomposo, cheio de si, ao ouvir um elogio, e murcharia diante de uma crítica, como se fosse um músico de terceira classe ou um ator de primeira. Envergonhava-se do fato de que pessoas muito simples e honestas em geral não confiavam nele, bem como de ter sido muitas vezes cruel com aqueles que haviam anulado suas personalidades diante dele – várias garotas, um ou outro colega na universidade, sobre os quais exercera má influência, gente que o seguira em aventuras mentais da quais ele e somente ele saiu ileso e inteiro.

Habitualmente, em noites como aquela – e eram muitas, nos últimos tempos –, ele conseguia escapar da introspecção que o consumia ao pensar nas crianças e em suas infinitas possibilidades. Começou a prestar atenção em um bebê assustado, que despertava na casa do outro lado da rua e choramingava na noite silenciosa. Rápido como um relâmpago, procurava pensar em outra coisa, imaginando com um toque de pânico se algo no seu desesperado estado de espírito pusera uma sombra naquela pequenina alma. Estremeceu. E se algum dia o equilíbrio se rompesse, se ele se transformasse numa coisa que aterrorizava as crianças e se introduzia em seus quartos, na escuridão, que entrava em comunhão com aqueles fantasmas que cochichavam segredos sombrios para os loucos daquele continente escuro, na outra face da lua... Amory sorriu levemente.

"Você está por demais envolvido com sua própria pessoa", ouviu alguém dizer. E, mais uma vez: "Saia da casca, faça um trabalho de verdade. Pare de se preocupar...".

Imaginou um futuro comentário, de sua própria elaboração.

"Sim – talvez eu fosse um egoísta na juventude, mas logo descobri que pensar excessivamente em mim me tornava mórbido."

Sentiu de repente um desejo avassalador de ir para o inferno, não com violência, como seria próprio de um cavalheiro, mas sumir, mergulhar na obscuridade, com segurança e sensualidade. Imaginou-se numa casa de adobe, no México, semirreclinado num divã coberto por um tapete, segurando um cigarro com os dedos finos, como os de um artista, enquanto violões soavam melancólicos, executando antigas toadas de Castela, e uma jovem de pele cor de oliva e lábios de carmim acariciava seus cabelos. Lá poderia viver uma estranha litania, livre do bem e do mal, livre de todo Deus (exceto o exótico Deus mexicano, bastante relapso e viciado em fragrâncias orientais), liberto do sucesso, da esperança e da pobreza, naquela comprida catarata de indulgência que, afinal de contas, desembocava no lago artificial da morte.

Havia tantos lugares onde uma pessoa poderia deteriorar-se de modo agradável: Port Said, Xangai, certas regiões do Turquestão, Constantinopla, os Mares do Sul – todos eles terras de música melancólica, perturbadora, de muitos odores, onde a luxúria podia ser um modo e uma expressão da vida, onde as sombras do céu noturno e os crepúsculos pareciam refletir unicamente apaixonados estados de alma, as cores dos lábios e das papoulas.

AJUSTE DE CONTAS

No passado ele tinha sido milagrosamente capaz de detectar o mal, assim como um cavalo detecta uma ponte desmoronada, à noite, mas aquele homem de pés esquisitos, visto no apartamento de Phoebe, diminuíra de importância, diante da aura que envolvia Jill, no quarto do hotel. Seu instinto percebia o fedor da pobreza, porém não decifrava mais a profunda maldade do orgulho e da sensualidade.

Já não havia mais homens sábios; não existiam mais heróis; Burne Holiday desaparecera de sua vida, como se jamais tivesse existido; monsenhor morrera. Amory se apegara a mil livros, a mil mentiras; ouvira atentamente pessoas que fingiam saber, mas que na realidade tudo ignoravam. Os místicos devaneios dos santos, que outrora o enchiam de temor durante as noites silenciosas, agora o desagradavam vagamente. Os Byrons e Brookes que haviam desafiado a vida no cume das montanhas, no final não passavam de afetados e indolentes, que na melhor das hipóteses confundiam a sombra da coragem com a substância da sabedoria. O desfile de suas desilusões corporificou-se numa antiga procissão de Profetas, Atenienses, Mártires, Santos, Cientistas, Don Juans, Jesuítas, Puritanos, Faustos, Poetas e Pacifistas. Como ex-alunos em uma reunião festiva na universidade, desfilavam diante dele como se os seus sonhos, personalidades e crenças tivessem se transformado em luzes coloridas da alma. Cada um deles tentou expressar o esplendor da vida e o tremendo significado do homem. Cada um deles se vangloriou de sincronizar tudo aquilo que viera antes com suas próprias e vacilantes generalidades. Cada um deles dependia, afinal, dos cenários e da convenção do teatro, e é com isso que o homem, com sua necessidade de ter fé, nutrirá sua mente, recorrendo ao alimento mais próximo e conveniente.

As mulheres... de quem ele havia esperado tanto, cuja beleza teve a esperança de transmutar em expressões de arte; cujos instintos indomáveis, maravilhosamente incoerentes e contraditórios, pensara perpetuar em termos de experiência, haviam se tornado meras consagrações à sua própria posteridade. Isabelle, Clara, Rosalind, Eleanor, em torno de quem os homens enxameavam, todas elas, devido à própria beleza, estavam afastadas da possibilidade de contribuir com qualquer coisa que não fosse um coração doentio e uma página onde seriam escritas palavras intrigantes, que não passavam de enigmas.

Amory baseava em vários e radicais silogismos sua perda da fé na ajuda que os outros poderiam prestar. Não havia a menor dúvida de que sua geração, por mais que aquela guerra vitoriana a tivesse atingido e massacrado, era a herdeira do progresso. Deixando de lado diferenças insignificantes quanto a conclusões que, embora ocasionalmente, pudessem causar a morte de vários milhões de jovens, talvez fosse possível explicá-las na suposição de que Bernard Shaw, Bernhardi, Bonar Law e Bethmann-Hollweg eram herdeiros mútuos do progresso, ainda mais que se opunham à caça às bruxas; deixando de lado as antíteses e aproximando individualmente aqueles homens que pareciam ser líderes, Amory sentia aversão pelas discrepâncias e contradições que marcavam aqueles mesmos homens.

Havia o exemplo de Thornton Hancock, respeitado por metade do mundo intelectual como uma autoridade em questões relativas à vida, um homem que verificou e acreditou no código segundo o qual vivia, um educador de educadores, conselheiro de presidentes. No entanto Amory sabia que aquele homem, no fundo de seu coração, havia recorrido ao sacerdote de uma outra religião.

Monsenhor, em quem um cardeal se apoiava, tivera momentos de estranha e horrível insegurança, inexplicáveis numa religião que explicava até mesmo a descrença em termos de sua própria fé: se alguém duvidava da existência do demônio, era o próprio demônio o causador dessa dúvida. Amory presenciou monsenhor frequentar a casa de filisteus convictos, ler furiosamente romances populares, saturar-se de rotina, a fim de escapar daquele horror.

Amory sabia que aquele sacerdote, um pouco mais sábio, um tanto mais puro, não foi, em sua essência, mais maduro do que ele.

Amory estava só. Havia escapado de uma prisão acanhada e agora se encontrava em um imenso labirinto. Estava onde Goethe se encontrava quando começou a escrever *Fausto;* estava no mesmo lugar de Conrad quando escreveu *A loucura de Almayer.*

Amory refletiu que eles eram essencialmente duas espécies de pessoas que, através de uma percepção natural ou de uma desilusão, abandonaram a prisão e procuraram o labirinto. Havia homens como Wells e Platão que, semi-inconscientemente, possuíam uma ortodoxia oculta, estranha, que aceitavam para si mesmos somente aquilo que poderia ser aceito por todos os homens, românticos incuráveis que jamais, apesar de todos os seus esforços, poderiam penetrar no labirinto como almas despojadas. Por outro lado, havia personalidades pioneiras, combativas, como Samuel Butler, Renan, Voltaire, que progrediam muito mais lentamente, mas que acabavam indo muito mais longe, não naquela linha pessimista e direta de uma filosofia especulativa, mas preocupados com a eterna tentativa de atribuir à vida um valor positivo...

Amory deteve-se. Pela primeira vez, começou a sentir uma forte desconfiança em todas as generalidades e epigramas. Eles eram fáceis demais, perigosos demais para a mente do público. No entanto, todo pensamento em geral atingia o público após trinta anos, sob as seguintes formas: Benson e Chesterton popularizaram Huysmans e Newman; Shaw edulcorou Nietzsche, Ibsen e Schopenhauer. O homem comum ouviu as conclusões de um gênio morto através dos paradoxos inteligentes e dos epigramas didáticos de uma outra pessoa.

A vida era uma confusão amaldiçoada... uma partida de futebol na qual todos os jogadores estavam em posição irregular e onde o juiz não atuava, onde todos reclamavam, alegando que o juiz deveria estar do seu lado...

O progresso era um labirinto... as pessoas entravam cegamente nele e depois recuavam alucinadamente, gritando que haviam feito uma descoberta... o rei invisível, o *élan* vital... o princípio da evolução... escrever um livro, detonar uma guerra, encontrar uma escola...

Amory, ainda que não tivesse sido um egoísta, teria começado todas as indagações a partir de si mesmo. Ele era seu melhor exemplo, exposto à chuva, uma criatura humana feita de sexo e orgulho, privado pelo acaso e pelo próprio temperamento do bálsamo do amor e dos filhos, preservado a fim de ajudar a construir a consciência viva da raça.

Entregue à autocensura, à solidão e à desilusão, ele chegou à entrada do labirinto.

Mais uma alvorada surgiu na outra margem do rio; um táxi tardio percorria velozmente a rua e seus faróis ainda brilhavam, como olhos flamejantes num rosto pálido devido a orgias noturnas. Uma sirene melancólica apitou lá longe, rio abaixo.

MONSENHOR

Amory não conseguia deixar de pensar como monsenhor teria apreciado seu próprio enterro. Foi magnificamente católico e litúrgico. O bispo O'Neill celebrou uma missa solene e o cardeal deu a absolvição final. Thornton Hancock, a sra. Lawrence, os embaixadores da Grã-Bretanha e da Itália, o núncio papal e grande número de amigos e padres estavam presentes, mas a foice inexorável havia cortado toda aquela teia de amizades e conhecimentos que monsenhor tecera e conservara. Para Amory, foi um imenso pesar vê-lo no caixão com as mãos cruzadas sobre suas vestes púrpura. O semblante não se havia modificado e como ele nunca soube que estava morrendo, não mostrava dor ou medo. Era o velho e querido amigo de Amory e de outras pessoas, pois a igreja estava repleta de gente abatida e pesarosa. Os mais exaltados pareciam ser os mais atingidos.

O cardeal, como um arcanjo com mitra, aspergiu a água benta; o órgão tocou e o coro começou a cantar o "Requiem Eternam".

Toda aquele gente se mostrava compungida porque, dentro de certos limites, havia dependido de monsenhor. Seu pesar era mais do que a nostalgia em relação "à sua voz rouca ou a um certo jeito de andar", conforme escrevia Wells. Eles haviam se apoiado na fé de monsenhor, no seu modo de encontrar a alegria em tudo, de tornar a religião um espaço de luzes e sombras, fazendo delas meros aspectos de Deus. As pessoas sentiam-se seguras quando ele estava perto.

As tentativas de sacrifício por parte de Amory resultaram apenas na completa percepção de seu próprio desencanto, mas do enterro de monsenhor nasceu o elfo romântico que entraria no labirinto em sua companhia. Encontrou algo que queria, que sempre tinha querido e sempre haveria de querer, isto é, não ser admirado, conforme temia; não ser amado, como se forçou a acreditar; mas ser necessário às pessoas, ser indispensável. Lembrou-se do senso de segurança que havia encontrado em Burne.

A vida se abria em uma de suas surpreendentes explosões de generosidade. Amory rejeitou de forma súbita e permanente um antigo epigrama que se impunha à sua mente: "Muito pouca coisa importa e nada importa muito".

Ao contrário, Amory sentiu um desejo imenso de proporcionar às pessoas um sentimento de segurança.

O HOMENZARRÃO DE ÓCULOS

No dia em que Amory iniciou sua caminhada em direção a Princeton, o céu era uma cúpula descolorida, fria, distante, livre de qualquer ameaça de chuva. Era um dia cinza, o menos sensual possível, um dia de sonhos, de esperanças remotas, de claras visões. Era um dia que se poderia associar facilmente com aquelas verdades e purezas abstratas que se dissolvem sob os raios do sol ou se desfazem ao som de uma risada zombeteira, à luz da lua. Árvores e nuvens se apresentavam esculpidas com clássica severidade. Os sons campestres, metálicos como um clarim, encerravam aquela harmonia que se pode observar em uma urna grega.

O dia levara Amory a um estado de espírito tão contemplativo que ele provocou muita irritação em vários motoristas, forçados a diminuir consideravelmente a marcha, pois caso contrário o atropelariam. Ele estava tão perdido em seus pensamentos que mal se deixou surpreender por aquele estranho fenômeno, manifestado cordialmente em Manhattan e em seus arredores. De repente um carro parou a seu lado e uma voz o chamou. Ele levantou os olhos e viu um magnífico Locomobile, no qual se encontravam dois homens de meia-idade, um deles mirrado, com um jeito ansioso, aparentemente um apêndice artificial do outro, que era grandalhão, de olhos esbugalhados e tinha uma postura imponente.

"Quer uma carona?", perguntou o apêndice, fitando com o rabo do olho o homem imponente, como se estivesse à espera de uma concordância habitual e silenciosa.

"Sem a menor dúvida. Obrigado."

O motorista abriu a porta e Amory acomodou-se no meio do banco de trás. Observou com curiosidade seus companheiros. A principal característica do grandalhão parecia ser uma grande confiança em si mesmo, acompanhada por um tremendo enfado em relação a tudo que o cercava. Aquela parte de seu rosto abaixo dos olhos esbugalhados era o que se costuma denominar "expressiva". Papadas de gordura, não de todo desprovidas de dignidade, acumulavam-se sob o queixo; a boca era rasgada, os lábios finos, o nariz dificilmente teria servido de modelo para uma estátua grega, os ombros desabavam sem a menor resistência sobre a robustez do peito e a protuberância da barriga. Estava vestido com extrema elegância e discrição. Amory notou que tinha a tendência de fixar os olhos na nuca do motorista, como se estivesse fazendo vãs especulações sobre algum problema cabeludo que o incomodava.

O homenzinho ao lado só chamava a atenção por sua completa imersão na personalidade do chefe. Era aquele tipo de secretário de baixa hierarquia que, aos quarenta anos, mandava imprimir em seu cartão de visita: "Assistente da Presidência" e, sem um suspiro, dedicava o resto de sua vida a maneirismos de segunda mão.

"Vai para longe?", perguntou o homenzinho, procurando mostrar-se agradável e desinteressado.

"Sim, é uma distância e tanto."

"Estava caminhando para se exercitar?"

"Não", respondeu Amory laconicamente. "Caminhava porque não tenho meios de comprar uma passagem."

"Oh. Está procurando trabalho? Trabalho é o que não falta", prosseguiu, mal disfarçando sua impaciência. "Não sei por que toda essa conversa de desemprego. A região Oeste sente uma grande falta de mão de obra." Ele indicou o Oeste por meio de um gesto amplo e Amory concordou com polidez.

"Tem algum negócio?"

Não, Amory não tinha negócio algum.

"Então é empregado de escritório?"

Não, Amory não era empregado de escritório.

"Qualquer que seja sua atividade", disse o homenzinho, parecendo concordar com algo que Amory dissera, "agora é o momento de grandes empreendimentos e iniciativas, no que se refere aos negócios." Ele voltou a olhar de soslaio para o homenzarrão, como um advogado que, durante o interrogatório de uma testemunha, lança um olhar involuntário ao júri.

Amory decidiu que precisava dizer alguma coisa e ocorreu-lhe unicamente um pensamento.

"É claro que quero ganhar muito dinheiro..."

O homenzinho riu, meio sem jeito.

"É o que todo mundo deseja, nos dias de hoje, mas ninguém quer trabalhar para isso."

"É um problema natural, saudável. Quase todas as pessoas normais querem ser ricas sem se esforçar muito, com exceção dos financistas das peças de teatro, que pretendem 'triunfar por seus próprios esforços'. O senhor não gostaria de ter dinheiro sem precisar suar a camisa?"

"É claro que não", protestou o secretário, indignado.

"Mas", prosseguiu Amory, ignorando-o, "como no momento

estou muito pobre, contemplo o socialismo como uma opção possível."

Os dois o encararam com curiosidade.

"Esses terroristas, que jogam bombas por aí..." O homenzinho interrompeu-se, pois as palavras saíam, definitivas e ameaçadoras, da garganta de seu chefe.

"Se eu achasse que você era um terrorista o entregaria à cadeia de Newark. É o que penso dos socialistas."

Amory riu.

"Quem é você?", perguntou o homenzarrão, "um desses bolcheviques de salão, um idealista? Admito que não consigo perceber a diferença. Os idealistas são uns boas-vidas e escrevem aquilo que atiça os imigrantes pobres."

"Bem!", declarou Amory, "se por acaso ser um idealista é ao mesmo tempo algo seguro e lucrativo, eu até poderia tentar."

"Qual é seu problema? Perdeu o emprego?"

"Não exatamente, mas digamos que sim."

"E o que fazia?"

"Escrevia textos para uma agência de publicidade."

"Corre muito dinheiro nesse meio."

Amory sorriu com discrição.

"Oh, sim, reconheço que é possível ganhar dinheiro com isso. As pessoas talentosas já não morrem mais de fome. Até mesmo a arte proporciona o suficiente para se comer, nos dias de hoje. Os artistas desenham capas de revistas, redigem anúncios, compõem para musicais nos teatros. Graças ao enorme sucesso comercial que hoje se observa no meio de tudo aquilo que é impresso, é possível qualquer gênio, que poderia ter criado seu próprio espaço, exercer uma ocupação inofensiva, bem--comportada. No entanto é preciso tomar cuidado com o artista que também é um intelectual. O artista que não se acomoda – um Rousseau, um Tolstói, um Samuel Butler, um Amory Blaine..."

"E esse aí, quem é?", perguntou o homenzinho, desconfiado.

"Bem, ele... ele é uma personalidade intelectual não muito conhecida no momento."

O homenzinho voltou a dar sua risada inócua e interrompeu-se, quando o olhar flamejante de Amory pousou sobre ele.

"De que está rindo?"

"Esses *intelectuais...*"

"Sabe o que isso quer dizer?"

O homenzinho piscou nervosamente.

"Bem, *em geral* quer dizer..."

"*Sempre* quer dizer uma pessoa inteligente, culta", interrompeu Amory. "Significa ter um conhecimento ativo da experiência da raça humana." Amory resolveu ser muito grosseiro e voltou-se para o homenzarrão. "Este moço", disse, apontando para o secretário e usando o termo moço com o mesmo desdém com que diria *contínuo*, "dá às palavras uma conotação um tanto equivocada."

"Você faz alguma objeção ao fato de que o capital controla tudo aquilo que se imprime?", perguntou o homenzarrão, sem tirar os olhos dele.

"Sim, e me oponho a que se exerça um trabalho mental em seu benefício. Sempre me pareceu que a característica dos negócios que presenciei era o excesso de horas extras e a exploração daquele bando de desfibrados que se submetem a isso."

"Ora essa, você tem de reconhecer que o trabalhador, com toda certeza, é muito bem pago – jornadas de cinco e seis horas –, é ridículo... Devido à ação dos sindicatos, não é possível conseguir um dia honesto de trabalho por parte de um sindicalizado."

"Mas se a situação chegou a esse ponto, de quem é a culpa? Vocês jamais fazem concessões, e por isso é preciso arrancá-las."

"Mas a quem você está se referindo?"

"À sua classe, à classe a qual eu pertencia até recentemente, àquela gente que, por meio de heranças, do ardil, do tutano ou da desonestidade, tornou-se a detentora do dinheiro."

"Por acaso você imagina que se um desses desocupados que andam por aí tivesse dinheiro ele estaria disposto a desistir dele?"

"Não, mas o que tem uma coisa a ver com a outra?"

O homenzarrão refletiu durante alguns instantes.

"Nada, reconheço que nada, mas é como se tivesse..."

"Na verdade", prosseguiu Amory, "ele agiria pior. As classes baixas são mais limitadas, menos agradáveis e, no plano pessoal, mais egoístas – certamente mais estúpidas. Isso, porém, nada tem a ver com a questão."

"Com qual questão, exatamente?"

Amory teve de fazer uma pausa, para refletir sobre qual era exatamente a questão.

AMORY ELABORA UMA FRASE

"Quando a vida se apodera de um homem inteligente, com uma certa cultura", disse Amory pausadamente, "isto é, quando ele se casa, nove vezes entre dez torna-se um conservador, no que se refere às condições sociais existentes. Tal homem poderá ser desprendido, bondoso e até mesmo justo, à sua maneira, mas sua primeira atitude é precaver-se e agarrar-se ao que possui. Sua mulher vive atormentando-o, querendo primeiro que ele ganhe dez mil dólares por ano, em seguida vinte mil dólares e assim por diante, num esquema sufocante, que não permite o menor fôlego. Ele está perdido! A vida deu cabo dele! Não há mais nada a fazer! Ele é um homem espiritualmente casado."

Amory fez uma pausa, achando que a frase não era tão má assim.

"Alguns homens", prosseguiu, "conseguem escapar dessa pressão. Talvez suas esposas não tenham ambições sociais; talvez topassem com uma ou duas frases em um 'livro subversivo' que lhes tenha agradado; quem sabe começaram num trabalho rotineiro, como eu, mas foram dispensados. De qualquer modo, eles são os congressistas a quem não se pode subornar, os presidentes que não são políticos, os escritores, oradores, cientistas, estadistas que não passam de uma fonte de renda para meia dúzia de mulheres e filhos."

"Ele é o radical nato?"

"Sim. Pode variar, indo desde o crítico desiludido, como o velho Thornton Hancock, até chegar a Trótski. No entanto esse homem espiritualmente solteiro não detém um poder direto, pois infelizmente o homem espiritualmente casado, enquanto subproduto da caça ao dinheiro, investiu na grande imprensa, nas revistas populares, nos semanários influentes, para que Mme. Jornal, Mme. Revista e Mme. Semanário possam ter um carro mais incrementado do que os dos empresários que lidam com petróleo, lá do outro lado da rua, ou que os dos magnatas do cimento, que têm seus escritórios logo na esquina."

"E por que não?"

"Tudo isso transforma os homens ricos nos guardiões da consciência intelectual do mundo e, é claro, um homem que investiu seu dinheiro em um conjunto de instituições sociais naturalmente não pode pôr em risco a felicidade de sua família, permitindo que o clamor por outra ordem social apareça nas páginas de seu jornal."

"Mas ele aparece", observou o homenzarrão.

"Onde? Somente na mídia desacreditada, em publicações semanais baratas, sem a menor repercussão."

"Está bem... prossiga."

"Minha primeira colocação é que por meio de uma mescla de condições, das quais a família é a primeira, existem duas espécies de pensamentos. Um deles assume a natureza humana tal como a encontra, usa sua timidez, sua fraqueza e sua força tendo em vista suas próprias finalidades. A isso se opõe o homem que, sendo espiritualmente solteiro, procura sem cessar novos sistemas que controlarão a natureza humana ou agirão contra ela. Seu problema é mais complexo. Não é a vida que é complicada, mas a luta para guiar e controlar a vida. Tal é a luta desse homem. Ele faz parte do progresso, mas o homem espiritualmente casado, não."

O homenzarrão tirou três charutos do bolso e os ofereceu. O homenzinho pegou um deles, Amory sacudiu a cabeça e tirou um cigarro da carteira.

"Continue", disse o homenzarrão. "Há muito ando querendo ouvir alguém como você."

A VELOCIDADE AUMENTA

"A vida moderna", prosseguiu Amory, "já não muda mais século por século, mas ano por ano, num ritmo dez vezes mais veloz do que no passado. As populações dobraram, as civilizações se unificaram com mais vigor com outras civilizações, a interdependência econômica tornou-se um fato, as questões raciais se impõem e, enquanto isso, nós estamos *perdendo tempo.* Segundo penso, temos de caminhar com uma rapidez *muito maior.*" Ele enfatizou ligeiramente as últimas palavras e o motorista aumentou inconscientemente a velocidade do carro. Amory e o homenzarrão riram, o mesmo fazendo o secretário, depois de uma pausa.

"Toda criança", disse Amory, "deveria ter as mesmas oportunidades, no início. Se o seu pai tiver condição de lhe proporcionar um bom físico, se sua mãe puder lhe transmitir o bom senso, no início de sua criação, essa deveria ser sua herança. Se seu pai não lhe puder dar um bom físico, se sua mãe perdeu seu tempo caçando homens durante os anos em que deveria estar se preparando para educar seus filhos, tanto pior para a criança. Ela não deveria ser incentivada através do dinheiro, enviada para aqueles horrendos colégios internos, a cursar uma universidade sem saber muito bem por quê... Cada menino deveria começar a vida em igualdade de condições."

"Muito bem", disse o homenzarrão, e sua fisionomia não indicava nem apoio e nem objeção.

"O próximo passo, segundo penso, seria a estatização de todas as indústrias."

"Já está mais do que provado que isso foi um fracasso."

"Não um fracasso, uma falha. Com a estatização teríamos no governo as mentes analíticas mais capacitadas trabalhando por algo que vai além de seus interesses. Contaríamos com os Mackay, em vez dos Burleson; teríamos os Morgan no Departamento do Tesouro; os Hill articulariam o comércio interestadual. Teríamos os melhores advogados no Senado."

"Acontece que eles não contribuiriam com seus esforços e sua capacidade em troco de nada. Tolinho..."

"Não", interrompeu Amory, balançando a cabeça. "O dinheiro não é o único estímulo que traz à tona o que existe de melhor num homem, mesmo nos Estados Unidos."

"Ainda há pouco você disse que era."

"No momento é, sim, mas se uma lei dispusesse que era ilegal ter mais do que uma determinada soma, os melhores homens se empenhariam em conseguir outra recompensa que atraia a humanidade. Refiro-me à honra."

O homenzarrão emitiu um som que exprimia todo o seu desagrado.

"Esta é a coisa mais tola que você disse até agora."

"Não, não é uma tolice. É bastante plausível. Se o senhor tivesse frequentado uma universidade, ficaria muito surpreendido ao ver como os alunos se matam de estudar para obter boas notas, prêmios etc. e a isso eles se dedicam infinitamente mais do que um cidadão que se esforça por ganhar a vida."

"Isso não passa de infantilidade, de uma brincadeira de criança!", disse seu antagonista com desprezo.

"De modo algum, a menos que todos sejamos crianças. Já observou um adulto, quando tenta ser admitido numa sociedade secreta ou uma família emergente, ansioso por ser aceito em um clube fechado? Pois eles pularão de alegria, caso seu objetivo seja alcançado. A ideia de que, para fazer um homem trabalhar, é preciso lhe acenar com barras de ouro é uma falácia e não um axioma. Fizemos isso durante tanto tempo que nos esquecemos que existem outros caminhos. Criamos um mundo no qual isso se tornou necessário. Vou lhe dizer uma coisa" – Amory exaltou-se –, "se pegássemos dez homens imunes à riqueza ou à fome e oferecêssemos a cada um deles uma fita verde por cinco horas diárias de trabalho e uma fita azul por dez horas diárias, nove entre dez desses homens se esforçariam em ganhar a fita azul. O instinto de competição apenas quer adquirir *status*. Se o tamanho de uma casa for essa prova, os homens se empenharão ao máximo para comprá-la. Se for apenas uma fita azul, acho que eles trabalharão com a mesma gana. Isto já aconteceu em outras épocas."

"Não concordo com você."

"Eu sei", concordou Amory com melancolia. "Isso já não tem importância. Acho que muito em breve o povo vai acabar tomando aquilo que deseja."

O secretário manifestou-se, indignado.

"Para isso vai ter de usar armas!"

"Sim, foram vocês quem o ensinaram a usá-las."

O homenzarrão sacudiu a cabeça.

"Neste país existem proprietários em número suficiente para não permitir que isso aconteça."

Amory bem que gostaria de conhecer as estatísticas relativas a quem tinha propriedades e a quem não as tinha. Resolveu mudar de assunto, mas o homenzarrão ficou empolgado.

"Quando você fala em 'tomar as coisas' está pisando em terreno perigoso."

"Mas como é que o povo pode conseguir algo se não o tomar? Durante anos e anos as pessoas foram alimentadas com falsas promessas. O socialismo talvez não signifique progresso, mas a ameaça de uma bandeira vermelha é, sem a menor dúvida, a força inspiradora de toda reforma. Para se conseguir atenção é preciso provocar sensação."

"Imagino que a Rússia seja um exemplo da violência beneficente!"

"Muito possivelmente", reconheceu Amory. "É claro que ela comete excessos, assim como aconteceu com a Revolução Francesa, mas não tenho a menor dúvida de que é uma grande experiência, que vale muito a pena."

"Não acredita em moderação?"

"Ninguém dá ouvidos aos moderados e já é quase tarde demais. A verdade é que o povo fez uma dessas coisas assustadoras e surpreendentes que ele faz uma vez a cada cem anos. Ele se deu conta de um fato."

"Que fato?"

"Por mais que os cérebros e as capacidades dos homens se diferenciem, seus estômagos são essencialmente os mesmos."

O SECRETARIOZINHO SE SAI MAL

"Se você pegasse todo o dinheiro que existe no mundo", disse o secretariozinho com muita profundidade, "e o dividisse em partes iguais..."

"Oh, cale-se!", interrompeu-o Amory com rudeza e, sem prestar a menor atenção no olhar furibundo do sujeito, prosseguiu em sua argumentação. "O estômago do homem..."

Dessa vez foi o homenzarrão que o interrompeu, impaciente.

"Estou deixando você falar, mas por favor, evite mencionar estômagos. O meu está enjoado o dia inteiro. De qualquer modo, não concordo com metade do que você disse. A intervenção estatal é a base de sua argumentação e ela se transforma invariavelmente num antro de corrupção. Os homens não trabalham para conseguir uma fita azul, isso é conversa fiada."

Assim que ele terminou, o secretário, com um enérgico aceno de cabeça, manifestou-se, como se estivesse decidido a marcar posição.

"Existem certas coisas que pertencem à natureza humana", declarou, com seu olhar de coruja sábia, "que sempre pertenceram, sempre pertencerão e não podem ser mudadas."

Amory desviou o olhar do secretário para o homenzarrão, um tanto desanimado.

"Ouçam! É isso que me torna desencorajado com o progresso. Ouçam! Posso citar de imediato mais de cem fenômenos naturais que foram modificados pela vontade do homem, mil instintos humanos que foram suprimidos ou que hoje são questionados pela civilização. O que este homem acaba de dizer tem sido, há milhares de anos, o último refúgio dos medíocres. Ele nega os esforços de cada cientista, estadista, moralista, reformador, médico e filósofo que dedicou sua vida a serviço da humanidade. Sua opinião é uma objeção tola a tudo o que tem valor na natureza humana. Toda pessoa maior de 25 anos que fizer semelhante declaração a sangue-frio deve ser privada do direito de votar."

O homenzinho recostou-se no assento, apoplético, morto de raiva. Amory prosseguiu, dirigindo suas observações ao homenzarrão.

"Esses homens de mentalidade mofada, que apenas alisaram os bancos escolares, tais como este seu amigo aqui, que *pensam* que pensam cada questão que surge... bem, gente assim encontra-se em cada esquina. Num momento eles se manifestam sobre 'a brutalidade e desumanidade desses prussianos' e, logo em seguida, declaram que 'deveríamos exterminar todo o povo alemão'. Estão sempre acreditando que 'a situação, agora, não está nada bem', mas eles 'não têm qualquer fé nesses idealistas'. Num minuto afirmam que Wilson 'não passa de um sonhador, não é nada prático', e daí a um ano aderem a ele por ter tornado seus sonhos realidade. Não possuem ideias claras e lógicas sobre um único assunto, exceto uma oposição retrógrada e insensível a qualquer mudança. Julgam que as pessoas sem instrução não deveriam ser bem pagas, mas não percebem que se não pagarem bons salários a essa gente seus filhos também não terão uma boa educação, o que nos leva a um círculo vicioso. Essa é a famosa classe média!"

O homenzarrão deu um largo sorriso e inclinou-se em direção ao secretário.

"O ataque está pesado, Garvin. Como está se sentindo?"

O homenzinho tentou sorrir e agir como se tudo aquilo fosse tão ridículo que nem valeria a pena tomar conhecimento, mas Amory ainda não havia terminado.

"A teoria segundo a qual as pessoas têm capacidade de governar a si mesmas apoia-se nesse homem. Se ele puder ser educado para pensar com clareza, lógica e concisão, se puder libertar-se de seu hábito de refugiar-se em lugares-comuns, preconceitos e sentimentalismos, então pode-se dizer que sou um socialista militante. Se isso não for possível, então acho que não importa muito o que pode acontecer com o homem ou com seus sistemas, agora ou no futuro."

"Estou interessado e, ao mesmo tempo, me divirto", declarou o homenzarrão. "Você é muito jovem."

"Isso só pode significar uma coisa: ou não fui corrompido ou não me deixei intimidar pela experiência contemporânea. Possuo a experiência mais valiosa de todas, a experiência da raça, pois apesar de ter frequentado a universidade, consegui obter uma boa cultura."

"Você fala com muito desembaraço."

"Nem tudo o que estou dizendo é tolice", declarou Amory, inflamado. "É a primeira vez na vida que discuto a respeito do socialismo. É a única panaceia que conheço. Sinto-me inquieto. Toda a minha geração está inquieta. Estou cansado de um sistema no qual o homem mais rico consegue a garota mais linda se a desejar, no qual um artista sem rendimentos tem de vender seu talento a um fabricante de botões. Mesmo que eu não tivesse talento algum, não me contentaria em trabalhar durante dez anos, condenado ao celibato ou a prazeres furtivos só para possibilitar que o filho de um ricaço ganhasse um automóvel do pai."

"Mas você não parece ter tanta certeza assim de suas opiniões..."

"Não importa", exclamou Amory. "Minha posição não poderia ser pior. Uma revolução social talvez pudesse me dar uma boa oportunidade. É claro que sou egoísta. Sinto que tenho sido como um peixe fora d'água em sistemas por demais desgastados. Em minha classe, na universidade, provavelmente fui um dos poucos que tiveram uma formação decente; no entanto, eles deixavam qualquer cabeça oca, que sempre estava em dependência em todas as matérias, jogar futebol, enquanto a mim não escolhiam, porque algum velho idiota achava que eu, sendo quem era, não iria render nada no time. Desprezei o exército. Desprezei o mundo dos negócios. Amo a mudança e assassinei minha consciência..."

"E assim continuará a clamar que precisamos ir mais depressa."

"Pelo menos isso é verdade", insistiu Amory. "As reformas não alcançarão as necessidades da civilização, a menos que as obriguemos a isso. A política do laissez-faire é como mimar uma criança dizendo-lhe que no fim ela se sairá bem. Só será verdade se lhe dermos condições para que isso aconteça."

"Mas você não acredita em todo esse blá-blá-blá socialista.."

"Não sei. Até conversar com o senhor não tinha pensado seriamente na questão. Não tinha certeza da metade do que dizia."

"Você me intriga", declarou o homenzarrão, "mas vocês são todos iguais. Dizem que Bernard Shaw, apesar de suas doutrinas, é o mais exigente de todos os dramaturgos no que se refere ao recebimento de seus direitos autorais. Chega a fazer questão do último centavo."

"Bem, eu simplesmente constato que sou o produto de uma mente versátil em uma geração desarvorada e tenho todos os motivos para alinhar minha mente e minha pena aos radicais. Ainda que no fundo do coração eu julgasse que somos todos átomos num mundo tão limitado como o oscilar de um pêndulo, eu e gente como eu lutaríamos contra a tradição, tentaríamos no mínimo substituir antigas convenções por novas. Em vários momentos achei que tinha razão em relação à vida, mas a fé é algo difícil de manter. De uma coisa eu sei: se a vida não é a busca do Santo Graal, então ela deve ser algo que não se pode levar a sério."

Durante um minuto nenhum dos dois disse nada e então o homenzarrão se manifestou.

"Em que universidade estudou?"

"Princeton."

O homenzarrão mostrou-se subitamente interessado e a expressão de seu olhar se alterou.

"Mandei meu filho estudar em Princeton."

"É mesmo?"

"Quem sabe você o conheceu. Chamava-se Jesse Ferrenby. Foi morto o ano passado na França."

"Conheci-o muito bem. Na verdade era um de meus melhores amigos."

"Ele era... um rapaz excelente. Existia muita intimidade entre nós."

Amory começou a notar uma semelhança entre pai e filho e concluiu que o tempo todo tivera uma sensação de familiaridade. Jesse Ferrenby, o rapaz que, na universidade, recebera o prêmio a que ele havia aspirado. Como haviam sido infantis, competindo por fitas azuis...

O carro diminuiu a marcha na entrada de uma vasta propriedade, rodeada por uma cerca alta e gradeada. "Não quer ficar para o almoço?" Amory sacudiu a cabeça.

"Obrigado, sr. Ferrenby, mas preciso continuar."

O homenzarrão estendeu a mão. Amory percebeu que o fato de ele ter conhecido Jesse contrabalançava qualquer desagrado que tivesse provocado devido a suas opiniões. Como as pessoas eram surpreendentes... Até mesmo o secretariozinho insistiu em apertar-lhe a mão.

"Adeus!", gritou o sr. Ferrenby, assim que o carro entrou na alameda que conduzia à mansão. "Boa sorte para você e azar para suas teorias."

"Para você também", gritou Amory, sorrindo e acenando.

"LONGE DA LAREIRA, LONGE DA SALINHA"

Oito horas antes de chegar a Princeton, Amory sentou-se na beira da estrada de Jersey e contemplou os campos crestados pela geada. A natureza compunha-se como um fenômeno um tanto bruto, em grande parte com flores que, examinadas de perto, pareciam devoradas por insetos, e com formigas que carregavam interminavelmente talos de relva. Ela o decepcionava sempre. A natureza representada por céus, águas e horizontes distantes era mais agradável. A geada e a promessa do inverno agora o empolgavam, fazendo-o pensar numa feroz competição entre St. Regis e Groton, havia sete anos, e num dia de outono, na França, no ano anterior, quando deitara de bruços num capinzal, com todo o pelotão estirado no chão em torno dele, aguardando o momento de acionar a metralhadora. Visualizou as duas imagens com a mesma exaltação primitiva. Eram duas partidas que havia jogado, divergindo na aspereza, ligadas de um modo que as diferenciava de Rosalind ou do tema dos labirintos que, afinal de contas, constituíam o cerne da vida.

"Sou egoísta", pensou.

"Não é uma qualidade que mudará quando eu 'presenciar o sofrimento humano' ou 'perder meus pais' ou 'ajudar os outros'."

"Esse egoísmo não apenas faz parte de mim, mas é o que existe de mais vivo em mim."

"De certo modo, somente transcendendo e não evitando esse egoísmo poderei alcançar maturidade e equilíbrio em minha vida."

"Livrando-me do egoísmo, poderei exercer todas as virtudes. Poderei realizar sacrifícios, ser caridoso, dedicar-me a um amigo, sofrer por ele, dar minha vida por ele e tudo isso, porque essas coisas podem ser a melhor expressão possível de mim mesmo. No entanto, não possuo uma gota sequer de bondade humana."

Para Amory, o problema do mal achava-se conectado ao problema do sexo. Começava a identificar o mal com o vigoroso culto fálico na obra de Brooke e nos primeiros escritos de Wells. A beleza estava inseparavelmente ligada ao mal. A beleza ainda era um tumulto constante. Ela se apresentava suave na voz de Eleanor, numa antiga canção entoada à noite, tumultuada, delirante em todas as instâncias da vida, como cascatas que se despejavam umas nas outras, metade ritmo, metade escuridão. Amory sabia que toda vez que a buscara, ansioso, fora recebido com malícia e deparara-se com o semblante grotesco do mal. A beleza da grande arte, a beleza contida em toda alegria e, acima de tudo, a beleza das mulheres...

Ela apresentava um excesso de ligações com a licenciosidade e a indulgência. As coisas débeis frequentemente eram belas, as coisas débeis jamais eram boas. E nessa sua nova solidão, que escolhera tendo em vista qualquer grandeza que pudesse alcançar, a beleza precisava ser relativa ou, caso não encerrasse uma harmonia, seria apenas uma nota dissonante.

Em um certo sentido, essa renúncia gradual à beleza era o segundo passo, depois que sua desilusão se tornasse completa. Amory sentiu que estava deixando para trás a oportunidade de ser um certo tipo de artista. Parecia-lhe tão mais importante ser um certo tipo de homem...

De repente seus pensamentos tomaram outros rumos e ele se surpreendeu pensando na Igreja Católica. Era sua mais profunda convicção de que havia uma falha intrínseca naqueles para quem a religião ortodoxa era necessária e, para Amory, a religião significava a Igreja de Roma. Tratava-se de um ritual vazio, o que era fácil de conceber, mas segundo tudo indicava era o único baluarte assimilável e tradicional contra a decadência da moral. Até que as grandes multidões pudessem ser imbuídas de um sentido moral, alguém deveria bradar: "Não o farás!". No entanto, qualquer aceitação, no presente, era impossível. Ele queria tempo e ausência de pressões ulteriores. Queria manter a árvore sem enfeites, entender profundamente a direção e o impulso daquela nova arrancada.

A tarde se dissolvia, passando do esplendor das três para a dourada beleza das quatro horas. Mais tarde Amory presenciou a mágoa com que o sol se punha, quando até mesmo as nuvens pareciam sangrar. Em pleno crepúsculo, chegou a um cemitério. Ali sentia-se o perfume tardio e sonhador das flores, via-se o fantasma da lua nova no céu e as sombras que tudo encobriam. Tomado por um súbito impulso, pensou em abrir o portão enferrujado de um túmulo que se erguia ao lado de uma pequena colina. Era de um mármore imaculado e estava coberto por flores azuis, chorosas, que floresciam tardiamente. Quem sabe elas teriam brotado de olhos mortos, seriam pegajosas e delas emanaria um cheiro enjoativo...

Amory quis *sentir* aquele epitáfio: *William Dayfield, falecido em 1864.*

Ocorreu-lhe uma reflexão: os túmulos sempre faziam as pessoas considerarem que a vida era uma coisa vã. Ele, no entanto, não achava inútil o fato de ter vivido. Todas aquelas colunas partidas, mãos postas em oração, anjos e pombas significavam romances. Entregou-se à imaginação: gostaria que, daí a cem anos, os jovens especulassem sobre a cor dos seus olhos, se tinham sido castanhos ou azuis, e esperava apaixonadamente que seu túmulo transmitisse a aparência e o clima de um tempo muito antigo. Parecia-lhe estranho que, entre um grupo de combatentes da Guerra de Secessão, dois ou três o levassem a pensar em amores e amantes mortos, quando eles eram exatamente como o resto, até mesmo para o musgo amarelado que cobria suas sepulturas.

Muito depois da meia-noite as torres e espirais de Princeton tornaram-se visíveis. Aqui e ali notava-se uma luz tardia e, subitamente, na clara escuridão, ouviu-se o som de sinos. Ele se prolongava com um sonho que não termina jamais. O espírito do passado meditava sobre uma nova geração, aquela juventude eleita que vinha de um mundo perturbado, impuro, que ainda se nutria romanticamente dos equívocos e sonhos quase esquecidos dos poetas e estadistas. Ali estava uma nova geração, bradando velhos gritos, aprendendo velhas crenças, através de um sonho que se prolongava por longas noites e dias, destinada finalmente a expor-se àquele turbilhão cinza, sujo, a fim de seguir o amor e o orgulho; uma nova geração, mais dedicada do que a anterior ao temor da pobreza e ao culto do sucesso; uma geração que cresceu para descobrir que todos os deuses morreram, todas as guerras haviam sido combatidas, toda fé no homem estava abalada...

Amory sentia pena dela, mas ainda não sentia pena de si mesmo. Arte, política, religião, qualquer que fosse sua escolha, sabia que agora estava em segurança, livre de toda histeria. Podia aceitar o que era aceitável, vagar sem rumo, crescer, rebelar-se, dormir profundamente durante muitas noites...

Sabia que Deus não existia em seu coração; suas ideias ainda eram tumultuadas; a dor da lembrança estava sempre presente; a nostalgia da juventude perdida não o abandonava. Porém, as águas da desilusão haviam depositado um sedimento em sua alma, a responsabilidade e o amor pela vida, o ligeiro estímulo de antigas ambições e sonhos não realizados. Mas... ah, Rosalind, Rosalind!

"Na melhor das hipóteses, tudo isso não passa de um consolo medíocre", refletiu com tristeza.

Não saberia dizer por que valeria a pena lutar, qual o motivo que o decidia a recorrer ao que havia de mais profundo em seu ser e a tudo que havia herdado das personalidades que atravessaram seu caminho...

Estendeu os braços para o céu cristalino e radiante.

"Eu me conheço", gritou, "mas isso é tudo."

SOBRE O AUTOR

FRANCIS SCOTT KEY FITZGERALD nasceu em St. Paul, Minnesota (EUA), em setembro de 1896. Seu pai, Edward, era um sulista orgulhoso de suas origens; sua mãe, Mary, a filha de um imigrante irlandês que enriquecera no ramo dos legumes. A problemática vida profissional de seu pai chegou ao fim quando Francis tinha apenas dois anos, e a família passou a viver da confortável herança materna. O primeiro conto do jovem Scott Fitzgerald, uma história policial, foi publicado no jornal da Academia St. Paul, seu colégio, quando tinha apenas treze anos. Aproximadamente dois anos mais tarde, ele entrou para uma escola preparatória católica, onde conheceu o padre Sigourney Fay, grande incentivador de suas ambições por distinção e sucesso. A ele é dedicado *Este lado do paraíso*. Em 1917, Fitzgerald ingressou em Princeton, e sua performance universitária foi desde cedo marcada pela negligência com os estudos em favor de seu aprendizado literário. De licença da universidade durante o serviço militar, entre 1917 e 1919, ele conheceu e se apaixonou por Zelda Sayre, a filha mais jovem de um juiz da Suprema Corte do Alabama.

Sua paixão evoluiu à medida que cresciam as expectativas do jovem Fitzgerald em relação a seu romance de estreia, cuja primeira versão encaminhara à editora Scribners. Mas o livro foi recusado, em agosto de 1918. O responsável pela devolução do original, porém, e que viria a se tornar um ícone do mercado editorial americano, Maxwell Perkins, sugeriu ao autor que o reapresentasse após uma revisão. Nesse meio-tempo, Zelda relutava em aceitar um pretendente que parecia não ter perspectivas de sucesso, e Fitzgerald foi destacado para lutar na Primeira Guerra Mundial. Acreditando que não retornaria com vida, procedeu a uma apressada revisão de seu romance e submeteu-o novamente a Max Perkins. O livro foi recusado pela segunda vez em outubro de 1918. Em novembro Fitzgerald apresentou-se à instalação militar de Camp Mills, em Long Island, onde aguardaria o embarque para a Europa. A guerra, por sorte, terminou antes do embarque de seu pelotão.

No início de 1919, Fitzgerald pediu baixa do exército e mudou-se para Nova York, onde conseguiu emprego numa agência de publicidade, sempre com vistas a legitimar-se perante a família de Zelda e perante ela própria. Zelda, contudo, rompeu o noivado em junho de 1919. Com o coração partido, Fitzgerald demitiu-se do emprego e retornou para a casa dos pais, onde reescreveu *Este lado do paraíso*. Em setembro a Scribners decidiu publicá-lo, o que viria a ocorrer em março de 1920.

A nota contida nesta edição (p.9) foi incluída pelo autor na terceira impressão da obra, rodada somente dois meses após seu lançamento. O tom irônico da nota expressa bem sua atitude elegantemente cínica e contestadora em relação à arte e à vida. Além da boa vendagem, este romance de estreia foi apontado unanimemente pela crítica como o melhor retrato da vida universitária americana jamais feito. Diante dessa inesperada reviravolta, Zelda e a família aceitaram o pedido de casamento de Fitzgerald. A cerimônia aconteceu em abril. Em dezembro, o livro estava na lista dos mais vendidos em várias regiões americanas, e seu autor, embora estreante, já figurava entre nomes mais experientes e bem-sucedidos, como Somerset Maugham e Sinclair Lewis. Até o final de 1921, *Este lado do paraíso* venderia 49 075 exemplares.

Assim teve início uma prolífica carreira como colaborador das mais importantes revistas do país. Suas histórias seriam posteriormente reunidas em antologias, entre elas, *Tales of the Jazz Age* (1922) e *All the Sad Young Men* (1926). Scott Fitzgerald escreveu ainda outros quatro romances: *Belos e malditos* (1922), *O grande Gatsby* (1925), *Suave é a noite* (1934) e *O último magnata* (1941), deixando este último inacabado.

Durante toda a sua vida em comum, ele e Zelda viveram como celebridades inconsequentes, de forma extravagante e perdulária. Mas o comportamento da esposa pouco a pouco ultrapassou os limites da boêmia, tornando-se algo além de excêntrico. A partir dos anos 30, ela seria constantemente internada em hospitais psiquiátricos. Ao mesmo tempo, o alto custo de suas vidas começou a superar as receitas provenientes da carreira de escritor, e o período de 1936 a 1937 foi marcado pela doença, pela bebida, pelas dívidas e pela incapacidade de escrever histórias francamente comerciais. Ao longo da vida, Scott Fitzgerald fez algumas tentativas como roteirista em Hollywood, chegando a trabalhar por exemplo no roteiro do filme ... *E o vento levou*, mas nenhuma delas foi adiante. As portas da indústria cinematográfica fecharam-se definitivamente em 1939, quando foi dispensado em função do alcoolismo.

Fitzgerald morreu de enfarte na casa de sua segunda mulher, a colunista social Sheilah Graham, em 21 de dezembro de 1940. Zelda morreria oito anos depois, vítima de um incêndio no sanatório em que estava internada.

ASSISTENTE EDITORIAL Ana Paula Martini
REVISÃO Hélder Garnes, Cacilda Guerra e Luiza Mello Franco
PROJETO GRÁFICO Cosac Naify
PRODUÇÃO GRÁFICA Lilia Góes e Toninho Amorim

Edição Cosac Naify Portátil
1ª reimpressão, 2016

Nesta edição, respeitou-se o novo Acordo Ortográfico da Língua Portuguesa.

Dados Internacionais de Catalogação na Publicação (CIP)
(Câmara Brasileira do Livro, SP, Brasil)

Fitzgerald, F. Scott [1896-1940]
Este lado do paraíso: F. Scott Fitzgerald
Título original: *This side of paradise*
Tradução: Carlos Eugênio Marcondes de Moura
1ª edição Cosac Naify Portátil
São Paulo: Cosac Naify, 2013
416 pp.

ISBN 978-85-405-0353-3

1. Ficção norte-americana I. Título.

13-02810 CDD 813

Índices para catálogo sistemático:
1. Ficção: Literatura norte-americana 813

COSAC NAIFY
rua General Jardim, 770, 2º andar
01223-010 São Paulo SP
vendas@cosacnaify.com.br [11] 3218 1470

COSACNAIFY PORTÁTIL

1 *Lero-lero*, Cacaso
2 *Khadji-Murát*, Liev Tolstói
3 *A sociedade contra o Estado*, Pierre Clastres
4 *O amante*, Marguerite Duras
5 *O africano*, J. M. G. Le Clézio
6 *Como funciona a ficção*, James Wood
7 *Degas dança desenho*, Paul Valéry
8 *Leão-de-chácara*, João Antônio
9 *O fim da história da arte*, Hans Belting
10 *Antropologia estrutural*, Claude Lévi-Strauss
11 *Teoria da vanguarda*, Peter Bürger
12 *A prosa do mundo*, Maurice Merleau-Ponty
13 *Carta a D.*, André Gorz
14 *A festa de Babette*, Karen Blixen
15 *O som e a fúria*, William Faulkner
16 *A invenção da cultura*, Roy Wagner

17 *Esperando Foucault, ainda*, Marshall Sahlins

18 *Uma criatura dócil*, Fiódor Dostoiévski

19 *O pensamento alemão no século* XX – *vol.* I,
Jorge de Almeida e Wolfgang Bader (orgs.)

20 *O pensamento alemão no século* XX – *vol.* II,
Jorge de Almeida e Wolfgang Bader (orgs.)

21 *Estética doméstica*, Clement Greenberg

22 *Este lado do paraíso*, Scott Fitzgerald

23 *Sobre o sacrifício*, Marcel Mauss e Henri Hubert

24 *O olho e o espírito*, Maurice Merleau-Ponty

25 *Ensaio sobre a dádiva*, Marcel Mauss

26 *O cinema do real*, Maria Dora Mourão e Amir Labaki (orgs.)

27 *Performance, recepção, leitura*, Paul Zumthor

28 *A gaivota*, Anton Tchekhov

29 *Malagueta, Perus e Bacanaço*, João Antônio

30 *A marca na parede e outros contos*, Virginia Woolf

FONTES Akzidenz-Grotesk Pro e More Pro
PAPEL Pólen Soft 80 g/m²
IMPRESSÃO Geográfica